马伯庸

著

太白金星有点烦

The
Annoyance of
the Gods

湖南文艺出版社
HUNAN LITERATURE AND ART PUBLISHING HOUSE

博集天卷
CS-BOOKY

图书在版编目（CIP）数据

太白金星有点烦 / 马伯庸著 . -- 长沙：湖南文艺出版社，2023.6

ISBN 978-7-5726-1091-2

Ⅰ. ①太… Ⅱ. ①马… Ⅲ. ①长篇小说－中国－当代 Ⅳ. ① I247.5

中国国家版本馆 CIP 数据核字（2023）第 044477 号

上架建议：畅销·小说

TAIBAI JINXING YOUDIAN FAN

太白金星有点烦

著　　者：马伯庸
出 版 人：陈新文
责任编辑：刘雪琳
监　　制：邢越超
出 品 人：周行文　陶　翠
特约策划：李齐章　王　维
特约编辑：万江寒
营销支持：霍　静
插图绘制：施晓颉
封面设计：主语设计
内文排版：百朗文化
出　　版：湖南文艺出版社
　　　　　　（长沙市雨花区东二环一段 508 号　邮编：410014）
网　　址：www.hnwy.net
印　　刷：三河市中晟雅豪印务有限公司
经　　销：新华书店
开　　本：775 mm×1120 mm　1/32
字　　数：179 千字
印　　张：8.75
版　　次：2023 年 6 月第 1 版
印　　次：2023 年 6 月第 1 次印刷
书　　号：ISBN 978-7-5726-1091-2
定　　价：45.00 元

若有质量问题，请致电质量监督电话：010-59096394
团购电话：010-59320018

目录

Contents

第一章

李长庚最近有点烦。

他此刻骑在一只老鹤身上，在云雾里穿梭，想入了神。眼看快飞到启明殿，老鹤许是糊涂了，非但不减速，反而直直地撞了过去。李长庚回过神来，连连挥动拂尘，它才急急一拍双翅，歪歪斜斜地落在殿旁台阶上。

李长庚从鹤背上跳下来，猫腰检查了一下。台阶倒没坏，只是仙鹤的右翅蹭掉了几根长羽。他有点心疼，这鹤太老了，再想长出新羽可不容易。

老鹤委屈地发出一声沙哑的鹤唳，李长庚拍拍它的头，叹了口气。这鹤自打他飞升时就跟着他，如今寿元将尽，早没了当初的灵动高迈。同期飞升的神仙早换成了更威风的神兽坐骑，只有李长庚念旧，一直骑着这只老鹤四处奔波。

李长庚唤来一个仙童，把仙鹤牵回禽舍，吩咐好生喂养，然后提着袍角，噔噔噔一口气跑进启明殿。他推门进殿，看到织女坐在桌子对面，正津津有味地盯着一面宝鉴，手里忙活着半件无缝天衣，眼看一截袖子织成形了。

"您回来啦？"织女头也没抬，专心看着宝鉴。

"嗯，回来了。"

李长庚端起童子早早泡好的茶，咕咚咕咚灌了半杯，直到茶水进入肚子里，他才品出来是仙露茶，顿时一阵心疼。仙露茶是上届蟠桃会西王母送的，三千年一采摘，三千年一炒青，他一直舍不得喝。没想到该死的童子居然拿这等好茶出来解渴，平白被自己的牛饮糟蹋了。

李长庚嗫了嗫牙花子，悻悻地坐下，把一摞玉简文书从怀里取出来。织女忽然凑过来："您看见玄奘了？"

"我这不刚从双叉岭回来吗，就是去送他了。"

织女又问："俊俏不？"

"咳，你都结婚了，还惦记一个和尚俊不俊俏干啥？"李长庚把脸一沉。织女撇撇嘴："结婚了怎么了？结婚了还不能欣赏俊俏后生了？"她突然神秘兮兮道："哎，他真的是佛祖的二弟子金蝉子转世吗？"

李长庚面孔一板："你这是听谁说的？"织女不屑道："太上老君啊。天庭早传遍了，就您还当个事似的藏着掖着。"

"老君那个人，就喜欢传八卦消息！"

"那就是有喽？"

李长庚不置可否："甭管人家什么出身，毕竟是有真本事的。这一世是大唐数得着的高僧，主持过长安水陆大会，大唐皇帝亲封的御弟。往前九世转生，每一世都是大善人，至今一点元阳未泄。"

听到"一点元阳未泄"六个字，织女扑哧一乐："这也算优点啊？"

"怎么不算？说明人家一心扑在弘法大业上，要不西天取经怎么就选中了他呢？"

"那直接接引成佛不好吗？何必非要从大唐走一趟？"

"将帅必起于卒伍，宰相必起于州部。不在红尘洗礼一番，你成佛了也不能服众——佛祖这是用心良苦啊！"李长庚语重心长，见织女还没明白，不由得轻叹了一声。

织女这姑娘性格倒不坏，就是从小生活太优渥了，有点不谙世事。她是西王母最小的女儿，先前跟牛郎跑了，还生了俩娃。她妈好说歹说把她劝回来，挂在启明殿做个闲职。李长庚从来不给她安排什么具体工作，还特意把她的座位放在自己对面。

李长庚觉得这是个教育的好机会，遂从玉简堆里抽出一枚玉简，递给她看。这篇文书洋洋洒洒一大段，说佛祖在灵山盂兰盆会上敷演大法，指示源流，讲完之后颁下法旨，号召东土的善信们前来西天取回三藏真经，度化众生。

"这不是常见的套话吗？"织女还是糊涂。

李长庚伸出指头一挑那落款："你看看从哪儿发出来的——鹫峰，明白了吗？"

他在启明殿干了几千年，迎送各路神仙，早磨炼出一对火眼金睛。灵山的文书一般都由大雷音寺发出，这次却是发自佛祖的居所鹫峰，其中用意可就深了。

这份文书没指名道姓，只说号召所有东土大德去西天取经，可两地相距十万八千里，寻常一个凡胎怎么可能走下来？光这一个条件，就刷下来九成九的大德，其实最后符合条件的，只可能是玄奘一个人。他西天取经走上这么一趟，履历里增添一笔弘法功绩，将来成佛就能名正言顺。

听了李长庚的解说，织女啧啧了两声："那也是十万八千里呢，走下来也不容易了！你看我老公，每次让他在鹊桥上朝我这边多挪两步，他都嫌累……"李长庚干咳一声，表示不必分享这种隐私。织女又问："我听来听去，这都是灵山的事，怎么还轮到您下界张罗？"

灵山是释门所在，天庭是道门正统，一个东土和尚取经，却让启明殿的老神仙忙活，连织女都看出来有点古怪。

一提起这事，李长庚就气不打一处来，把茶杯往桌上一蹾，开始向织女大倒起苦水来。

此事得从两天前说起。灵霄殿收到一封灵山文书，说今有东土大德一位，前往西天拜佛求经，要途经凡间诸国，请天庭帮忙照拂，还附了佛祖法旨在后面。

玉帝在文书下面画了一个先天太极，未置一词，直接转发给了启明殿。

李长庚端着文书揣摩了半天，那太极图熠熠生出紫气，确是玉帝亲笔批阅。只是阴、阳二鱼循环往复，忽上忽下，很难判断玉帝是同意还是不同意。还没等李长庚琢磨明白，观音大士已经找上门来了，说取经这件事，由她跟启明殿对接。

观音手里托着一个晶莹剔透的玉净瓶，满脸笑容，法相庄严。李长庚一见负责对接的是她，就觉得哪里不太对，可他还没顾上细琢磨，大士已经热情地讲了起来。

她说自己刚从长安回来，给玄奘送去锦襕袈裟一领、九环锡杖一把，造足了声势，现在四大部洲都在热议有位圣僧要万里迢迢去取真经。这次来启明殿，是要跟李仙师讨论下一步的安排。

李长庚顿时不乐意了：你都启动了才通知我，真把我当成下级啦？他打了个官腔："您看玉帝刚刚有批示，启明殿正在参悟其中玄机。"观音大士说："如是我闻。这件事佛祖已经跟玉帝讲过，两位都很重视。"

观音这句话讲得颇含机锋。"重视"这个词很含糊，同意也是重视，不同意也是重视，偏偏李长庚还不能去找玉帝讨个明确指示。他瞥了那阴阳两鱼一眼，它们依旧暧昧地追着彼此的尾巴。他叹了口气，只好先应承下来。

"听说玄奘法师是佛祖的二弟子金蝉子转世？"他问。

观音拈柳微笑，没有回答。李长庚看明白了，佛祖不希望把这一层身份摆在明面上。他遂改口道："大士希望启明殿怎么配合？"观音道："如是我闻。佛祖说：法不可轻传，玄奘这一路上须经历磨难，彰显真经取之不易，反证向佛之心坚贞。至于具体如何渡劫，李仙师您是老资格，护法肯定比我们在行。"

观音一口一个"如是我闻",李长庚分不出来哪些是佛祖的法旨,哪些是她的私货。不过他还是能抓住重点的,灵山希望启明殿给玄奘安排一场劫难,以备日后揄扬之用。

须知,天道有常,只要你想攀登上境,都逃不过几场劫难的考验。比如玉帝,就是苦历一千七百五十劫,方才享受无极大道。但每个人造化不同,渡什么劫,如何渡劫,何时渡劫,变数极多,就算是大罗金仙也难以推算完全。所以启明殿有一项职责,为有根脚的神仙或凡人专门安排一场可控的劫难——谓之"护法",确保其平稳渡劫,避免出现身死道消的情况。

李长庚长年干这个事,怀里揣着几十个护法锦囊,每一个锦囊里,都备有一套渡劫方略。什么悟道飞升、斩妖除魔、显圣点化、转世应厄等等,一应俱全。劫主选好锦囊,就不用操心其他事了,启明殿会安排好一切,保证劫渡得既安全又方便,比渡野劫妥当多了。

这次灵山指名找太白金星李长庚给玄奘护法,自然也是这个目的。

李长庚不爽的是,开场长安城的风光让你们享受了,一踏上取经路要开始干脏活累活,才来找我。观音似乎没觉察到他的不爽,笑眯眯道:"如是我闻。能者多劳嘛。"李长庚打了个哈哈,说回去参悟一下。观音大士催促说得尽快啊,玄奘很快便会离开长安,天上一日,人间一年,转眼的事。

李长庚点点头,转身就走。观音忽然又把他叫住:"李仙师,我忘了说了。玄奘这些年精研佛法,于斗战一道不太在行，您安排的时候多考虑一下，别让他亲自打打杀杀，不体面。"

李长庚皱皱眉头，这求人干活，要求还这么多！不过他多年护法，什么奇怪要求没见过，也不争辩，匆匆下凡忙活起来。

护法这活他经验丰富，难度不大，就是琐碎。妖怪是雇当地的还是从天庭借调？渡劫场地是租一个还是临时搭建？给凡人传话是托梦还是派个化身？渡劫时要不要加祥云、华光的效果？如果要调用神霄五雷，还得跟玉清府雷部去预订……一场劫难的护法，往往牵涉十几处仙衙的配合，也只有启明殿协调得了。

这次考虑到玄奘不想斗战，李长庚选了个"逢凶化吉"的锦囊。这锦囊的方略很简单——妖怪把劫主抓回洞中，百般威胁；劫主坚贞不屈，感化了高人，高人闻讯赶到，解救劫主。

这个锦囊方略有些单调，但优点是简单，劫主大部分时间安稳待着就行。李长庚这么多年做下来，深知护法工作不需要搞什么新鲜创意，稳妥第一。

他选择的应劫之地，是河州卫福原寺附近的山中，这里是取经必经之地。为此李长庚招募了熊山君、特处士、寅将军三个当地妖怪，面授机宜，按照台本排练了一阵，各自就位。

李长庚算算日子，玄奘也该到福原寺了，便骑着仙鹤去相迎，没想到一看取经队伍，不由得眼前一黑。

观音明明说玄奘一人一马，可他身边明明跟着两个凡人随从。这也就罢了，此刻在玄奘头顶十丈的半空中，乌泱乌泱簇拥着一大堆神祇，计有四值功曹、五方揭谛，六丁六甲、一十八位护教伽蓝，足足三十九尊大神，黑压压的一片。

李长庚赶紧飞过去，问他们怎么回事，这些神转过脸去，不回答。李长庚赶紧给观音发了飞符询问，半天观音才回了八个字："如是我闻。大雷音寺。"

观音没多解释，但李长庚听懂了。取经是鹫峰安排的活动，大雷音寺作为灵山正庙，自然要派人员全程监督；天庭既然也参与进来，势必也要安排自家的对等人员。

李长庚可以想象整个过程：灵山开始只让观音前来，没想到天庭派了四值功曹；灵山一看，不行，必须在数量上压天庭一头，便找了五方揭谛；天庭本着平衡原则，又调来了六丁六甲，然后灵山一口气添加了一十八位护教伽蓝……就这么你追加两个，我增调一双，膨胀成一支超出现有取经人员几十倍的随行监督队伍。

他看了看那三十几号神仙，心想算了，只要他们不干涉渡劫，就一并招待了吧。可问题是，这次护法得持续一个昼夜，总得管这三十九位神仙的住宿。

四值功曹和六丁六甲是天庭出身，每天得打坐修行，打坐的洞府每人一个，附近须有甘泉、古树、藤萝，古树不得少于千年、藤萝不得短于十丈；五方揭谛和护教伽蓝是灵山的，不追求俗尚，但每日要受香火，脂油蜡烛还不成，得是素烛。

光是安排这些后勤，李长庚便忙得晕头转向。好不容易安顿好，又出问题了。

那三个野妖怪看见玄奘出现，正要按方略动手，一抬头看到几十个神仙浮在半空，人手一个小本本，往下面盯着，吓得就地一滚，现出原形，抖如筛糠，死活不肯起身。

李长庚驾云过去问怎么回事，神祇说要全程记录劫难过程，这是佛祖和玉帝交代的。他没办法，转头好说歹说，说服三个妖怪重新变成人形，战战兢兢把玄奘给请进了虎穴。只是这三个妖怪吓得六神无主，演技僵硬尴尬，还得靠李长庚全程隐身提词。

玄奘全程面无表情，光头上的青筋微微凸起，显然很是不满。

李长庚一看不对，匆匆让他们演完，拽着玄奘出了坑坎，走上大路。玄奘勉强摆了个姿势，让半空的护教伽蓝照影留痕，然后一言不发，跨上马扬长而去，连那两个凡人随从都不要了。李长庚在后头云端跟着，一直到确认玄奘在双叉岭跟刘伯钦接上头，才赶回天庭。

"你说说，这都叫什么事！"

李长庚把事情的来龙去脉讲了一通，一抬头，发现对面桌子旁早没人了。再一看时间，嘿，未时已过。

织女当初私奔之后，生了一对龙凤胎。后来她被西王母抓回来，孩子是男方在带。如今牛郎与丈母娘关系缓和，西王母就用资助乞巧节的名义，特批了几十万只喜鹊，让他们每年聚一次。天上一日，凡间一年，织女每天都准点下班，去和老公、孩子相会，小日子过得美满充实。

启明殿里变得静悄悄的，就剩下他一个人。李长庚把剩下的仙露茶一饮而尽，织女能准点下班，他可不能。

三个野妖怪的酬劳、虎穴的租赁钱，都得尽快提交造销。天庭对这方面管得很严格，过了一年——人间的一年——就不给报了。每次往财神那儿送单子稍微晚一点，赵公明的脸比他胯下的黑虎还黑。

但那三十九位神祇的接待费用，就没法报了。人家不承认是护送玄奘的，师出无名。幸亏李长庚有经验，预支了一笔备用金，回头想办法找个名目找补上。正好他的仙鹤今天也受了伤，说不定能顺便弄点营养费出来。

除了造销，他还得为今天这场劫难写一张揭帖。这揭帖将来要传诸四方三界，以作揄扬宣广之用。

其实灵霄殿有专门的笔杆子，不过魁星、文曲那些人懒得出奇，只会不停地找启明殿要东西。与其让他们弄，还不如自己先写好方便。

李长庚捋了一遍今天加班要做的事，觉得头脑昏沉。他吞下一粒醒神丹，麻木地翻动着筐里厚厚的一摞玉简，忽然殿外传来一阵隐隐的轰鸣声，晃得整个大殿都有些不稳，那一摞玉简"咣当"砸在地板上。

李长庚一惊，这轰鸣声似乎是从东方下界传来的，可什么样的动静，才能让灵霄殿这边都晃动不止啊？难道又有大妖出世？

不过这种事自有千里眼、顺风耳负责。他为仙这么久，知道不该问的事别瞎打听，便勉强按下好奇心，俯身把散落了一地的玉简捡起来。他捡着捡着，忽然发现一枚刚写了一半的箓文奏表，心中不由得一漾。

李长庚的修仙之途蹉跎很久了，启明殿主听着风光，其实工作琐碎至极，全是迎来送往的杂事闲事，实在劳心劳神，根本没什么时间修持。他一心想再进步一下，修成金仙，可不知为何，心神里始终有一息滞涩，怎么也化不掉，境界始终上不去。

其实他原本已不抱什么希望，打算到了年限便去做个散仙，朝游苍梧暮游北海，不失为美事。可五百年前天庭生过一场大乱，空出几个大罗金仙的编制。李长庚发现自己资历早够了，只要境界上去，便可以争上一争。

说不定这次做好了，便可以飞升成金仙。一想到这里，一股淡淡的热意涌上李长庚的心头，让他精神振作起来，重新把注意力放在眼前的揭帖上。

揭帖的写法颇有讲究。首先要对整场劫难做一个回顾，但这个回顾绝不可提护法之事，一定要按照脚本设计那么讲——大家都明白怎么回事，但必须这么说——然后还要提炼出这场劫难的意义所在：体现出了劫主的何种求道品性？感悟出了何种玄妙天道？对后来修道者有什么启发？

其中的微妙用心，换一个没点境界的神仙来写，根本写不到点子上。

李长庚凝神，唰唰唰把揭帖一口气写完，思忖再三，提笔在揭帖上方拟了一个标题："大德轮回不息，求真不止"。

李长庚看了看，把"轮回不息"四个字删了，太被动——改成"修行不息"；再看了一遍，又给"大德"加了个定语——东土大德，这样能同时体现出天庭和灵山的作用；第三遍审视，李长庚又添加了"历劫"二字。可他怎么读，怎么觉得心里不踏实，拿出那封鹫峰的通报细细一琢磨，发现自己果然犯错误了。

佛祖云："法不可轻传"——不是"不传"，而是"不可轻传"。也就是说，核心不是劫难，而是如何克服劫难，这才是弘法之真意。他勾勾抹抹，把"历劫"改成了"克劫"，想起那三十九位神祇的关心，又添了"孤身上路"。

可他改完再通读一遍，发现整个标题实在太冗长了。李长庚冥思苦想了半宿，索性统统删掉，另外写下六个字："敢问路在何方"。

这回差不多了。李长庚左看看，右看看，颇为自得。这标题文采不见得好，但胜在四平八稳，信息量大，方方面面都照顾到了。他相信即使是魁星、文曲那一班人，也挑不出毛病。

接着李长庚又熟练地在开头结尾加了"山大的福缘、海深的善庆"之类的套话，调了一遍格式，这才算完成，发给观音。

忙完这些，李长庚长长地打了个哈欠，觉得疲惫不堪。凡夫俗子总觉得神仙不会犯困，这是愚见。神仙忙的都是仙家事务，一样会消耗心神。他本来想再干一会儿，可脑子实在太昏沉，得回洞府打坐一阵才能恢复。

李长庚收拾好东西，离开启明殿，刚要跨上老鹤，看门的王灵官忽然走过来："老李，南天门外有人找你。"

"谁呀？"李长庚一怔。

王灵官耸耸肩："还能有谁？告御状的呗。"

人间常有些散仙野妖，受了冤屈无处申诉，要来天庭击鼓鸣冤。玉帝有恻隐之心，不好统统拒之门外，索性给启明殿多加了个职责，接待这些散仙野妖。李长庚原本还一个一个细心询问，后来接待得太多，觉得许多诉求也属实荒唐，此后便一律转回事主原界处理。

他一听说是告御状的，头也不抬："我要去打坐，让他明天再来吧。"王灵官苦笑道："寻常的我早打发了，这个在这里待了快一个月，就是不肯走，特别能熬——而且吧，这人有点特别。"他眨眨眼睛，李长庚起了好奇心。

两人出了南天门，只见一个瘦小的身影腾地从大门柱旁跳出来。李长庚一看那猴子的身影，心跳先停了半拍。

孙悟空？

那家伙不是被压在五行山下了吗？

再仔细一看，相貌有细微的差异。这一只有六只耳朵，像花环一样围了脑子一圈，而且神情畏畏缩缩的，全不似花果山那只猴子气焰嚣张。他见了李长庚，赶紧打躬作揖。李长庚懒得再开启明殿，索性就站在南天门前问："你叫什么名字？所诉何事？"

"小妖叫六耳猕猴，为替名篡命事请天庭主持公道。"

小猴子总算等到了一位管事的人，哪敢怠慢，快嘴快舌把自己的事情一发说了。

原来这个六耳猕猴本是个野猴精，一直在山中潜心修行，一心想走飞升的正途。要知道，妖、怪、精、灵这四种身份，不在六合之内，想位列仙班难度极高。首先得拜一位正道仙师，有了修行出身，才有机会飞升。

六耳猕猴要投的仙师，乃是灵台方寸山斜月三星洞的菩提祖师。资质、悟性、根骨、缘法都验过了，可等了良久也不见有消息。六耳以为菩提祖师终究瞧不上妖属，灰心丧气之下，便转修了妖法。这些年来倒也过得逍遥自在，只是仙途就此断绝，心中未免耿耿于怀。

有一日，他偶遇一个道人，自称是菩提祖师门下弟子。两人攀谈一番，六耳才知道菩提祖师曾经收了一只灵明石猴，那石猴颇得青睐，还得了个法名叫"悟空"。师兄弟之间盛传祖师曾半夜授法，让悟空得到真传。只是离开的时候，祖师不许他在外面说出师承，颇为古怪。

六耳大惑，又去查探了一番，发现这悟空后来闯入阴曹地府，把猴属的生死簿子全给勾了，这就更古怪了。悟空这一闹，连阳寿都算不清，更别说查证是哪年去投的菩提祖师了。

六耳疑心自己当年是被这灵明石猴顶替了身份，做了菩提祖师的弟子，事后这石猴还去地府毁灭证据。他心中不忿，这才决心上天庭来告御状。

讲完以后，他还从耳朵里掏出一卷纸，上头密密麻麻写着好多字。李长庚看完这一篇长长的诉状，心中暗暗纳罕。孙悟空那猴子他熟悉得很，两次做官都是他引荐的，没想到还有这等隐情。他呵呵一笑，对六耳道："孙悟空犯了事，已经被压到五行山下了，这你知道吧？"

六耳一点头："我也不要他如何，只想自家重新拜入菩提祖师门下，化去横骨，从头修行，把这几百年平白丢了的光阴补回来。求仙师给个公道，求仙师给个公道！"说到最后，猴子双目含泪，连连作揖。

其实就算天庭批准，他从修妖法再转为修仙，也是千难万难。不过李长庚见他面容枯槁，不忍说破，只含糊道："待我查实之后，会尽快通知你。你不要在这里熬着了。"六耳千恩万谢，高高兴兴地离了南天门。

李长庚揣起六耳的诉状，辞别了王灵官，驾起仙鹤朝着自家洞府飞去。飞到一半，突然一封传信送过来，是天庭的内部通报，说下界大唐与鞑靼边境的两界山有震动。

李长庚吓了一大跳，那两界山又叫五行山，山下镇压的可不是一般人，刚才那震动，莫非是妖猴越狱？

李长庚正琢磨着要不要回转启明殿，提前准备一下，忽然接到观音飞符传信，说："给你同步一下最新情况，玄奘刚收了个徒弟。"

李长庚打开，一看到名字是孙悟空，不由得脱口喊了一声："无量天尊！"

第二章

孙悟空这个名字，别人不熟，他李长庚可太熟了。

当年那一只石猴出世，从弼马温到齐天大圣，可都是他一手运作出来的。眼看一桩招安的大功即将到手，谁知那猴子不识趣，搅得整个天庭都乱了套，最后被佛祖压在五行山下，算来已经有五百年了。

如今佛祖要把这家伙放出来，到底是什么用意？就不怕那猴子脾气上来，一棒子把玄奘打死？更何况这么大的事，观音为什么之前不跟自己说？

李长庚恼怒了一阵，忽然想通了。这是西天的事，自己就是帮一下忙，如今工作已经完成，他们爱收谁当徒弟就收谁，和启明殿没什么关系。他忽然想起那只瘦小的六耳猕猴的背影，摸摸怀里这张诉状，不由得轻轻嗟叹了一声。一个时辰之前，六耳这个诉求也许还有解决的可能，但现在孙悟空被玄奘收为弟子，形势就变了。

"算了，他一只修习了妖法的猴子，就算拜在菩提祖师门下，也不会有什么成就。拖一拖，他就该知趣回洞府了。"李长庚心想。

这时他腰间笏板响动，原来是观音传音过来。李长庚把诉状随手放回袖中，收回心思。观音一开口就表扬："李仙师，揭帖我看完了，写得很精彩，到底是老资格，周到严谨，咱们再接再厉。"

李长庚眉头一皱，觉得话茬儿不对，观音又主动说："忘了跟你详细说了，佛祖觉得玄奘这次取经意义重大，所以给的劫难定量是九九八十一难，咱们接下来还得多多努力。"

李长庚眼前一黑，啥玩意儿？还得搞八十次，疯了吧？

观音赶紧宽慰："这个定量标准，还是有弹性的。咱们可以从玄奘出生——不对，从金蝉子被贬开始算起。我帮你数数啊，金蝉遭贬第一难，出胎几杀第二难，满月抛江第三难，寻亲报冤第四难。然后老李你安排的那一难，可以拆成'出城逢虎'和'折从落坑'两难——你瞧，一下子六难就有了不是？"

李长庚听了，心情稍微好了些，可再一琢磨，不对啊——取经明明是灵山的事，自己就是帮忙协调而已，怎么听起来接下来的活全是我干？他还没开口质问，观音已抢先说："佛祖对那篇揭帖很是欣赏，已传抄诸天佛陀、菩萨、罗汉、比丘、比丘尼等，无不欢喜赞叹，齐颂殊胜。"

李长庚一听这句，心中登时一沉。糟糕！着了她的道儿了。

观音肯定早知道佛祖定的量是八十一难，却只跟李长庚透露一难。他本以为是临时帮一个小忙，可揭帖一发，所有人都知道这一劫由你太白金星护法，接下来的事自然还是你负责。

回想刚才观音还推心置腹地帮着计算劫难数量，李长庚一阵气苦。合着你是帮我解决了一个本不存在的困难，送了一个本来不需要的人情——怪不得满天神佛个个清静无为、不昧诸缘。只有不主动做事，才不会沾染因果啊！

观音见李长庚久久不回话，知道他心里愤愤，主动道："李仙师，您这护法精彩至极，可见道法精深，将来得证金仙，可别忘了请我吃杯素酒。"这句话恰好搔到了李长庚的痒处，事已至此，只能好好表现，做出点成绩来，争取把金仙境界修上去，于是他矜持地回了一句"哦"。

观音赶紧顺毛捋："你放心，这是咱俩的事，不会让你一个人扛。老李你赶紧回去歇着吧，后头几难我来负责。"她这么殷勤地主动揽活，连称呼都从"李仙师"变成"老李"了，李长庚一时倒不好意思说什么了，只得默默收好笏板，骑鹤径自回了九刹山。

九刹山是天庭分配的洞天福地，周回不算太大，好在险峰幽壑、珠树琼林一样不缺。唯一的瑕疵是年头长了点，不是瀑布偶尔断流，就是岩洞间或塌方，小毛病不断。

李长庚进了洞府，先给白鹤洗刷了一下羽毛，脱下道袍捻了个去尘咒。无意中一抬头，发现穹顶稍微有些水珠，想必是岩间灵泉渗漏下来的。他跟山神提了几次，对方只是敷衍地弄了个避水珠挂在上头，至今还没派力士来修。

忙完这些事，李长庚撕开灵芝吃了几口，盘膝趺坐在蒲团上。谁知一个小周天还没搬运完，头上闪光，这是有消息过来了。

飞符化成一团光不停盘旋，就是不凝实降下。李长庚叹了口气，他这个洞府在诸峰林壑的最深处，固然幽静，但飞符却不易感应，只有攀到山顶才能凝实。

他有心明天再收，可脑子里总惦记着，索性捶捶腿下了蒲团，吭哧吭哧爬到九刹山顶。登顶的一瞬间，团团光华闪耀不休，仙意宛然，他把观音发来的飞符一口气全收下了。

第一条是："老李，双叉岭上玄奘遇见刘伯钦之前，遇到过一只老虎，我登记成第七难了。"

第二条："老李，两界山玄奘收孙悟空当弟子的事，我登记成第八难了。附件是揭帖，你看看。"

第三条："西海龙王说他们家三太子主动要求锻炼，我安排他去了鹰愁涧，先吃了玄奘的白马，这样咱们第九难也有了，再罚他去顶替玄奘的坐骑。"

第四条："累死了，先沐浴。第十难看老李你发挥了，跟第九难的间隔别太远了。"

第五条："对了，孙悟空斗战不错，咱们接下来的护法方略，可以再大胆一些。"

李长庚松了口气，这一转眼就推进到第九难，速度还挺快，他回了一句"保重仙体"，然后溜达回洞府，盘膝坐下读五行山的揭帖。

观音这篇揭帖写得花团锦簇，主旨大赞佛法无边、浪子回头。揭帖还配了一张图：只见一只猴子头戴金箍，跪在玄奘面前，玄奘合十诵经，表情虔诚。

李长庚看了几眼，用词浮夸了点，但没什么大问题，便搁在一旁，继续修炼。搬运了三个周天之后，李长庚灵台清澈，心上仿佛有一层轻尘被拂开，突然咂摸出点不一样的味道。

瞧瞧观音张罗的这些事：先去长安送玄奘袈裟、锡杖，然后让刘伯钦提供接待，接着安排孙悟空当徒弟，又牵线让龙王三太子当坐骑——好嘛！她经手的事情，名义上是劫难，其实全是给玄奘送好处的。

光是抢功也就算了，关键她还藏着掖着，不提前沟通，让李长庚很是被动。

要知道，护法锦囊的设计，与人数有很大关系。一个人的小锦囊和四个人的锦囊大不相同；四人以上的大锦囊，思路迥异。原本李长庚精心挑选的，都是适用于玄奘一人的锦囊，现在观音不打招呼就加了一只妖猴、一条龙进去，等于之前拟的方略全数作废了，要重新调整！

怪不得她鼓励自己要大胆一点，合着又是一堆额外的工作。

李长庚想到这里，登时连搬运都没心情了——所有的便宜人情，都是她的，所有吃力不讨好的差事倒让我来。她居然还好意思发飞符过来表功，说得好像在照顾我一样。

他差点就要再爬上山头去发飞符骂人，可一转念，能骂什么呢？这些事冠冕堂皇，就算闹到佛祖和玉帝面前，也挑不出错，反而显得自己修为不够。

这是真正的高手，让你吃个哑巴亏，你还得受着人情。

可李长庚知道，这事不能就这么算了。仙界讲究"道法自然"。什么叫自然？天压着地，高压着低，你忍让了一次，人家就会顺势蹬鼻子上脸，次次忍气吞声，你就会被欺负。

他回到洞府取出舆图，在唐僧预定的路线上搜来寻去，观瞧片刻，突然眼睛一亮，计上心来，当即唤来白鹤径直下凡而去。

老仙师驾鹤先到了西番哈咇国境内，很快看到玄奘与孙悟空站在一户人家的院子里，旁边是白龙马，一个老者手捧着一套宝光星闪的鞍鞴、辔头、缰笼等物，正作势送出。玄奘微微点头，神情矜持，一副理所当然的样子，悟空在一旁抱臂冷笑。

别人瞧不出，李长庚可是一眼看破，哪个凡人家里会有这等宝物？那老头明明就是落伽山的山神所变。落伽山是观音的道场，不用问，这事自然又是出自她的安排。她今晚没跟李长庚提过，说明这不算作八十一难之一，只是私下里的照顾。

你瞧那三十九位紧随着玄奘的神祇，这会儿可都不在附近。

李长庚微微皱眉，若不是他心血来潮提前赶来，这一桩隐秘的安排都没人知道。他再看过去，孙悟空伸手挖了挖耳朵，仿佛对这一套厌倦得很。

自从孙悟空被压在五行山下，这还是李长庚第一次再见他。这猴子不复当年狂放嚣张的姿态，只是眉宇间多了一股冷意，仿佛断绝了一切世间因果，不在三界之中。李长庚只见过一次类似的眼神，那填在北海眼里的申公豹，就是这样的眼神。

孙悟空似乎感应到了什么，抬头朝半空看去，李长庚赶紧躲入云中。猴子重新把视线收回，但聚焦处依旧是虚空。

那边老头见玄奘把装备都装到白龙马身上了，忽然浮到半空，现出真身："圣僧，多简慢你。我是落伽山山神、土地，蒙菩萨差送鞍辔与汝等的。汝等可努力西行，却莫一时怠慢。"

李长庚气得鼻子都歪了，你既然要送个明白人情，那前头何必装什么凡人呢？他实在懒得往下看了，直接驾鹤离开，按照原来的计划朝西边飞去。

风呼呼地在李长庚耳边吹着，他脑海中怎么也忘不掉孙悟空刚才那虚空的一瞥。整个天庭，他算是跟孙悟空最熟的几个人之一。李长庚很好奇，孙悟空性格桀骜不驯，原来让他在玉帝前叩个头都难，这次猴子怎么如此乖顺地成了取经人？观音到底是如何说服他的？

想了半天，李长庚也没想出个子丑寅卯。这时白鹤一声清唳，把他的思绪拽了回来。李长庚往下方一看，和舆图显示的一样，下方山中坐落着一处禅院，名叫观音禅院。

"你既然让我负责第十难，那么玄奘遇到什么劫难，可就怪不得我了。"李长庚嘿嘿一笑，施展神通，以禅院为中心，开始扫视方圆百里。

扫来扫去，真让他找到一只妖精。这是一只黑熊精，正在自家洞府里闭目修炼。李长庚懒得搞化身那一套，直接飘进了洞府之内。

这只黑熊精皮毛干涩，形销骨立，可见修炼得十分辛苦。他忽然看到一位仙人出现在眼前，吓得赶紧下拜。李长庚亲切地把他搀起来，随口询问。黑熊精略带羞涩地说他已成精四百五十多年，如今正努力化去横骨，再熬个五十年就够成仙的资格了。

黑熊精一脸憧憬的神情，让李长庚突然想起了六耳猕猴。他咳了一声，说："位列仙班可没那么容易，但若你能配合我的工作，位列仙班还是有机会的。"

黑熊精大喜过望，扑翻身便拜。李长庚微微一笑，让他附耳过来，然后细细交代了一通。黑熊精听得十分仔细，连连称是。

安顿完之后，李长庚拂尘一摆，又去了观音禅院，仔细安排了一番，眼见着玄奘他们进了禅院休息，这才驾鹤回了九刹山。次日一早，他刚到启明殿，观音已经气急败坏找上门来。

"老李，你这第十难怎么回事？"

李长庚装糊涂："就是按锦囊方略来的呀。我这次选的叫'自作自受'，安排了金池长老觊觎袈裟，纵火烧禅院，孙悟空借了广目天王的辟火罩……"

观音板着脸道："你这一难的设计，干吗要用那件锦襕袈裟？袈裟乃是佛祖亲赐，万一有个闪失可怎么办？"李长庚知道她是存心找碴儿，一拍胸脯："大士放心，锦襕袈裟只是假丢，我派专人看着呢，不会出问题。"观音一计不成，又挑一刺："还有啊，你为什么安排孙悟空去找广目天王借辟火罩？简直是画蛇添足！齐天大圣那么大能耐，至于连一把火都解决不了？别人会说我们这一劫渡得太假了，到时候影响了玄奘不说，连佛祖也会尴尬。"

李长庚淡淡道："灵山和天庭对取经大业都很重视，都要体现出关心，这不是您说的吗？"

两边都重视，说明灵山能做主，天庭也有资格插手。广目天王供职在南天门，李长庚这一手安排看似多余，其实是向观音点明了一下立场——我启明殿是天庭的衙署，可不是你落伽山的跟班。

偏偏观音没法在这上面纠缠，总不能说天庭没资格吧？她还想再挑辟火罩的毛病，可转念一想，广目天王虽说在天庭供职，出身却是释门，她如果继续质疑，就是打自家耳光了——看来这老神仙绝对是处心积虑，要不天庭那么多有防火法宝的神祇，怎么独独去找广目天王借呢？

观音咬了咬嘴唇，一跺脚，终于说了实话："李仙师，你这一难安排在哪儿不好，干吗选一个叫观音禅院的地方？起贪心的还是禅院长老，这不是抹黑我吗？"

李长庚心里乐开了花，面上却一脸无辜："您看看舆图，玄奘一过西番哈咇国，下一站可不就在观音禅院？可是您交代的，说第九难第十难间隔不要太远。"

观音被这一席话噎得哑口无言，生生憋出了青颈法相。李长庚见她哑口无言，笑道："没啥事我就去殿里了，这一劫的揭帖还得写呢。"观音大惊，赶紧拦住他："老李，缓一缓，缓一缓，这揭帖暂时不能发，真的有损我的名誉啊！"

李长庚故作惊讶："怎么会？这是观音禅院出的事，又不是观音大士您。"观音急道："哎呀，仙界什么样你还能不知道？万一被兜率宫的老君掐头去尾、添油加醋一传，就成了我观音指使偷窃袈裟了！"

"咳，实在不行，再出个澄清声明嘛。"李长庚说。观音差点摔了玉净瓶："谁会看那玩意儿！西王母当年发了多少声明说猴子在蟠桃园只偷过桃，有用吗？老李，你这篇揭帖必须撤下来，不然我去灵霄宝殿说个分明！"

见她开始口不择言了，李长庚不慌不忙亮出一份文书："不劳您去灵霄殿，陛下早有批示。"观音盯着末尾那先天太极看了一阵，气呼呼道："我是释门中人，不懂你们玄门的暗语。"李长庚说："您看这个太极，阴阳二鱼首尾相衔，周转不休。什么意思呢？这是陛下教诲我等，咱们做事啊，不能顾头不顾腚。"

观音这才意识到，能在启明殿干这么多年的，怎么可能是个任人欺负的老实人。

她迅速调整了一下法相，换成合掌观音，赔着笑脸说："之前事情多，没顾上沟通，是我不好。接下来的护法方略，大家群策群力，一起商量着来。不过这篇揭帖真的影响太坏了，还请老李多帮帮忙。"

李长庚见火候差不多了，慢条斯理道："其实嘛，倒也不是没办法补救。"观音一听，赶紧请教。李长庚道："前头观音禅院的事都演完了，改不得，不过我认识附近一只黑熊精，他愿意背这个锅。咱们可以说袈裟是他去偷走的，这样就跟观音禅院没关系了。再让孙悟空跟黑熊精斗一斗，最后玄奘出面把他收服做个弟子，如此一来，既有了劫难经历，又显出慈悲为怀，皆大欢喜。"

观音大惊："这使不得，使不得，怎么能让玄奘收妖精做徒弟呢？"李长庚不解道："孙悟空不也收了吗？猴子和黑熊，能有多大区别？"观音头摇得像一个转经筒："玄奘取经，收多少徒弟皆有定数。黑熊精造化够了，可惜缘分未至。"

李长庚冷笑起来。三千大道，只这两个词最为缥缈玄妙，说你造化上本来可以，其实是没缘分；说你造化上本不可以，反倒是缘分到了。所以满天神佛都爱用这词来推搪敷衍。

他也不言语，端起茶碗，笑眯眯看着观音。观音脸色变了变，一咬牙，说："灵山我做不了主，落伽山的差事行不行？"李长庚咳了一声，说黑熊精一心向佛，在哪里做事都是修行。

"那这揭帖……"观音试探着问。

"我还有别的事忙，要不您受累给写了吧。"

观音这才大大地松了一口气，转身登云离开。李长庚心头大畅，唤来仙童给自己沏上一杯玉露茶，美美地品了一口。念头通达了，连茶味都感觉更加醇厚灵澈。

过不多时，观音自己把拟好的揭帖发了过来。李长庚盘腿在蒲团上坐下，先不急不忙地冥想了一阵，这才啜着茶，欣赏起这篇揭帖。内容和他猜的差不多：金池长老觊觎袈裟，纵火烧禅院，黑熊精趁乱窃走袈裟，观音化身凌虚子，收服黑熊精，为此还舍了一个金箍去。

观音还不忘拔高一下，说之所以收这妖，是因为他诚心皈依，顽性早消，还附了几句诗："普济世人垂悯恤，遍观法界现金莲。今来多为传经意，此去原无落点瑕"——算是把观音禅院的负面影响勉强遮过去了。

李长庚品评了一下这首诗，觉得有了个新思路。他也是个业余诗人，没事爱写两句，这次看到观音如此，一时技痒，决定下次在揭帖里也给自己留点创作空间。

最后他看到处理通报这一段，不由得大为感佩。观音真是个巧立名目的高手，居然把山神的差事一拆为二，把黑熊精安排成落伽山后山的山神。既不必额外增加一个仙门名额，也解决了安置问题。他再翻后面，那一场劫难，也是被观音分拆成了"夜被火烧"和"失却袈裟"两难，进度又推进了一小截。

揭帖写得全无破绽，但越是如此，越证明观音吃了个哑巴亏，暗伤估计不少。一想到她脖子都气青的模样，老李心里舒服多了。他抿着玉露茶，忽又回想起观音刚才的话"玄奘取经，收多少徒弟皆有定数"，不由得沉吟起来。

看来上头对玄奘取经这事，还有后续安排啊。

玄奘将来注定是要成佛的，那么作为随行人员，起码一个罗汉果位是有的。西海龙王那个三太子，观音只能把他以"坐骑"名义塞进队伍，做不得正选弟子，足见这名额之贵重。

眼下取经队伍里只有一个徒弟，那么玄奘接下来还收不收？收几个？

参悟着这一番因果，李长庚突然怔了怔，当即趺坐闭目。只见一团团五彩祥云纷涌浮现，翻卷缭绕，霞光明灭不休。童子们知道，这是老神仙突感天机，潜心悟道，都不敢打扰，纷纷退出启明殿。

不过短短一炷香的光景，李长庚缓缓睁开双眼，发出一声清朗长笑，起身大袖一卷，满屋云霭顿时收入身中。玄奘取经这事，他原本只有满腹怨气，至此方有明悟："你做初一，我做十五，你可以赚尽好处，为何我不能从中分一杯羹？天予不取，反受其咎，时至不行，反受其殃！"

他从蒲团上起身，抬手给观音发了张飞符："玄奘既得了高徒，后续揭帖里，是否要多体现一下携手共进之精神？"

观音很快回复："好。"

"锦囊还按原来的标准？"他又问。

观音回了个拈花的手势。

看得出，观音对这个话题很谨慎，一个字都不肯多说。

不过对李长庚来说，足够了。

观音八成是在沐浴。一个人在洗澡时，最容易放松警惕，哪怕一个"哦"，都会透露出很多不该透露的信息。

仙界的揭帖用词，向来讲究严谨。师徒尊卑有别，绝不能用"携手共进"来形容，这词只用于形容身份相当的合作。观音说可用，说明玄奘除了悟空，肯定还要收别的弟子。只有两个以上的弟子，才能说"携手共进"。

而根据李长庚的经验，锦囊分作大、中、小三种。小锦囊只做单人历劫之用，中锦囊用作二至四位劫主，大锦囊则是四人之上的场合，只有八仙过海那次动用过。

观音既然说锦囊用原来的标准，显然不适用大锦囊。而玄奘已收了孙悟空为徒，小锦囊也不合适。由此可见，玄奘的正选弟子名额最多三个，与玄奘凑成四人队伍，卡在中锦囊的使用上限。

参悟透了这个玄机，李长庚心中大概想通了。

观音说"玄奘取经，收多少徒弟皆有定数"，却没用"如是我闻"当前缀。说明除悟空之外，其他名额佛祖并没指定，而是灵山的其他大能各显神通，至于缘落谁家就不知道了，大雷音寺还没公示。

没公示最好，这样大家就都有机会争上一争！

老神仙感觉自己卡在关隘的心境，终于久违地松动了几分，隐隐触到了金仙的境界。一念及此，他当即从蒲团上爬起来，一摆拂尘，兴冲冲去了兜率宫。

第三章

兜率宫里，太上老君正坐在炼丹炉旁，一边盘着金钢琢，一边跟金、银两个童子和青牛聊着八卦新闻。李长庚一脚迈进去，问："你们聊什么呢？"太上老君一见是他，大喜过望，拽他过去压低声音："哎，你听说了吗？二十八星宿里那个奎木狼，跟披香殿的一个侍香的玉女勾搭上了，在殿内做了许多苟且之事，啧啧，那叫一个香艳。"旁边金、银二童子你一言我一语，补充细节，说得活灵活现，好似现场看到了一样。

李长庚微微眯眼："连兜率宫都知道了，那岂不是整个天庭都传遍了？后来呢？"太上老君拿袍袖假意一挡，却挡不住双眼放光："这事我只跟你讲，你可别告诉别人。"不待李长庚答应，太上老君迫不及待道："我听南天门传来的消息说，奎木郎一见奸情败露，生怕玉帝责罚，直接挟了玉女下凡私奔去了，这个没确认，别瞎传啊。"

李长庚陪着笑了几句，装作不经意道："也怪不得他们要跑，上一次类似的事你们还记得吧——广寒宫那次。"太上老君连连点头："记得记得，天蓬元帅嘛，酒醉骚扰人家嫦娥，在广寒宫内做了许多不堪……"李长庚见他嘴有点大，赶紧拦住："老君你别瞎讲，未遂，那是未遂，别坏了人家广寒仙子的名节。"

太上老君道："都这么传的嘛，反正天蓬最后被玉帝送上斩仙台，差点砍了脑袋，说明这事肯定不小，不然何至于死刑——我记得，还是太白金星你出面求的情，才改判打落凡间吧？你俩这么好的交情？"

李长庚道："咳，我那也是惜才嘛！对了，顺便多问一句，天蓬被打落凡间之后，那把上宝逊金钯，在老君你这儿吧？"老君一怔："没有啊，怎么了？"李长庚奇道："当初这钉钯是老君你亲自锻造，按规矩天蓬下凡，这钯子应该归还兜率宫吧？"老君把脸一沉："天蓬他下界时根本没来交接，也没人查问，不信你自己查。"

他让金、银二童子把兜率宫的宝库簿子取来，李长庚随便翻了几页，确实没有，心里有数了，便起身告辞。太上老君还想扯着他打听两句玄奘的事，结果他跨上仙鹤，直接飞走了。

老君悻悻转身，一脸不满足地把簿子合上，叮嘱两个童子道："你们再去检查一次宝库，咱们兜率宫的宝贝多，别稀里糊涂被人顺走几件。"金、银二童子和青牛都笑："老君太小心了，这里的宝贝，哪里是外人能盗走的。"

老君一想也是，把金钢琢又盘了几圈，随手挂在青牛角上，继续去炼丹了。

且说李长庚离开兜率宫，先去清吏司里查了下界名册，然后直奔人间，到了一处叫浮屠山的地界。这里有个洞府，他拿符纸化出一个黄巾力士，上前砸门。没砸几下，洞内突然传来一声嘶吼，只见一头面相凶恶的野猪精跳将出来，手握一把金灿灿的九齿钉钯，只轻轻一筑，便把黄巾力士砸了个粉碎。

李长庚眼前一亮，这钉钯威力不凡，应该就是那把上宝逊金钯无疑。他上前亮出本相，拱手笑道："天蓬，别来无

恙？"那野猪精一见是太白金星，连忙收起兵器，唱了个大喏，语气居然多了几分腼腆："如今转世投胎啦，天蓬之名休要提起，恩公唤我作猪刚鬣便是。"

他把李长庚迎进洞府，奉了一杯野茶。李长庚喝着茶，闲聊了几句近况，眼睛却一直盯着那把上宝逊金钯。

这钯子的来历可不一般。当年玉帝请来了五方五帝、六丁六甲一起出力，荧惑真君添炭吹火，太上老君亲自锻打，才铸出这么一柄神器，重量约有一藏之数，被玉帝拿去镇压丹阙。后来天蓬受任天河水军元帅，玉帝亲自取出这把上宝逊金钯，赐给他做旌节。满天皆惊，谁都没想到这个水军元帅能得到这么大的恩宠，风头一时无两。

广寒宫事发之后，天蓬被押上斩仙台，天庭上上下下都觉得这个骄横新贵死定了。唯独李长庚经验丰富，判断玉帝并不想真杀天蓬，便主动为其求情。果然玉帝顺水推舟，改判了他黜落凡间。所以猪刚鬣适才见了李长庚，口称恩公，李长庚也承下这份人情。

按说天蓬被贬之前，这上宝逊金钯应该被缴入兜率宫，可他如今居然还带在身边，说明什么？说明玉帝对天蓬圣眷未衰，下界只为避避风头。反正转过一次世后，过往的因果直接清空，只要寻个契机，便能重新让猪刚鬣回归仙班。

"陛下既有起复之心，这人情正好让我来做。"

李长庚暗暗计较了一番，转向猪刚鬣："刚鬣啊，最近有个起复的机会，你有没有兴趣？"猪刚鬣一怔，旋即大喜："有，有，这破地方老子早憋坏了，那些凡间女子没一个……"李长庚咳了一声，猪刚鬣这才意识到不妥，改口道："呃，老……老猪是说，那些凡间女子助我磨砺过道心，如今我伐毛洗髓，洗心革面，可以挑更重的担子了。"

"你真要挑担子？"

"那是自然！多重都行。"

李长庚随即将计划说了一遍，猪刚鬣一听，惊疑不定，喃喃说："这是陛下的意思？"李长庚一指那钯子："你自家努力修行上去，他老人家不是更高兴吗？"猪刚鬣心领神会，连连点头。

李长庚心想，就他这猥琐脾性，嫦娥尚且要被骚扰，附近的凡间女子只怕更是不堪其扰，这次如果能将其弄走，也算是一桩顺手善事。于是他拿出舆图，伸手一指："头一桩要紧事，你赶紧搬家，就去福陵山云栈洞，那里是取经人必经之地，住着一只叫卵二姐的妖怪。你搬过去以后，洞里做得旧一点，别人问起，就说你是卵二姐的相公。其他的，等我指示。"猪刚鬣忙不迭地答应下来，反身就走。

交代完这边的一切，李长庚又匆匆回到启明殿，正赶上织女还没走。他从袖子里掏出一枚玉简，对她说："帮我送趟文书给文昌帝君，加急啊！"

织女一看，哟，居然是青词。

青词和揭帖内容差不多，都是记录九天十界诸般变化的。不过揭帖是写给大众看的，青词则只有三清四帝、罗天诸宰才有资格看，内容上会有差异。按照流程，所有上青词的稿件，要先在文昌帝君这里整理汇总，然后再向上报送。

织女挺纳闷，平时启明殿都是让值殿的道童去送青词，怎么今天李殿主指明让她去送？李长庚没解释，说："这是急事，你去跑一趟，然后可以提前下班了。"织女挺高兴，抱着文书喜孜孜去了梓潼殿。

文昌帝君一看西王母的小女儿亲自来送，自然不敢怠慢。他接过青词一看，里面是讲五行山玄奘收徒的事，基本上是把观音的揭帖抄了一遍，并无什么离奇之处，帝君便顺手搁到一摞待发青词的最上头，安排分发。

织女离开梓潼殿，高高兴兴去鹊桥了。李长庚却马不停蹄，径直找到观音，掏出玉简，说："我把第十二难的护法方略调整完了。"

这第十二难用的锦囊，叫"除暴安良"，讲玄奘师徒路过高老庄，遇到一头野猪精霸占村中女子。玄奘怜悯百姓之苦，派出悟空大战野猪精，将女子解救出来，在百姓千恩万谢中继续西行。

观音这次看得很细致，从头到尾仔细看了两遍，啧啧称赞，说这一难设计得好啊，既显出玄奘慈悲之意，也兼顾孙悟空斗战之能。而且斗战点到为止，不会喧宾夺主，分寸感极好。

李长庚轻轻点了下头："那我就照这个去安排了？"观音拦住他："这个野猪精，是当地的妖怪吗？"李长庚说："对，洞府就在高老庄隔壁，住了好多年了。"观音还是有点不放心："我怎么没看见野猪精的结局？你打算让他被悟空一棒子打死，还是放生？我们落伽山可再没有多余的编制了。"

看得出来，她这是被黑熊精坑怕了。李长庚笑道："自然是放归山林，许他一点丹药就成了。"观音这才放下心来，让他着手去安排。

李长庚辞别观音，下凡到了福陵山，见猪刚鬣已经把洞府安顿好了，便在附近找了片开阔地，起了个高老庄，雇了几十个凡人填充其中，伪装成定居多年的样子。一直到玄奘和悟空远远走过来，他才骑鹤远去，回到启明殿，盘坐继续修持起来。

也就一炷香的工夫，李长庚忽有感应，缓缓睁开眼睛，只见一张带着火花的飞符"唰"地飞入殿内。

他嘿嘿一笑，来了。

飞符是观音所发，言辞颇为急切："老李，你怎么搞的？那野猪精怎么给自己加戏，主动要拜玄奘为师？"李长庚还没回复，只见启明殿口突现霞光，原来观音已经气急败坏找上门来了。她脸色铁青，现出了千手本相，回旋舞动，可见气得不轻。

李长庚不待她质问，先迎上去问怎么回事，观音脸上浮现怒容："那头野猪精一见玄奘，立刻跪下来磕头，说是我安排的取经弟子，等师父等了许多年。玄奘联系我问有没有这事，我才知道出了这么大的娄子——老李，这可和说好的不一样啊！"

李长庚一摊手："方略你也是审过的，根本没这么一段。恐怕是那头野猪精听人说了取经的好处，自作主张吧？"

"不是老李你教的吗？"观音不信，千手一起指过来。

李长庚脸色不悦："你让玄奘直接拒了这头孽畜便是，我绝无二话。"观音长长叹了口气:"现在这情况,不太好拒啊。"

"有什么不好拒的?这野猪精连大士你都敢编派,直接雷劈都不多!"老李说得义愤填膺。

观音"啧"了一声,一脸无奈:"老李你忘了?玄奘身边还跟着三十九尊神仙呢。"李长庚道:"那不正好做个见证吗?"

观音不知道这老神仙是真糊涂还是怎么,压低声音道:"如果我现在去高老庄,当面宣布那野猪精所言不实,那几个护教伽蓝、四值功曹会怎么想?哦,他猪胆包天,是该死——但高老庄这一场劫难的方略,是观音审的,太白金星具体安排的,现在出了事故,是不是说明你们两位没有严格把关?对取经之事不够上心?你还不了解那些家伙,自己正事不干,挑起别人错处可是具足了神通。"

李长庚心中微微冷笑。都这时候了,观音还不忘记把黑锅朝启明殿挪一挪,指望自己跟她捆绑在一起。他一捋胡须,稳稳道:"大士莫急,来,来,坐下我们商量一下,总会有两全之策的。"

观音说:"哪有心思坐下聊啊,咱俩赶紧去高老庄吧!"她正要催促,忽然手里的玉净瓶微微颤动。她瞥了眼瓶里的水面涟漪,脸色微变,一手端起水瓶,一手拔下柳枝,另外两手冲李长庚做了个"稍等"的手势,同时一手捂耳,一手推门出去了。

李长庚也不急,回到案几前,慢悠悠做着前面几难的造销。过不多时,观音回来了,脸色要多古怪有多古怪。她疾走几步到李长庚近前,几只手同时拍在案几上:"老李,你是不是早知道猪刚鬣是天蓬转世？"

李长庚微讶："那猪精是天蓬？不可能吧？天蓬当年在仙界帅气得很，怎么会转生成这么个丑东西？"

"你真不知道？"

观音盯着他的脸看了半天，李长庚胡须一根不抖，坦然道："贫道以道心发誓，今日才知道这一层关系。"观音不知李长庚是在誓词上玩了个花招，悻悻地把大部分手臂都收了回去。李长庚问："大士又是从哪里知道的？"

"这事已经惊动鹫峰了！阿傩代表佛祖传来法旨，说玉帝送了一尾龙门锦鲤给灵山，说这水物与佛有缘，特送法驾前听奉。"

李长庚装糊涂："这事跟天蓬有什么关系？"观音有点抓狂："没关系啊！可这么一件没关系的事，佛祖特意让人转告我，这不就有关系了吗？"

"啊？"

观音气呼呼说道："刚才我又联系了玄奘，他确实看见那猪精手里有一把九齿钉钯，隐隐有金光，可不就是天蓬那把上宝逊金钯！"李长庚惊道："这么说，这天蓬竟是玉帝跟佛祖……"

"猪刚鬣虽无造化，但缘分到了。"观音嗑着牙花子，狠狠道。

这种涉及高层的博弈，不必点破。玉帝只是送了一尾锦鲤，佛祖也只是转达给观音。两位大能均未置一词，全靠底下人默会。以观音之聪睿，自然明白上头已经谈妥了，但这种交换不能宣诸纸面。所以得由她出面，认下这个既成的事实，慧眼识猪，成全猪刚鬣。

万一哪天猪刚鬣出了事，追究起责任来，那自然也是观音决策失误，两位大能可没指名道姓让她安排猪刚鬣。她自然也深知此情，所以拼命把李长庚扯进来，是想有人一起承担风险。

李长庚看了眼观音。她的脸色奇差无比，不只是因为这个意外变故，甚至不是因为这道法旨本身，而是因为这道法旨不是佛祖直接说的，是阿傩转达的，这本身就隐含了不满。

"阿傩还说了什么？"李长庚问。

"说我办事周全，事事想在了佛祖前头，把玄奘弟子先一步都准备妥当了。"观音面无表情地回答。李长庚暗暗吐了吐舌头，阿傩这话说得真毒，分明是在指责观音妄为，看来灵山内部也挺复杂的。

"对了，老李你当初怎么想到找猪刚鬣的？"观音仍不死心，一定要挖出这事的根源来。

"这您可冤枉我了，最初我可没选他。"李长庚叫起屈来，"我当初定下云栈洞时，接活的是当地一个叫卵二姐的妖怪。哪知道方略做到一半，卵二姐意外死了。但你知道的，整个劫难锦囊都设计好了，总不能因为死了一个妖怪就推翻重来，这才把她老公紧急调来。谁能想到这么巧，她招的夫婿居然是天蓬转世。"

"那……你有没有跟别人泄露过高老庄这一难的安排？"

李长庚大声道："我连猪刚鬣的根脚都不知道，能去跟谁讲啊？"他怒气不减，拽着观音到书架前，拿出一摞玉简："所有与取经有关的往来文字，皆在这里，大士可以尽查，但凡有一字提及天蓬，我愿自损五百年道行，捐给落伽山做灯油！"

观音表面上说不必，暗中运起法力，转瞬间把所有文书扫了一遍。她用的是"他心通"，可以知悉十方沙界他人之种种心相。倘若这堆文书里藏有与高老庄有关的心思，神通必有感应。但扫视下来，确如李长庚所言，文书里无一字涉猪，唯有一枚玉简隐隐牵出一条因果丝线。

观音心念一动，摄过玉简一看，发现里面是一篇青词的底稿，是讲五行山收徒的事，而且正文基本是引用她自己写的揭帖。李长庚惭愧道："大士这篇文字甚好，我一时虚荣心作祟，不告而取，拿去给自己表了个功，大士恕罪则个。"

观音大士左看右看，也看不出和高老庄有什么关联，只得悻悻地放下玉简："老李多包涵，我这也是关心则乱。"李长庚面上讪讪，心中却乐开了花。

他交出去的那篇青词，前面是照抄揭帖，只在结尾多了几句评论。评论说孙悟空在天庭犯下大错，遇到玄奘之后竟能改邪归正，可见如果赶上取经盛举，罪人亦能迷途知返，将来前途光明，善莫大焉云云。

这篇青词通过文昌帝君，第一时间送到了玉帝面前。玉帝何等神通，不难从这几句话里产生联想——天蓬和孙悟空一样，也在天庭犯过错，后者能加入取经队伍，前者也可以啊。他只要向六丁六甲稍一咨询，便会查知李长庚一切已安排到位，只欠顺水推一下舟。

只是李长庚没想到，玉帝的手法更加高明，只是送了条锦鲤给佛祖，说是与佛有缘。锦鲤乃是水物，又赶上这个时机，佛祖自然明白是怎么回事。两位大能隔空推手，不立文字，微笑间一桩交换便成了，如羚羊挂角，无迹可寻。

至于李长庚，他从头到尾只是提交了一篇收服悟空的青词，安排了当地的卵二姐及其夫君参与护法。这等曲折微妙的发心，别说观音大士的他心通，就算请来地藏菩萨座下的谛听，也看不出背后的玄机。

"那咱们接下来怎么办？"李长庚故意问观音。

观音面带沮丧："阿傩已经差人把锦鲤送到落伽山，搁到我的莲花池里了，说是象征道释两家的友谊。我还能怎么办？这事我只能认下，先让玄奘把他收了——不过老李，揭帖里得把天蓬改个法名。不是我抢功啊，这一劫，如果再不多体现一点皈依我佛之意，实在交代不过去。"

李长庚已经占了个大便宜，这点小事并不在意，点头应允。

于是观音又拿起玉净瓶，出去跟玄奘联系了片刻，回来时脸色有点怪。李长庚问她办没办妥，观音说办妥了，玄奘刚刚正式收猪刚鬣为二徒弟子，赐法名"悟能"，然后递过一张度牒，让李长庚备案。李长庚一看那度牒，上面除了法号"猪悟能"，还有个别名叫"八戒"，后头备注说是玄奘所起。

李长庚白眉一抖，哟，这可有意思了。

观音起的这个法名非常贴切，"悟能"可以和"悟空"凑一个系列。但"八戒"是什么？孙悟空法号也不叫"七宝"啊？何况人家菩萨刚赐完法号，你就急吼吼地又起了个别名，这嫌弃的态度简直不加掩饰。

难道是玄奘对这次被迫收徒不爽，就用这种方式表达不满？可你一介凡胎大德，居然对观音大士使脸色，就算是金蝉子转世，也委实大胆了点啊！

可李长庚转头再一看，观音有气无力地在启明殿里趺坐，与其说是恼怒，更似是无可奈何，心中突地一动。

他起初接手这件事时，曾感应到一丝不协调的气息，只是说不出为何。如今见到观音这模样，李长庚一下想到了哪里不对劲。

这次取经盛事是佛祖发起，为了扶持他的二弟子金蝉子。可出面护法的既不是佛祖的十大弟子，也不是文殊、普贤两位胁侍，反而是从另外一尊阿弥陀佛麾下调来的观音大士，这属实有点耐人寻味。

怪不得观音在这件事里咄咄逼人，积极争功，再联想观音刚才对几位护教伽蓝的提防态度，以及阿傩的讥讽，只怕灵山那边也是暗流涌动。

李长庚心里微微有点不忍，大家都是苦命神仙。他示意童子去泡一杯玉露茶，亲自端给观音。观音接过茶杯，苦笑道："谢谢老李。我现在有点乱，实在没心思分拆高老庄的劫难，要不就统共算作一难得了，后头咱们再想办法。"

"好说好说，合该是一难罢了。"李长庚拿起笔来，替观音在玉简上记下"收降八戒第十二难"几个字。观音捧着茶杯正要入口，突然玉净瓶一颤，茶水也泼洒出来，立时化为灵雾弥散。观音一看瓶口，脱口而出："不好！"

"怎么了？"

观音道："被猪刚鬣——呃，被猪悟能这一搅，我都忘了。本来后头还有个正选弟子等着呢，这下可麻烦了！"李长庚忙问是谁，观音顾不得隐瞒，如数讲了出来。

原来灵山安排的取经二弟子人选，是一只灵山脚下得道的黄毛貂鼠，偷吃了琉璃盏里的清油，罚下界来，叫作黄风怪。他就驻扎在距离高老庄不远的黄风岭黄风洞，专等玄奘抵达，便可以加入队伍。

不用说，这貂鼠一定是灵山某位大德的灵宠，才争取到了这番造化。只是妖算不如天算，造化不如缘法，被天庭硬塞了一个猪悟能，所有的计划都被打乱了。佛祖无所谓，观音却必须设法去安抚。

李长庚宽慰道："反正玄奘还能收一个弟子，那黄风怪做个老三，也不算亏了。"观音怔了一下，突然转过脸来，目光锐利："老李，你怎么知道玄奘可以收三个弟子？我好像没讲过吧？"

李长庚登时语塞。他适才大胜了一场，精神上有些松懈，一不留神竟露出了破绽。他支吾了片刻，含糊说是灵霄殿给的指示，观音却不肯放过，追问怎么指示的，李长庚只好拿出玉帝批的那个先天太极图：

"您看这阴阳鱼，阴阳和合，一生二，二生三，三生万物。可见陛下早有开示：玄奘要收三个弟子。"

"你上次可不是这么解读的。"

"圣人一字蕴千法，不同时候寓意各异，所以我们才要时刻揣摩参悟。"

观音觉得李长庚的解释十分牵强，可她是释门弟子，总不好对道家理论说三道四，就一直狐疑地盯着李长庚。

直到织女回到启明殿拿东西，才算打破这尴尬。观音收回眼光，语气森森："好了，我去劝慰一下黄风怪，就让他后延至第三位好了。李仙师你护法辛苦，佛祖也是深为体谅的。"说完她端着玉净瓶离开了。

李长庚暗暗叹息，恐怕观音已猜到了答案。修到这个境界的没有傻子，有时只消一丝破绽，就足以推演出真相。不过话说回来，这也并非坏事。对方明知是你搞的事，偏偏一点把柄也抓不住，这才是无形的威慑。

观音刚才威胁说会禀明佛祖，听着吓人，其实也就那么回事。佛祖是厉害不假，但灵山与天庭又不在一起开伙，他还能隔着玉帝一个雷劈下来不成？李长庚办这件事不是徇私，是为玉帝办事，她如果真撕破脸……那，就只能祝她好造化了。

"刚才观音大士好像不太高兴啊。"织女一边把宝鉴搁进包里一边问。

"她担子重、事情多，偶有情绪在所难免。干我们这行的，哪有痛快的时候？"李长庚感慨道。织女"哦"了一声，一甩包高高兴兴地走了，她对这些事从来是不关心的。

启明殿内，又只剩下太白金星一个人。这一场反击虽说收获喜人，却也着实耗费心神，需要温养一阵神意才行。于是他跌坐在蒲团上，决定好好调息一下。

随着真气在体内流动，李长庚烦躁的心情逐渐平复，神意也缓缓凝实，沉入丹田，内视到一团雾蒙蒙的晦暗，其形如石丸，横封在关窍之处。他知道，正是此物阻滞了念头通达，是心存疑惑的具象表现——更准确地说，是有些事情没有想通。

李长庚向观音解释过两次先天太极的意思，但那些说法都是自己揣摩的，敷衍观音罢了。那么玉帝为何不置一词，只圈了一个太极图在文书上？他的真正用意到底是什么？自从接到那个批示之后，李长庚便一直在参悟，却始终没有头绪。

还有，佛祖为何选了孙悟空这个前科累累又无根脚的罪人加入取经团队？

这些真佛金仙的举止，无不具有深意，暗合天道。李长庚不勘破这一层玄机，便无法洞明上级本心，将来做起事来很难把握真正的重点，难免事倍功半。

"难难难，道最玄，莫把金丹当等闲。"老神仙喃喃念着，他缓缓睁开双眼，看向案头那太极陷入冥思。不知不觉间，那阴阳双鱼跃出玉简，游入其体内。李长庚连忙凝神返观，只见那先天太极在内景里紫光湛湛，窈冥常住，与那团疑惑同步旋转起来……

突然一张飞符从殿外飞来，把李长庚难得的顿悟生生打断了。

"老李，不好了，黄风怪打伤了孙悟空，把玄奘抓走了！"

第四章

李长庚黑着一张脸，站在猪刚鬣——不，猪八戒旁边。眼前孙悟空躺倒在一张草席上，双眼红肿，流泪不止。

大致情况他刚才已经了解了：观音去安抚黄风怪，没想到黄风怪直接翻了脸，大骂观音办事不力，竟转身走了，直接冲到刚抵达黄风岭的取经队伍面前。

孙悟空、猪八戒以为这是事先安排好的劫难，只需要象征性地打一打。谁想到黄风怪一上来就动了真格，先祭出一口黄风，吹伤了孙悟空的眼睛，然后趁机摄走了玄奘。

李长庚低头去看孙悟空。只见这位昔日的齐天大圣紧闭双眼，那冷然空洞的眼神，被两片红肿的眼皮遮掩，整个人看上去疲惫不堪。李长庚想起那只南天门外的六耳小猴子，你别说，两只猴子长得颇像，怪不得会有冒名学艺之说。

这些无关的思绪，只在脑中一闪。李长庚拂尘一摆，俯身唤道："大圣，大圣？"悟空微抬右手，算作回应。李长庚说："观音去寻你师父了，不必着急。我先帮你寻个医生，治好眼病。"

"她寻不寻着，也是无用；我治与不治，都是瞎子。"悟空声音虚弱，可冷意犹在。

李长庚微微皱眉，这话听着蹊跷，还欲再问，猴子却翻过身去了。猪八戒双手一摊："他就这德行，谁都不爱搭理。我还以为是个高手，谁知道一招就被人家干翻了。"

"黄风怪有这么大能耐？"李长庚有点惊讶。

猪八戒耸耸鼻子："那厮仗着佛祖娇纵，可不知有多少法宝哩。"李长庚赶紧咳了一声，别人可以这么说，你猪八戒讲这种话，不是乌鸦落在你身上吗？

教训完八戒，李长庚抬起头来，环顾四周，远远半空的云端里，站着一圈护教伽蓝、六丁六甲、五方揭谛、四值功曹，众神站成四个小群，小声交头接耳。这个意外事故，显然也出乎他们的预料，大概在讨论要不要上报。

李长庚想拉观音商量，可她已经去追黄风怪了，至今未回。这很奇怪——观音法力高强，要抓那只貂鼠只是转瞬间的事，这么久没消息，说明出了大变故。

李长庚垂下拂尘，轻轻叹了一声。劫主丢了，首徒伤了，肇事凶徒跑了，负责人抓不回来，所有的环节都出了娄子，偏偏全程还被监察的神祇看在眼里，眼见这一场西行取经就要彻底崩盘。

此刻李长庚的心里，也是矛盾得很。倘若此事发生在高老庄之前，他大可以袖手旁观，看观音的热闹。但他刚刚才花了大力气，把猪八戒运作进取经队伍里，如果取经黄了，白辛苦一场不说，还会影响玉帝对自己的看法。

再者说，黄风怪之所以突然发疯，还不是因为二徒弟的名额被八戒给占了？如此推算下来，李长庚才是崩盘的初始之因。

李长庚暗自感叹，世间的因果，真是修仙者最难摆脱的东西，只要稍微沾上一点，便如藤蔓一样缠绕上来，不得解脱。

回想起玉帝画的那个先天太极，圆融循环，周围干干净净，一点因果和业力不沾，这才是金仙境界。可惜李长庚修为不够，不能像玉帝那样甩脱因果。

他长考下来，发现自己非但不能看观音的笑话，反而还得全力相助，无论如何得把这事弥合回来。可要弥合这么大一娄子，千头万绪，谈何容易。李长庚索性就地坐下，意识开始沉入识海。猪八戒在旁边见他头顶紫气蒸腾，耐不住性子，大声道："实在不行，就各自散了吧。我把猴子送回花果山，我回我的浮屠……"

李长庚吓了一跳，及时打断了他："是回高老庄！"

高老庄名义上是猪八戒的原籍，倘若被有心人听到他原籍在浮屠山，难免顺藤摸瓜，发现后面的一系列操作。笨死了，真是个猪队友……唉，算了，本来他就是！

猪八戒撇撇嘴："取经都要黄了，真的假的还有什么区别？"

说者无心，听者有意。这一句话钻进李长庚耳朵里，却似拨云见日，霎时一片清朗。是啊，真的假的，有什么区别？李长庚双目灼灼，只对八戒交代一句"稍等"，然后大袖一摆，登时飞到那一群护教伽蓝的云前。

伽蓝们纷纷把头转到别处，避开视线。李长庚清清嗓子，先说了一句："如是我闻。"这下伽蓝们没法装看不见了，只得双手合十，躬身恭听。李长庚一摆拂尘："佛祖有云，法不可轻传。所以黄风岭这一劫，贫道决意求新求变，不拘套路，思路与过往略有不同，诸位不必疑惑。"

一十八位伽蓝看着他，像在看一个傻子。都闹成这样了，你还说这是安排好的劫难，拿我们当顽童糊弄吗？

李长庚并未辩解，仙界论法就是如此，就算彼此心知肚明，场面上的废话也很重要。他笑盈盈道："好教诸位知，贫道这一劫的设计，乃是取了群策群力四字，以壮取经之胜景。"

他停顿片刻，等待对方反应。几位年轻伽蓝正要出言讥讽，却被为首的梵音伽蓝拦住。梵音伽蓝是个老资格，隐隐感觉到李长庚这句话没那么简单。他静下心感悟了一下，忍不住"嘿"了一声。

群策群力，意味着所有的西行人员都有机会做贡献——这是不是也包括护教伽蓝们？壮取经之胜景——这是不是意味着，功劳簿上也可以算他们一份？

"群者何解？胜景何在？"梵音伽蓝突然发问。

李长庚微微一笑："众人拾柴，火焰高涨；火焰高涨，岂不是众人都可以取暖？"

两个老神仙几句机锋打下来，都明白了各自的盘算。

这些护教伽蓝的任务是监察取经队伍，不能亲自下场。固然没风险，却也没太多好处，最多只得一个"忠勤"的考语。如今李长庚暗示，他可以在不违规的情况下，让他们也分到一些好处，何乐而不为？作为交换，李长庚希望伽蓝们在记录里，把黄风怪算作计划中的一劫，没有什么意外事故，一切都是安排好的。

梵音伽蓝请李长庚稍候，撩起一片云霭遮住身影，与其他十七位伽蓝商量了片刻，然后现出身形："我等受佛祖嘱托，暗中护持取经人西去，倘有劫难，敢不尽心，岂有他志。"

这就是说，如果你有本事把这个烂摊子圆回来，我们愿意配合。可如果圆不回来，我们还是会秉公记录，这次交谈就当没发生过。

李长庚大大地松了一口气，能讨到这句话，后面的事情便好操作了。他现场运起法力，凭空变出一张简帖。梵音伽蓝接过一看，上头写着四句颂子："庄居非是俗人居，护法伽蓝点化庐。妙药与君医眼痛，尽心降怪莫踌躇。"

梵音伽蓝心想，看你面相仙风道骨，怎么颂子写得这般粗陋不堪？不过抛开诗文水平不提，内容还是颇具妙心，让梵音伽蓝暗赞这老头想得周到。

遵照大雷音寺的规矩，护教伽蓝不能下场帮忙降魔，但没说不许治病救人。他们只消变成凡人，把孙悟空的眼病治了，便不算违规。将来悟空降住妖魔，揭帖里也要记他们一笔功劳——太白金星这份简帖与其说是颂子，不如说是个钻空子的指南。

"这简帖我们参悟一下。"梵音伽蓝道，"那治眼的药……用什么名目好？"

"三花九子膏吧。"李长庚都盘算清楚了。三九二十七，正好暗示有十八位护教伽蓝加五方揭谛及四值功曹，大家都有份，大家都方便——至于六丁六甲，那是玉帝直属，刻意逢迎反而露了痕迹。

跟一十八位伽蓝谈完之后，李长庚紧绷的神经稍微放松了点。他回到八戒那里，说："你把悟空背起来，在黄风岭下走一圈，看见有民居就进去，宅中之人自有救他眼病的手段。"

八戒嘟囔："这也太假了吧？随随便便一个凡人，就能拿出克制黄风怪的药膏？这种设计不合常理啊！"李长庚道："就是假一点，才能把人情做到位。就好比凡人给做官的行贿，都是拎一个食盒说给您尝鲜，做官的难道不知盒子里都是金银？不过是要个遮掩罢了。"

这个手段，还是从观音那里得来的灵感。落伽山山神曾扮成凡人，偷偷给玄奘送过装备，送完立刻显现真身。看似荒唐，其实这才是送礼的正途。

见八戒仍是似懂非懂，李长庚无奈一笑。织女也好，天蓬也罢，这些有根脚的神仙哪里知道他们一步步飞升的艰辛，非得把所有细节都琢磨透了，才能博得一丝丝机会。他也懒得解释，扬手唤来老鹤，朝黄风岭黄风洞飞去。

老鹤大概旧伤未愈，飞得歪歪斜斜的。李长庚不时得挥动拂尘，生出一阵风力，托起它的双翅，心里想这次事了，无论如何得换一只坐骑了。

可这次的麻烦到底怎么了结，他心里还是没底。

把这场事故掩饰成一场计划内的劫难，最核心的只有两个点：一是被掳走的玄奘，二是被打伤的悟空。如今护教伽蓝愿意出手，悟空受伤可以圆回去，接下来还得头疼，该给玄奘被掳找一个什么理由。

一想到这件事，他就百思不得其解。

黄风怪很愤怒，这可以理解；你去找孙悟空、猪八戒打一架，也不是不行；但你抓走玄奘算怎么回事？人家是佛祖二弟子，你不过是一只灵宠而已，难道还指望灵山会偏袒你吗？难道说黄风怪是个乖张性子，脾气一上头就不管不顾？

李长庚想了很久，也没想明白这怪的动机为何。眼看黄风洞快要到了，他摆动拂尘，正要吩咐老鹤下降，却突然见到最高的山崖上似乎有一个身影。再一看，那身影缨络垂珠翠，香环结宝明，手中托着玉净瓶，不是观音是谁？

李长庚大吃一惊，她不是去追黄风怪了吗？怎么就在黄风洞门口站着不动？他飞近再看，观音的形象在不断地变化，一会儿是威德观音，一会儿是青颈观音，一会儿是琉璃观音，状态很不稳定。无论如何变化，那身影到底透出一股天人五衰的凄苦。

李长庚赶忙按下老鹤，落到崖头，问观音发生什么事了。

观音一见他来了，"唰"地换成了阿麼提相，四周火光缭绕，遮住了面孔。李长庚没好气道："大士你的三十二相，难道是用来遮掩心情的吗？"观音不语，仍旧变换不停。

李长庚又道："贫道不知大士是出了什么事会如此失态，但俗话说，千劫万劫，心劫最邪。咱俩本是给别人渡劫护法的，如今给自己惹出这么大一桩劫数。在这个节骨眼上，你若心先怯了，那便真输了！"

观音没想到，李长庚居然不计前嫌前来宽慰，一时间有些不知所措，半天方喃喃道："老李你是来看我的笑话吗？"李长庚一捋胡须，语重心长："你我纵有龃龉，到底是一起护法取经的同道。贫道看你什么笑话？难道取经黄了，我有好处不成？"

他这话说得实在，观音沉默片刻，终于换回了本相，恹恹地把玉净瓶推给李长庚，让他自己看。

李长庚朝瓶口一看，水波里浮现出黄风洞深处的画面：只见玄奘与黄风怪对桌而坐，正欢谈畅饮，哪里有半点被掳的狼狈？他一阵讶然，看看观音，又看看水波，眉毛皱成了一团：

"玄奘这是……打算把你换掉？"

这听起来有些荒谬，但李长庚推算下来，只有这一个说法能解释黄风洞中的奇景。

玄奘与黄风怪居然彼此相识。

一旦带着这个前提去审视黄风怪的行为，便会发现他看似鲁莽，其实精细得很。

猪八戒不能打，打了会得罪玉帝；玄奘不需要打，两人本来就认识，他能配合假装被掳走；唯一可以打伤的，只有孙悟空。他背后没有大能撑腰，但齐天大圣的名头偏偏又大，一旦受伤，可以掀起很大的舆论。

　　取经队伍三个成员，一个被假掳，一个被打伤，一个被无视。黄风怪这一次袭击，避开了所有的利害，偏偏动静又不小。

　　一旦取经队伍出了难以挽回的大问题，上头势必震怒，只有换人一途。至于黄风怪，等换了新菩萨过来，他把毫发无伤的玄奘这么一放，自称听了高僧劝解，幡然醒悟。既给新菩萨长了脸，自己又算赎清了罪过，同样能进取经队伍，还能提供一篇上好的揭帖材料。

　　而要完成这一连串让人眼花缭乱的操作，关键不在于黄风怪，而在于玄奘愿不愿意配合。换句话说，整件事真正的推动者，只能是玄奘。

　　这些推测说来复杂，其实在李长庚脑子里一闪而成。他暗暗咋舌，那个看着傲气十足的玄奘，想不到也有这么深的心机。

　　观音苦笑，把瓶子拿回来，算是默认了李长庚的这一番推测。她之前追到黄风洞，一看到玄奘和黄风怪推杯换盏，登时觉得心灰意冷，立在崖头不知所措。她之前又是送马，又是送装备，又是安排接待，没想到却换得这么一个回报。

　　"但为什么……"李长庚问，"玄奘为何执意要把你换掉？"

"大概觉得我办事不合他心意吧。"

收猪八戒为徒这事，玄奘是被按着头勉强接受的，必然怀恨在心。何况猪八戒顶替的，还是他的好兄弟黄风怪的名额，那更是恨上加恨了。说到这里，观音哀怨地看了眼李长庚：这都是你招来的麻烦。

李长庚面皮微微发烫，可旋即释然。玄奘恐怕从一开始，就不满这个取经护法。就算李长庚没在中间插一脚，仍是黄风怪做二徒弟，玄奘早晚也会寻个别的借口，把观音逼走。

李长庚陡然想起悟空那句古怪的话："她寻不寻着，也是无用"——莫非那猴子火眼金睛，早就看穿这一切了？

这时观音落寞道："我……我还是主动请辞吧。"

"万万不可！"李长庚脱口而出。

观音见他居然出言挽留，稍微有些感动："老李不必如此，终究是我修为不够，未能完成佛祖嘱托，主动回转落伽山继续修持，总好过被人灰头土脸赶下台。"李长庚一拍胸脯："大士且在这里稍等，我去会一会玄奘。"观音一惊："你找他做什么？"

李长庚道："解铃还须系铃人，我去找他聊聊。"观音奇道："你与他又没有交集，怎么聊？"李长庚笑道："当局者迷，有时候还是外人看得清楚些。我问你个问题，大士酌情回答即可，不回答也行。"

"什么？"

"佛祖的大弟子是谁？"

观音先是一怔，旋即恍然，双手合十抿嘴一笑，什么都没说。李长庚点点头，他已经知道答案了，大袖一摆，径直飞去黄风洞。

他劝慰观音，确实是真心实意。观音虽然心思多了点，但两个神仙一起经历了十几难，彼此底线和手段都摸得很清楚，早形成了默契。换个新菩萨来，还得从头再斗上一遍，李长庚盘算下来，保住观音对他更为有利。

做人尚且留一线，何况是做神仙。李长庚在启明殿做久了，深知这个道理。斗归斗，却不要做绝，绝则无变，终究要存一分善念，方得长久。

不一时他飞到黄风洞外，径直走了进去。这洞不算太大，里面的装潢却颇为精致，空气里弥漫着一股浓郁的香油味。李长庚刚一进正厅，就看见黄风怪和玄奘对坐在一张桌案前，黄风怪手里端着满满一碟香油，大口吸溜，意态豪爽，玄奘矜持地端着一盅口杯，轻啜素酒。

太白金星无意遮掩身形，大刺刺地走过去。一人一妖瞥了他一眼，玄奘没起身，黄风怪倒是热情地迎上来："李仙师，来来来，我洞里刚磨的香油，喷香！一起吃一起吃。"

李长庚笑眯眯扯过一个凳子，就近坐下。黄风怪看看他，又看看玄奘，说"我去多拿副碗筷"，转身离开。玄奘面无表情，继续斟着酒，夹着菜。

这是他们第一次单独面对面。李长庚认真端详，这是个俊俏和尚，眉眼清秀，五官精致，只是面相上带着一股天生的骄纵气，骄纵到甚至不屑掩饰换掉观音的意图。

李长庚自斟了一杯素酒，笑盈盈道："玄奘长老，贫道于佛法所知甚是浅薄，能否请教一二？"玄奘右眉一抖，微露诧异，他本以为这老头要么厉声威胁，要么软语相求，没想到一上来居然是请教佛学问题。

玄奘颔首，示意他问。李长庚道："请问长老，佛祖座下有多少声闻弟子？"

"一千二百五十五人。"

"其中名望最著者为谁？"

"摩诃迦叶、目犍连、富楼那、须菩提、舍利弗、罗睺罗、阿傩陀、优婆离、阿尼律陀、迦旃延十大弟子。"玄奘对答如流。

"那再请教一下，佛祖最初的弟子为谁？"

"乃是阿若憍陈如、马胜、跋提、十力迦叶、摩诃男拘利五比丘。"

"那么我请问长老，这金蝉子长老，是依十大弟子排序，还是依五比丘排序？"

玄奘锃光瓦亮的额头上，顿时浮现清晰的几根青筋。他在东土辩才无碍，没想到却被一个道门的老头给难住了。

李长庚在启明殿工作，对于人事序列最为敏锐。早在接手取经护法这件事时，他就有疑惑：鹫峰的传承谱系明明白白，无论是按成就排行选出的十大弟子，还是按闻道时间排行设置的五位比丘，一个萝卜一个坑，怎么排，都没有空隙插进一个"佛祖二弟子金蝉子"。

他去查过，无论大雷音寺还是鹫峰，表面上所有的文书

与揭帖，只是说东土大德玄奘响应佛祖号召，前去西天求取真经，从来没正式宣布玄奘是金蝉子转世。在佛祖的公开讲话里，甚至从未提及"金蝉子"三个字。

所谓"玄奘是金蝉子转世"的说法，一直在私下流传，从来没得到过灵山方面的证实。偏偏灵山也没否认过这个流言。大家都看到，佛祖确实调动了诸多资源来给一个凡胎护法，于是默认其为真了。

这种暧昧矛盾的态度，简直是在玩隔板猜枚。只要不打开柜子，藏身其中的"金蝉子"既是真的也不是真的，就好比道家的"易"字，既是"变易"亦是"不易"，同时呈现两种相反的性质——是以适才观音微笑，一言不发，她真没法下结论。

孙悟空之前说过一句古怪的话："她寻不寻着，也是无用；我治与不治，都是瞎子。"前半句是指玄奘故意被掳，后半句却难以索解。现在回想起来，很可能他也已窥破了玄奘这重身份，而观音适才的回答，也足以证明李长庚的猜测是对的。

李长庚也不催促，就这么笑眯眯地看着玄奘。黄风怪端着油碟回来，见玄奘脸色不豫，又不好上前细问，只好说再去添点，悻悻转身走开。

"此乃释门之事，与你无关。"玄奘终于开口，硬邦邦地说了一句。

"也是，这事确实与贫道无关。"李长庚拿起酒壶，给自己斟了一杯，"不聊这个了，贫道给你分享一桩天庭的陈年旧事吧，是老君讲给我听的，嘿嘿，他那个人就爱传八卦新闻。"

他自顾自说了起来："托塔李天王你听过吧？他有仨儿子，金吒、木吒和哪吒，每个都是不省心的霸王。有一次李天王追剿一只偷吃了灵山香烛的白毛老鼠精，那老鼠精是个伶俐鬼，被擒之后苦苦哀求，居然说得李天王动了恻隐之心，禀明佛祖赦了她死罪，还把她收为义女，打算送入李氏祠堂。那三个儿子极度不满，尽显神通，把那老鼠精逼到绝境，若非最小的哪吒一念之仁，放她逃到下界，只怕那老鼠精早已身死道消——长老你说这是为什么？"

"自然是惧她分薄了家产。"

"可是后来天王得了个女儿叫贞英，三个儿子却没什么举动，也是古怪。"

"这有什么古怪，自家传下来的血脉，与外头跳进来的终究不同。"

玄奘说到这里，突然浑身一僵，整个人呆在了原地。李长庚冲他一笑，端起酒杯来啜了一口，看来这位高僧总算开悟了。

他一个东土的凡胎，走上一趟西天就能成佛，这让佛祖座下修持多年的正途弟子们怎么想？大家都是苦修千万年，境界一步步上来，怎么你就能立地成佛？退一步说，若成佛的是自家师兄弟也还罢了，偏偏还是一个凭空出现的金蝉子，凭什么？

玄奘之前没想到这一层，因为他和猪八戒、织女一样都是有根脚的，不必费力攀爬就能平步青云。所以他根本意识不到大部分修行者对逾越规矩者的厌恶与警惕。这种心态，只有李长庚理解得最为透彻，才能一眼看破关窍。

玄奘毕竟是东土高僧，一点就通，当即垂下眼帘，一身锋芒陡然收敛。李长庚趁机道："佛祖不从自家麾下调一位护法，反而要大费周折，从阿弥陀佛那里借调观音大士过来，实在是用心良苦啊！"

这就是在委婉地批评玄奘了。佛祖调观音来，分明是为了屏蔽正途弟子们的干扰，更好地为你护法，你却要平白生事把她赶走，真是蠢到家了。

不知何时，黄风怪拿着碗筷，站到两人背后。玄奘转头看向他，眼神闪烁，黄风怪伸出舌头，舔了舔碟子上的油，坦然一笑，算是默认了李长庚的说法。

玄奘轻叹了一声，伸手敲了敲自己的光头："啧……这次可是被阿傩给算计了。"

"阿傩啊……"李长庚暗暗点头。这个名字，可以解释很多事情了。

这件事幕后的推手，果然是正途弟子们。黄风怪成为取经二徒弟人选，应该就是他们联手运作的结果。被天庭截和之后，阿傩又与玄奘达成共识，配合黄风怪突然发难，剑指观音。

等到观音下台，换了阿傩或任何一位正途弟子来护法，后头有的是手段让玄奘到不了西天。可叹玄奘只看到眼前观音的种种过失，却被真正的敌人诱入彀中，自毁长城。

悟通了此节，李长庚才发现黄风岭这件事有多复杂。

表面上看，这是一次妖怪袭击取经人的意外，其实牵动了天庭与灵山之间的选徒博弈；而更深的一层，还隐藏着玄奘企图换掉观音的举措；在这举动的背后，还涌动着鹫峰正途弟子系统对金蝉子的敌意，以及佛祖若有若无的庇护——好家伙，这金蝉身后，什么螳螂、黄雀之类的，排成的队伍可真是长啊！

层层用心、步步算计，这一个成佛的果位，引动了多少因果纠缠……李长庚疲惫地想。好在玄奘主动吐露出阿傩的名字，说明他已做出了选择。

"亡羊补牢，为时不晚。只要长老心有明悟，这一劫渡之不难。"李长庚说。玄奘犹豫了一下，还没回答，一个沙哑的声音从旁边传来："长老准备走了？"

两人一看，黄风怪端着油碟站在旁边，仍是一脸笑容。李长庚暗暗警惕，眼下玄奘和阿傩的矛盾已然挑明，黄风怪是阿傩的心腹，难保不会做出什么事情来。玄奘看着黄风怪，两人刚才还推杯换盏，谁知竟是对头，一时也是百感交集。

"老黄，我本觉得你是个知交，想不到……"玄奘说。

黄风怪耸耸肩："我就是个戴罪立功的妖怪，阿傩长老让我取经挑担，我就挑担；让我打猴子，我就打猴子。奉命而已，与私怨无关。"

这貂鼠精倒也坦率，几句话，就把自己和阿傩的关系讲透了。玄奘冷哼一声："黄风洞里的这一席，也是你为了麻痹我吧？"黄风怪笑了起来："我虽说是带了任务，可真心觉得长老是个可交之人，谈得开心。今天这一席酒，我只招待好朋友。"

他放下油碟，做了个请的手势："两位想要离开，随时可以走。我可不敢阻拦一位天庭仙师和一位佛门高徒。"玄奘沉默片刻："可我们若回去，你就死定了。"

黄风怪在众目睽睽之下掳走唐僧、打伤悟空，赌的是阿傩或其他正途弟子上位，替自己遮掩。但如今玄奘态度转变，观音保住职位，那么他就非有个下场不可。

玄奘看向李长庚："李仙师，念在此怪未曾伤我，讨你一个人情，不要害他。"

两个人对他这个举动都颇觉意外。黄风怪皱着眉头道："玄奘长老不必如此，阿傩长老自会保我。"玄奘冷着脸道："你别会错意，我只是不想沾上太多因果罢了。"

李长庚沉思片刻，开口道："你们灵山内部有什么恩怨，与贫道是无关的。我只想推进取经这件事，至于其他事，贫道只给建议，定夺还看你们自家。"

说完他压低声音，说了几句。玄奘和黄风怪面面相觑，也不知是被震惊了还是疑惑。李长庚也不多解释，说时辰不早了，你们权且在这里静候。

等到李长庚走了，玄奘重新坐回座位。黄风怪重新把素酒斟满："来，来，趁太白金星还没定下来，咱哥俩多喝几杯。"玄奘皱着眉头呆了一阵，冷不丁问道："你在灵山脚下时，听过一只偷吃香烛的白毛老鼠精吗？"黄风怪哈哈一笑："长老有所不知，所有被大能安排离开灵山做事的妖怪，都会背这么一个罪名，不是偷香烛就是偷油。这罪过说大不大，说小不小，日后想保你容易，想惩治也有借口。"

玄奘像听一件新鲜事似的："这样也可以？"黄风怪叹了口气："不知是该笑话你还是该羡慕你。算了，喝，喝完咱们的交情就到这里了。"玄奘没吭声，继续喝。

这边李长庚离了黄风洞，观音还在崖头等候。李长庚喜孜孜飘然落地，说"搞定了"。观音又惊又喜，没想到他真把这事办成了。能在启明殿做这么多年工作的老神仙，果然不是浪得虚名的。

观音眼泪汪汪，正要感谢。李长庚摆摆手，说："咱们先说正事。护教伽蓝那边我已经协调好了，玄奘也安排明白了。眼下只有一桩麻烦：玄奘提了个条件，须得设法保下黄风怪。"观音道："玄奘？他难道不明白黄风怪是谁的人吗？还替那怪求情。"

"年轻人嘛，难免意气用事，但有这份冲动也挺难得的。"

"那怪犯的事委实太大，不太好保。再者说，就算咱们不保，难道阿傩也不管吗？"观音问。

"这可不好说。"李长庚一捋白髯，双眉意味深长地抖了抖，观音立刻会意。黄风怪是阿傩的手下不假，但这也分两种情况：一种是自家的同伴，一种是自家的工具。黄风怪区区一只貂鼠精，恐怕是后者多些，一旦没了用处，很可能会被毫不留情地抛弃。

李长庚道："且不说黄风怪和玄奘的交情有几分真假，为了取经能顺利推进，这个面子得卖。我有个李代桃僵的计策，不过就得劳烦大士亲自跑一趟了。"

观音为难道："我跑一趟倒没什么，但你想让我把他收归门下？黄风怪和黑熊精不一样，我贸然收下，等于跟阿傩撕破了脸，会牵扯出很多因果。"她现在对太白金星彻底服气，不再打官腔，反而认真地解释起来。

"嘿嘿，你收了黄风怪，自然会惹来阿傩的不满，可要是别人收了呢？"

李长庚从怀里拿出一份方略，说："我有个想法，咱俩参详一下。"观音展开一读，里面讲玄奘师徒途经黄风岭，先是黄风怪吹伤悟空，掳走唐僧。然后护教伽蓝留了药膏，救治了悟空，指点他们前往小须弥山去找灵吉菩萨，借来定风丹和飞龙宝杖，收走黄风怪。

这套路看着普通，可观音明白，正是如此才显出太白金星的不凡。要知道，这次本是个捅破天的大娄子，居然被遮掩成这么一个平庸到无聊的故事，种种细节圆得严丝合缝，又兼顾了多方利益，且滴水不漏，属实厉害。

唯一的疑惑是……

"灵吉菩萨？那是谁？"观音自己都没听过，西天还有这么一号菩萨。

"咳，灵吉，灵吉，就是另寄嘛。"李长庚嘿嘿一笑，"大士另外寄托一个化身，去把黄风怪收走。如此一来，岂不是两便了吗？"

"妙极！"观音双目一闪，击节赞叹。

灵吉本无此人，如果阿傩有心要保黄风怪，必会设法询问灵吉是谁。只要他一打听，便等于主动从幕后站出来了。灵山讲究不昧诸缘，很多事情做归做，是绝不能摆在明面上的，一摆明就着相了。

对阿傩来说，灵吉菩萨就是一枚拴着黄风怪的鱼钩，只要他敢上来咬住，就有办法被钓手扯出水面。一到水面之上，观音就可以参他一个"纵容灵宠妨碍取经"的罪名。李长庚算准了阿傩的性格，他会派出一只貂鼠精冲在前头，正是不想自己沾染因果，所以灵吉菩萨他也不会深究。

所以有这么一尊虚拟菩萨挡着，观音便可以避免跟正途弟子们的正面冲突。黄风岭一事，也便尘埃落定。

观音再看了一遍方略，又提出个疑问："护教伽蓝救治悟空，这没问题，但再让他们指点悟空去找灵吉菩萨，他们恐怕也会追问灵吉是谁。是不是会留下隐患？"

李长庚点头称是，观音这个顾虑是对的。护教伽蓝跟阿傩情况不同，需要区别对待。他想了想，一挽袖子："这样好了，不让伽蓝去推荐。等孙悟空治好伤，出了门，我亲自现身，指点他去找灵吉。我一个道门神仙，去推荐释门菩萨，旁人总不会说我有私心。"

太白金星亲自下场，自然是最好不过了。观音拊掌赞道："此计甚好，那老李你连简帖一起写了吧。"老神仙明白，这是观音投桃报李，给他一个舞文弄墨的机会。李长庚摸出一张空白帖子，当场挥毫，对观音得意道："一时技痒，见笑了。"

　　观音一读，简帖上写着四行诗："上复齐天大圣听：老人乃是李长庚。须弥山有飞龙杖，灵吉当年受佛兵。"观音眼角抽了一下，太白金星不愧修道多年，诗很有老神仙的风韵，不过看他兴致勃勃，观音也不好劝，说那就这样吧。

　　两人取得共识之后，接下来就是分头执行。

　　方略确定了，执行相对简单得多。观音绝非庸神，她和李长庚认真联手起来，整个方略执行得行云流水、滴水不漏。他们很快就跟各方对好口径，再把所有的东西圆成一篇揭帖，迅速对外发布。揭帖一发布，黄风岭这一劫就算正式定了调子。

　　观音发挥非常稳定，不仅扮演灵吉顺利收走了黄风怪，而且还熟练地把这件事拆成了"黄风怪阻十三难"和"请求灵吉十四难"——就连求援都能被她定义为一难，这让李长庚叹为观止。

　　可惜的是，玄奘回归取经队伍的场景，李长庚没有见到。他突然收到两张飞符，不得不尽快赶回天庭。

　　一张来自把守南天门的王灵官，一张来自织女。

　　王灵官的飞符说："那只小猴子又来了，说没见到你就不走。"

　　织女的飞符比较简短，就四个字："我妈找你。"

第五章

李长庚飞到南天门，还没见到王灵官，就先望见了六耳猕猴。

这小猴子不是等在南天门前，而是用尾巴挂在门匾上。王灵官仰着头，在下面气势汹汹地喝骂，他却死活不肯下来。

李长庚在黄风岭累得够呛，整个人情绪不太稳。他走到王灵官旁边，也仰起头喊道："你快下来！成何体统！"

六耳一见是他，一个跟斗翻下来，跪倒在地。李长庚没好气道："不是让你回家等吗？怎么又来闹事？"六耳抬起头，语气里有压抑不住的愤懑："启禀金星老神仙，我看了灵山揭帖，说那孙悟空已经被玄奘接出五行山，随着去西天取经了——那……那我的事呢？"

李长庚一听，登时无语。是了，五行山那个揭帖早传遍三界，他还抄了一遍送上青词呢。李长庚扪心自问，换了他是六耳，看到那冒名顶替的猴子非但没被处理，反而得了大机缘，肯定也急眼。

不过眼下他还有别的事，顾不得跟六耳多言，只得板起脸来说："阴曹地府的猴属生死簿全被涂了，要查实真相得花上不少时辰，你急什么？"六耳气道："到底还要查多久？可有个准话？"

李长庚见他死缠烂打，有些不耐烦："我看你头顶黑光灿灿，也是一方大妖的修为了，何必为了几百年前的小事执着呢？小心走火入魔。"

"对李仙师你是小事，对我可不是！"六耳突然大吼，"几百年光景啊，一只妖怪寿元才多少？他阻我缘法，断我仙途，成我心魔，难道可以一点代价都不付出吗？"

李长庚大袖一拂："揭帖你也看了，镇压孙悟空的是佛祖，救他出来取经的是玄奘，我们天庭就算想管，也是无能为力啊。"

小猴子面色霎时苍白，瘦弱的身躯微微抖动起来。李长庚心中到底不忍，又小声劝了一句："这样好了，我把你的状子转去大雷音寺，看那边怎么处理。"六耳道："这一转，又得多少时日？"李长庚摇摇头："那就不知道了，但启明殿能做的，只有这么多了。"

"就因为我是个下界的命贱妖怪，生死皆如草芥，所以你们就敷衍塞责、到处推卸吗？"

一听这话，李长庚也生气了。他的怒意一股股地往上涌，快按不住了："本仙只是依规矩办事，你若不满，自可去找不敷衍的神仙。"

话说到这份儿上，饶六耳是个山野精怪，也知道不能硬犟了，只得悻悻地从怀里摸出一张新写的诉状，递给李长庚："我补充了一点新材料，恳请仙师成全，帮忙催办。"

李长庚接过诉状，随口宽慰了几句，转身进了南天门。六耳一直望着他的身影消失在云雾之中，这才垂着头离去。

李长庚回到启明殿，案子上造销的玉简堆了一大摞，都是先前几场劫难的费用，还没顾上处理。他把诉状随手搁在旁边，从葫芦里倒出一枚仙丹，刚吃下肚去还没化开，织女就走过来了。

"您回来了？我妈在瑶池等着呢，咱们走吧。"

"西王母她老人家找我干吗？"李长庚心中疑惑。织女耸耸肩："不知道啊，她就说让我请您去喝玉露茶。"

"只说是喝茶？"

"对啊，她可喜欢招待人喝茶了。"

李长庚知道织女看不出其中的门道，问了也是白问。这种级别的神仙，说请你喝茶，自然不是真喝。他整理了一下仪表，马不停蹄跟着织女赶去了瑶池。至于造销……再等等，再等等。

西王母等在瑶池一个七宝小亭内。老太太身披霞袍，面相雍容，自带一种优雅的气势。织女扑到母亲怀里，甜甜地发嗲了几声。西王母点了她的额头一下，转头对李长庚和颜悦色道："这里不是朝会，不必拘束，小李你随意些。"

李长庚自然不会当真，依旧依礼数请安，之后才斜斜偏坐。西王母玉指轻敲台面，旁边过来一位赤发侍者，端来三个流光溢彩的玻璃盏，盏内雾气腾腾，奇香扑鼻。

李长庚端起一杯，低头一品，至纯的天地灵气霎时流遍百骸，里面还隐隐带着一丝洪荒韵味——这是真正的劫前玉露茶啊！比启明殿的存货高级多了，就连那盛茶的杯子都不是凡品，可以聚拢仙馥、酝酿茶雾。

好在他惦记着正事，只啜了一口，赶紧收敛心神，正襟危坐。

西王母笑眯眯道："小李，你最近修持如何？三尸斩干净没？"李长庚连忙躬身："斩得差不多了，就是心头还有些挂碍。"西王母道："启明殿工作琐碎，肯定是有挂碍的。织女不省心，劳你照顾得多些。"

"这孩子很懂事，帮了我不少忙……"李长庚侧眼看看，织女冲他飞了飞眉毛，一脸得意。

"对了，我听老君说，天蓬那小子也去取经了？"西王母拿起玻璃盏，似是随口问道。

李长庚知道，西王母不是在问天蓬是不是去取经了，而是问这事是谁运作的。他恭敬回道："天蓬他感陛下恩德，知耻而后勇，能有今日之前程，实乃他自身砥砺不懈的结果。"

西王母冷哼一声："砥砺不懈？我看砥砺不懈的是他裤裆里那玩意儿！"李长庚心里一慌。我都暗示是玉帝的安排了，您怎么还骂上了？这是冲着谁去的？

他缩缩脖子，不敢回应。西王母继续道："当初天蓬做出那等龌龊丑事，是老身做主要严加惩戒，最后还是改了贬谪下界。贬谪也还罢了，如今他竟想转个世、取个经，就把前罪一笔勾销，成就正果？你知不知道，高老庄的揭帖一出，嫦娥来我这里已经哭过好几回了，说在广寒宫里夜夜做噩梦，生怕他哪日功德圆满，回归天庭，又来骚扰。作恶的飞黄腾达，受害的却胆战心惊，这像话吗？"

当年替天蓬求情的是李长庚，被西王母这么不指名地痛骂，他只得捧着玻璃盏讪讪赔笑。以西王母的境界，不会不清楚天蓬下凡是玉帝的旨意，她突然发难，恐怕是别有原因。

果不其然，西王母骂了一通天蓬之后，端起玻璃盏啜了一口，神态回归淡然："玄奘取经，毕竟是灵山的事务。倘若那天蓬途中故态复萌，又做出什么丑事来，丢的可不是他自己的脸，而是整个天庭，那岂不是让陛下在佛祖面前丢了面子？"

"您提醒得对，我回去就转达给他，让他谨言慎行。"

"哼，天蓬靠得住，狗都会吃素。小李啊，这天庭的规矩，可不能只寄希望于个人品格。"

"是，是，下官确实考虑得不够成熟，我这就去跟四值功曹、六丁六甲沟通，请他们加强监督。"

"我琢磨着，想要防患于未然，还得让取经队伍内省才好啊。"西王母端着热茶，脸上笑容不变。

"噗"的一声，李长庚差点把名贵茶水喷出来。好家伙，您铺垫了那么久，原来在这里埋伏呢。取经队伍内省，意思就是要互相监督。但玄奘和悟空是释门安排的，根本不归天庭管，想要监督天蓬，那只能让玄奘的第三个徒弟来。

西王母这是也想在取经队伍里安插一个人？

西王母见李长庚沉默没表态，侧脸看向织女："天蓬在天庭人脉很广，随便派一个人去盯着他，难保不会徇私。我寻思着，总得找个不卖他面子的盯牢——你觉得如何？"

李长庚瞪着织女，双目圆睁："她……她在启明殿干得挺好，我觉得不必下凡去辛苦吧……"织女"扑哧"一声乐了，道："哎呀，您想什么呢，我妈说的是他啦。"

织女闪身让过，李长庚这才发现，西王母看的是旁边那个赤发侍者。这人生得一头红发、靛蓝脸膛，看起来仪表堂堂，冲李长庚深鞠一躬，什么都没说。

"你别看他在这里端茶，其实正职是玉帝身边的卷帘大将，深得陛下器重。他手里有一根降魔宝杖，也是玉帝亲赐，不比上宝逊金钯差多少。"

听着西王母的解说，李长庚顿觉嘴里茶味变得苦涩无比。且不说一个玉帝的仪仗官为什么跑来给她泡茶，单听西王母拿"降魔宝杖"去比"上宝逊金钯"，他就知道不妙。

她表面上是比较两件兵器，其实是在问李长庚——我的话和玉帝的话，是不是一样管用呀？

换个神仙，李长庚就直接顶回去了。你什么境界，也配和太上开天执符御历含真体道金阙云宫九穹御历万道无为大道明殿昊天金阙至尊玉皇赦罪大天尊玄穹高上帝比？唯独面对这位西王母，他实在没辙。

西王母在天庭的地位很微妙，你说她有实权吧？她只是没事在瑶池开个蟠桃会，搞点瓜果分分，不见有什么实差；你说她就是个闲职吧，能去蟠桃会的神仙个个境界都高得吓人，连玉帝见了老太太都客客气气的。这样一位大仙，未必能帮你成什么事，但关键时刻递一句话，坏你的事还是很容易的。

李长庚已经触到了金仙的边，哪敢在这时候得罪她？

可问题是，西王母这个要求确实太难了。

灵山的取经弟子名额一共只有三个。李长庚苦心运作，给玉帝抢到第二个名额，这已触及了灵山的底线。如果第三个名额再给西王母这位卷帘大将，三个徒弟两个天庭出身，岂不是喧宾夺主了？观音打死也不会同意啊！

西王母也不催促，笑眯眯等着他回话。李长庚抬头苦笑道："西王母您有所不知，这次佛祖安排的取经队伍，有一个奇处。孙悟空是大闹天宫、被镇五行山下的囚徒；猪八戒是骚扰嫦娥、被罚下界的罪犯；那个本是正选弟子的黄风怪，也是偷吃香油的貂鼠；就连取经的正主玄奘，虽说这一世是个有名望的大德，当初金蝉子也是因为不听如来说法，轻慢大教，所以才真灵被贬，转生东土——这队伍里连师带徒，都是有前科的。"

后头的话，他没点透。您推荐的这个卷帘大将身家清白，不符合取经队伍的遴选标准。

不料西王母轻笑一声："此事简单。"她下巴微抬，卷帘大将立刻伸出手去，把李长庚跟前的一个玻璃盏推到地上。

那玻璃盏本是薄轻易碎之物，登时"哗啦"一声，碎成一地渣子。卷帘大将就地跪下，口称万死。

李长庚僵在原地，额头不断沁出仙汗。他只是推托之词，没想到西王母一刻都不缓，直接让卷帘大将打碎玻璃盏，堵住了李长庚的嘴——我听你的建议，让他连罪都犯了，你现在再跟我说不行？

李长庚被逼得没有退路，只得说取经之事牵涉甚广，他还得跟灵山方面商量一下。西王母却跟没听懂似的，敲钉钻脚，说这就安排卷帘大将去自首，下凡等李长庚通知。

您……不能这么霸道啊，什么都没谈定呢就硬走流程，这不是把我架在火上烤吗？李长庚自然不敢把这话说出口，可脸上的苦相越发明显。

西王母换了个新玻璃盏给李长庚，斟满茶水："小李你别有压力，卷帘大将此番下凡，主要以历练心性为主，只要有所成长，就不辜负玉帝的栽培之心了。"

李长庚稍微松了一口气。听西王母这意思，似乎不强求卷帘大将一路跟到西天，只要洗一洗履历就好。这样的话，还能争取到一点点操作空间。看来西王母还算务实，毕竟级别不能跟玉帝、佛祖比，主动把要求降了一等。

"我……我试试看……"李长庚把话含在嘴里，含糊回答。西王母也没再强逼，继续和他品茶。

杯中的玉露茶馥郁依旧，只是入口却变得苦涩无比。李长庚勉强咽下几口，起身拱手告辞。西王母使了个眼色，卷帘大将和织女一起送他出去。三人一路无语，快到瑶池门口，卷帘大将忽然转向李长庚，郑重一拜："在下只要得偿所愿，自会离开，不会为难李仙师。"

嗯？这口气不太对啊？你什么愿？李长庚还没问，他已转身曳着杖走开了。李长庚怔了怔，才明白自己又被戏弄了。

西王母一开始的意图，就只是让卷帘大将去洗一下履历而已，没指望弄到正式名额。前头她表现得那么霸道和强势，其实是所谓"拆屋卸窗"之计。先提出一个不合理的要求，待对方被逼到要爆炸，再退一步抛出真正的请求，对方便会如释重负，忙不迭地答应下来。

这些金仙，个个七窍玲珑心，没有一个是好相与的。

织女见卷帘大将离开，居然没心没肺地问李长庚茶好不好喝。李长庚看看这姑娘，一时无语，又有些羡慕，这才是心无挂碍，比自己更接近大罗金仙的境界。

"好喝，好喝。"李长庚敷衍了两句，知道跟织女不能拐弯抹角，于是直接问道："那位卷帘大将，跟你妈什么关系？"

"没什么关系吧，之前我只见过他一次。"织女歪着头想。

"那是在什么时候？"

"最近啊。"

"是不是在高老庄的揭帖之后？"

织女算了算日子，点头称是，然后一拍手掌："我想起来了，是跟着嫦娥姐姐来的那次。"

李长庚"咦"了一声。他本以为卷帘大将是西王母的人，结果是辗转被推荐过来的。如果织女所言不虚，这卷帘大将与广寒宫似乎关系匪浅。怪不得西王母说，要找一个不卖天蓬面子的人选。这背后……恐怕还有更深的事。

当然，到底是什么事，李长庚现在顾不上琢磨，他得先把眼前的麻烦摆平。都说修仙是断绝因果，可怎么越修炼这缠身的麻烦越多呢？

他从瑶池出来，翻身上鹤，却迟迟没摆动拂尘。老鹤疑惑地弯过修长的脖子，看到主人趴在背上，怔怔望着远处的缥缈雾霭，一动不动，双眼掩在白眉之下，一股说不出的疲惫。

隔了好久，李长庚才长长吐了一口气，拂尘一摆，示意老鹤起飞。在路上，他给观音传了个信，约在启明殿门口，说有急事相商。

经过黄风岭一难之后，观音态度好了很多，很快赶到，说正在忙下一难的设计。

李长庚现在没心思谈这个，直接问她："灵山安排的第三个徒弟是谁？"观音立刻有点警惕，李长庚不客气道："咱俩各自背后的麻烦都不小，在这个节骨眼上，还是坦诚点好。快说，到底是谁？"

观音迟疑片刻，缓缓回答："这第三个徒弟吧，有点复杂……是个凡人，但也不是凡人。"

李长庚气不打一处来："你是管谜语的神仙吗？什么叫是个凡人，又不是凡人？"观音正要解释，李长庚摆摆手：

"算了，不为难大士你。我只想问问，这第三个徒弟预定什么时候收？"

观音掐指一算，说那三徒弟如今在乌鸡国，按渡劫计划，怎么也得二十几难以后了。李长庚松了口气，目前他们刚刚推进到第十四难，还有时间。他拂尘一摆，用商量的口气道："能不能……从你们这儿先借一个名额？"

观音一怔："借？名额这东西怎么借？"

李长庚实在懒得隐瞒，直接把西王母的要求讲了出来。观音愤愤地看了他一眼："老李，天蓬的事你还没玩够是吧？还来？"李长庚道："我一个启明殿主，从来都是替金仙们做事，何时为自己的事忙活过？我如果真用手段，就不会跟你明说了。这事我也很为难，唉。"

观音眉头微皱："不是我不借，这第三个名额被灵山的大能早早定下了。你们弄走了一个，已经搞出偌大的乱子。再让出去一个，我实在没法交代。"

"不是让，是借，会还的。"李长庚耐心劝道，"西王母的意思，只是想让卷帘大将在取经队伍里洗一遍履历，让他随便经历几难，再寻个理由体面离开也就是了。

他见观音还在犹豫，加重语气道："贫道在黄风岭助大士渡过一劫，消劫就应在此处了。"

他摆出这个人情，观音不好回绝，只得说："老李你说说，怎么个借法？"李长庚道："这事倒也简单。后面几难先放一放，我先加塞一难让玄奘把卷帘大将给收了，给西王母一个交代。快到乌鸡国的时候，再找一个劫难，把他调离取经队伍。你后头该怎么收徒弟，还怎么收。"

"这么简单？"

"对，就这么简单。"

"那万一他不离开呢？"观音问。

不怪她多疑，万一李长庚安排完以后把脸一抹，不认之前的承诺，观音可是一点制衡的手段都没有。两人如今虽然已和解，还远没到交托生死的地步。

李长庚明白，自己得拿出令人信服的保证才行。他反问："大士你需要什么保证？"

观音有点作难，凝神想过一阵方道："他得带着一个罪过入队。"

"他本来就是因罪被罚下天庭啊。"

"不，不，卷帘大将打碎玻璃盏是因，被贬凡间是果，这桩因果已然了结。我要的是，他在凡间也背一个罪因，以待罪果。"

"绝妙！"李长庚真心赞叹，观音在这方面的手段真是精到。只要卷帘大将在人间有罪行未了，便随时可以把他开革离队，这就是最好的保证了。

他想了想，掏出一个锦囊说："我把卷帘大将安排在流沙河，人物设定调得凶恶一点——嗯，就说他把路过的行人都吃了，一口气吃了九个。"

"哈哈，老李你也绝妙。"观音也是拊掌赞叹。

"九"这个数字，颇有讲究。卷帘大将如果吃过十个人，就是为害一方的大妖，天庭必须派员讨伐；卡在吃过九人，不会把动静闹得太大。想提拔，就说他诚心悔悟、立地成佛；想开革，就说他怙恶不悛、劣性难收，可以说是进退两宜。

反正取经队伍里，个个都有前科，李长庚这么操作，不会太显眼。

观音想了想，补充一个提议："你弄几个骷髅头让他挂着，效果更好。"李长庚称赞说这个办法好："要不要再加个设定，说这九个骷髅头是玄奘九个前世？"

"……算了，这个玩得有点大，我怕不好收场。"

"听你的！"

李长庚在方略里修改完，递给观音。观音在高老庄、黄风岭连吃了两次亏，现在看到锦囊就哆嗦。她不敢大意，从头又仔细看了好几次。

李长庚也不催促，站在旁边吐纳。这是个大人情，别人谨慎一点是理所当然的。

观音菩萨盘算一圈，突然眉头一皱，抬头说："不对，老李，这里头有个风险你可没提。卷帘大将是西王母的根脚，万一到了开革时，西王母硬要保他，我们怎么办？"

说白了，她纵然信得过李长庚的人品，但不信他有能力可以扛住来自西王母的压力。

李长庚一扯观音袖子，低声解释道："你有所不知，这个卷帘大将有些古怪，似乎跟猪八戒有仇。他们俩在一个队伍里，那是一庙不容二……"

"咳！"

"哎，说错了，是一山不容二虎！搞不好不用我们安排，他们俩就先斗起来了。到时候各拼根脚，无论谁落败退场，也怪不到我们头上。"

观音这才放心下来，说这一难得她来安排。李长庚知道她终究不放心，说："没问题，不过最好别你本尊去，免得被牵连。"观音想想也对，说："那让我徒弟木吒跑一趟吧。"

两人又把细节对了一遍，临到分手，李长庚忽然问了一句："我一直有个疑问，佛祖为什么指定孙悟空为首徒？"

观音回答："我也不知道，但这是佛祖唯一一个明确指名要玄奘收的弟子。不过……"她犹豫了一下，脸上也满是困惑，"孙悟空也是唯一一个对取经没兴趣的大妖。"

两人就此辞别，李长庚先给织女发飞符，通知西王母让卷帘大将下凡等候，然后走到启明殿门口，想了想，到底没进去，回身拂尘一摆，又奔下凡间。玄奘师徒正在休息，李长庚没惊动另外两位，直接推醒猪八戒："卷帘大将你认识吗？"

"卷帘大将多了，你说哪个？"

"什么哪个？卷帘大将还有很多吗？"

"金星老，你不在军中，不熟体制。我这个天蓬元帅，乃是玉帝恩加的特号，独一份。卷帘大将是驾前仪仗的一个头衔，挂这头衔的少说也有三十多号神仙呢。"

"呃，就是手里有降魔宝杖那个。"

猪八戒嗤笑道："卷帘将军配的都是玉钩，用来卷起珠帘，拿宝杖怎么卷？金星老你从哪儿认识这么个西贝货？"

李长庚脸色一僵，迅速调整了一下："反正很快有一位卷帘大将会被贬谪至凡间，在流沙河加入队伍，你留神就行。"

李长庚不待八戒再问就匆匆走了。他的目的不是查明身份，而是通过这个渠道委婉转告玉帝，说西王母也要插手。至于金仙们怎么运筹帷幄，就不是他需要考虑的了。

好不容易回到启明殿，李长庚终于可以坐下喘口气了。他叫童子泡了一杯玉露茶，一口喝下去半杯。这茶味比在瑶池喝的同款茶差远了，可他觉得还是自家茶好，喝下去没负担，一口茶就是一口茶，不掺杂别的心思。

喝完了茶，李长庚闭上眼睛，感受暖洋洋的灵气在丹田里慢慢化开。整个启明殿里静悄悄的，老神仙好似睡着了一般，斟酌着这难得的闲暇。

不知过去多久，他缓缓睁开眼，看到案头堆积着的造销玉简，叹了口气。这玩意儿于道心无益，做起来满心嫌恶，偏偏从双叉岭到黄风岭，一路护法的花费着实不小，实在忽略不得。

他伸手摸向案前的玉简，随手打开其中一卷，把几根算筹摆在旁边，然后……继续闭目养神，而且这次更加心安理得，因为感觉造销已经开始做了。

直到拖无可拖，李长庚这才强行打起精神，扑进数字中挣扎起来。只过了一小会儿，他又分心去摸茶杯，却不小心摸到六耳那一张诉状——它一直被摆在案几旁边。

也许是为了逃避造销的纠缠，也许是出于那么一点点没来由的愧疚，他鬼使神差地把诉状展开来，心想再看看吧。

诉状里还是那一套说法，只是补充了一点细节，也没什么实质帮助。六耳这事，除非是叫孙悟空来当面对质，否则没法可解。但孙悟空在取经途中，天庭根本无法传唤，等取经结束……人家就修成正果了，你更没办法。

李长庚也是一路修炼上来的，深知飞升得越高，离人间越远，因果就越少。没了因果牵扯，对人间的事情也便看淡了。六耳这种堵门闹事的偏执，易生妄念、成心魔，最为金仙们所不取。

所以他劝六耳放弃，真的是出于善意。

其实老李之前在观音禅院时，先考虑的是找六耳来配合，可又怕他见到悟空反应过激，然后才找了黑熊精。你看，因为六耳个性使然，错过了一个机缘，多可惜。

"唉，算了，算了……老李你又幼稚了。你还顾得上别人？"李长庚发出一声苦笑，把诉状搁下。他身上背的因果已经不少了，哪能去同情惦记一个下界小妖。等日后修成金仙，再来看顾一二不迟。

想到"金仙"二字，他心头一热，把杯中茶喝了个精光。算算时辰，玄奘这会儿应该过流沙河了，也不知卷帘大将是否顺利入队了。观音一直没传信过来，沉寂得有点古怪，他有点犹豫，到底是先发个飞符去问问，还是一口气先把造销做完。

就在这时，耳畔传来一阵车轮的嘎嘎声。

车轮？这启明殿内哪里来的车轮？

李长庚纳闷地抬起头，正看到一个莲藕身子的小童踩着滑轮，背着手，嘎嘎地滑进启明殿。

"哪吒三太子？"

李长庚还没反应过来，哪吒已冲他一拱手："金星老，三官大帝那边找你。"

"啊？三官大帝？"李长庚大奇，三官是天官、地官、水官，负责校戒罪福，总持风纪，跟自己平时没什么交集。他问哪吒："请问何事？"

"不知道。"哪吒懒洋洋地跳下风火轮，扔给李长庚一只，"三官殿那边只给我讲了个时辰和殿阁，让我护送你过去。"

第六章

风火轮呼呼地飞速旋转，在半空忽上忽下，冒出的火光照透了片片彤云。

去三官殿不允许用自己的坐骑，李长庚坐惯了慢悠悠的白鹤，没用过风火轮这么快的玩意儿。他学着哪吒的样子，两条腿分开站在风火轮两边的凸起处，微微弓身，状如骑马。身子微一前倾，心意一动，整个人"嗖"一下就出去了，他吓得身子往后一仰，好不狼狈。

哪吒笑嘻嘻地飞在前头，不时回头围着老头转圈，胜似闲庭信步。他们俩在彤云里钻行了半天，哪吒嫌他滑得慢，喝了一声："金星老抓紧了！"手一抖，混天绫飘出去拴住李长庚，往自己这边拽过来。

趁着混天绫裹住两人、遮住周围视线的片刻，李长庚耳畔忽然传来哪吒一声低语。

"兄长让我给你问个好。"

　　李长庚还没反应过来，混天绫已经绷直了。哪吒望着前方，跟什么都没说过似的，扯着他朝前飞去。李长庚本来被轮子晃得头昏眼花，这一下子，突然就不晕了。

　　这句话好似什么都没说，透露的信息可不少。

　　哪吒一共两个哥哥，金吒在文殊菩萨座下供职，木吒是观音菩萨的徒弟。李长庚跟金吒没打过交道，这个兄长应该是指木吒。

　　木吒无缘无故，给我问什么好？自然是跟观音有关。再联想到观音迟迟没有回信，到底是不想回，还是不能回？无论天庭还是灵山，想要调查谁，都会先断了对方的联络，防止串供——莫非观音遇到了官面上的麻烦，这才辗转通过木吒与哪吒传出一点警示？

　　观音遇到的麻烦，需要通知李长庚，说明这麻烦应该与取经相关，但到底是哪个环节出了问题，就不知道了。

无论如何，观音能传这么一句消息来，至少说明她是站在自己这边的，而不是举报者，这一个基本判断至关重要。李长庚抓紧时间捋了一遍思路，以至于完全顾不上晕风火轮了。

很快哪吒把他带到三官殿前，转身走了。自有三官殿的仙吏上前，引着他到了一间偏殿的斗室。李长庚抬眼一看，里面正坐着三个神仙。

坐在正中央的是个鹤发鸡皮的老太太，他认出来是黎山老母。左右两位却大大出乎他的意料：从左至右分别是文殊菩萨、普贤菩萨。好家伙，如来的左右两位胁侍齐至，屋内圆光灿然，耀得屋角一面水镜熠熠生辉。

文殊、普贤两位起身见礼，黎山老母笑呵呵开口道："金星，这次老身借了三官殿找你，是因为有人举发给灵山和天庭一桩蹊跷事，两位菩萨远道而来，详查此事，老身正好得空，引着他们过来。"

"您客气，我一定知无不言。"

黎山老母这话，让李长庚心里踏实了不少。借用三官殿，说明三官大帝并没正式介入，而且黎山老母上来就摆明了态度，说自己只是带路而已，说明天庭并不把这事当成大事，纯粹是给灵山面子。

所以，他可以集中精力对付灵山的盘诘了。

黎山老母咳了一声："是这样，大雷音寺收到一张申状，说玄奘取经途中收的几个弟子良莠不齐，素质堪忧，存在选拔不公、徇私舞弊之事。"

李长庚正要开口，黎山老母手一抬："为了公平起见，几位菩萨和老身没知会任何人，自作主张下凡，先去考验了一下那几名玄奘弟子的心性。当时的情形都已存影，请金星先看。"

李长庚注意到，是"几位菩萨和老身"，而不是"老身和几位菩萨"。显然这次突击检查是大雷音寺主导的，绕开了那三十九尊随行神祇。他的视线飘到另外两位菩萨身上，普贤眼观鼻，鼻观心，安忍不动，文殊倒是冲他笑笑，双手合十。

怪不得哪吒讲话藏头露尾，他大哥就在文殊菩萨麾下，他确实不便讲得太直白。

黎山老母把龙头杖一举，屋角那面水镜倏然放出光华，不一时浮现出画面来。

画面里唐僧师徒四人正在林间行进。李长庚看到卷帘大将敛起本相，化为一个络腮胡须的僧人，那根降魔宝杖被他当成扁担。他挑起行李，低调地走在队伍最后面，比白龙马还没存在感。

观音果然没有失约，在流沙河把他运作进来了。听师徒之间的交谈，卷帘大将以流沙河之"沙"字为姓，法号叫作"沙悟净"，也唤作"沙僧"。李长庚仔细观察了一阵，沙悟净和猪悟能互动并不多，但前者看向后者的眼神，却隐约透露着一丝恨意——此人所图，果然不小。

只见师徒四人走到一处殷实的大庄园，里面走出一个姓贾的寡居妇人，膝下还有三个千娇百媚的姑娘。这贾寡妇说家里没有男丁，想要与他们四位婚配招赘，陪嫁万贯千顷的家产。

这都不用细看，李长庚一眼便认出贾寡妇是黎山老母所变，那三个姑娘的真身，自然是文殊、普贤，还有一个他意想不到的人——观音。

怪不得她断绝消息。李长庚可以想象，文殊、普贤一定是突然降临观音面前，当场宣布要突击检查，然后收了观音一切传信的法宝——多亏了木吒和观音有默契，一见这形势，好歹传出一条模糊的消息。

留影继续播演着。师徒四人对贾寡妇的邀请反应不同，其他三人都很冷淡，只有猪八戒最为热情，还搞了一出撞天婚的闹剧，实在荒诞可笑。影像一直演到猪八戒披上三件珍珠锦衫之后，就定住了。

"现在师徒四人还在贾家庄园里安歇，等着我们给出结论。在那之前，老身想问问金星的想法。"黎山老母和颜悦色道。

李长庚没有立刻回答。美色试心性这事，算是个固定套路，他怀里就有好几个类似的锦囊。问题是，留影里的这段，总透着蹊跷，至于蹊跷在哪儿，他一时还没想明白。

普贤板着脸催促道："李仙师，这段留影里三个徒弟的表现，你如何评价？"

"如是我闻。师徒悟性不同，各有缘法。"李长庚先甩过一顶大帽子，堵住对方的嘴。普贤冷哼一声："不要含糊其词，佛法我们比你明白。我问你，这师徒几人，谁可通过考验，谁不可？"

李长庚道："大道五十，天衍四十九，人遁其一，变数常易，岂敢妄测？"这次他改用道门的词，但推脱之意更加明显。

普贤眼皮一抖，正要拍桌子，被文殊从旁边劝住。文殊笑眯眯对李长庚道："李仙师，您别有情绪，我们只是例行问话，都是为了取经大业嘛。"

"取经一应事务皆由灵山定夺，贫道只是奉灵霄殿之命，配合护法而已，其他的一概不知。"

"又没问您别的，只是评价一下这段留影的观感嘛。"

"我的观感就八个字：缘法高妙，造化玄奇。"

李长庚稳稳的回答滴水不漏，文殊看看黎山老母，她拄着龙头杖似乎睡着了，便拽着普贤低声商量了几句，随后才回身道："那么请问李仙师，这个沙悟净，是什么根脚？"

李长庚微眯眼睛，他们这是变换攻势了，一边提防一边回答："他本是天庭卷帘大将，只因打碎了西王母的玻璃盏，被贬下界，在流沙河为妖。"

文殊似乎对沙悟净格外有兴趣："天庭和灵山因犯事被贬的妖怪神仙，可以说是满坑满谷。这打碎玻璃盏也不是什么大罪过，为什么选他做了玄奘三徒？"

"菩萨您说笑了，什么叫我选他？是这怪一心向佛，敬奉甚虔，如今蒙上师收为弟子，是他自己的缘分到了。"

普贤凶巴巴地问："你说他虔敬他就虔敬？"

李长庚从容道："这不是我说的，是这水镜里映出来的。各位菩萨请看，沙悟净从头到尾，只盯着猪悟能一个，从不错眼去看几位女子。这说明什么？说明他不光自己定力高，而且还心顾他人，担心二师兄犯错误，影响取经大局，这不是虔敬是什么？"

这一席话，说得两位菩萨哑口无言。文殊沉默片刻，又开口道："高老庄距离流沙河只隔一座黄风岭，这收徒的频度也忒快了点吧？"

黎山老母截口道："两位菩萨，收徒只凭人品仙缘，可没规定时辰。"

文殊被这么一拦，丝毫没露出不快，依旧笑容满面："李仙师的意思是沙悟净入选，是因为事佛虔敬对吧？"李长庚点头。

普贤紧跟着一拍桌子："那不虔敬的，就不该入选，对吧？"

李长庚"呃"了一声，这两个菩萨果然难对付，一个扮黑脸一个扮红脸，假意围着沙悟净转。他千防万防，尽量只说废话，可还是被设了一个埋伏，绕入彀中。

他们真正的目标根本不是沙悟净，而是猪八戒。

李长庚暗暗责怪自己粗心。刚才看留影的时候，就应该看出这一局的破绽了。

美色这事，玄奘用不着测——贾寡妇让三个女儿去配徒弟，自己去配长老，明摆着就是给稳过；孙悟空不必测，这灵明石猴里的"石"字，可不只是形容其出身；沙悟净是新近入队的，文殊、普贤在出发前恐怕都不知此人存在，更谈不上刻意针对。

换句话说，这一局试心性的设计，根本就是为好色之徒猪八戒量身定制的，而且还一口气安排了三个姑娘让他撞天婚，摆明了不打算让他通过——当然，这两个菩萨牺牲也是不小，更看出他们的决心。

如来的左右胁侍和十大正途弟子关系匪浅。看来之前八戒替掉了黄风怪的事，阿傩始终意难平，请来两位菩萨出头。

"李仙师？"文殊把发呆的李长庚拽回来，"你还没回答呢。唯有事佛虔敬、严守戒律者，方能选入取经队伍，对不对？"

"啊，是……"李长庚只得先含糊回答。

"那就是说，如果不守戒律、胡作非为，是没资格取经的，对吧？"文殊缓缓诱导着。

李长庚没回答。文殊与普贤对视一眼，又把留影调到猪八戒撞天婚的段落，还特意定在那儿，一起看向这老头。

李长庚仍旧有点困惑。试心性是针对八戒不假，可再往深层次一点想，猪八戒入队，是玉帝和佛祖达成的默契，那条象征道释两门友谊的锦鲤，还在落伽山的莲花池里呢。就算大雷音寺对此很不爽，难道还敢硬驳玉帝与佛祖的面子，把八戒开革掉吗？

文殊和普贤没这么傻。

李长庚曾经历过类似的谈话。他知道最麻烦的状况，不是你笨嘴拙舌，而是你根本不知道对方的真实目的。人家东一拂尘西一禅杖，问得云山雾罩，你只能被动应答，不知哪句说错了就会落入彀中。

这时普贤又厉声道："猪八戒贪淫好色，定力孱弱。此妖固然与我佛有缘，但当初遴选时，是不是出了大问题？"文殊紧跟了一句："不只是高老庄，黄风岭那一难，也有诸多难解之处。李仙师全程都有跟进，如果看到什么不合规的事，欢迎讲出来，我们一同参详。"

这一拉一拽，让李长庚陡然挺直了身子，直勾勾看向两位菩萨。原来，原来他们的目的是这个。

上次是阿傩驱使黄风怪剑走偏锋，这次换了文殊和普贤，以大雷音寺的名义，堂堂正正搞了一次突然袭击。两次的目标一样，都是对准了观音。

他们你一言、我一语，始终扣住遴选流程，就是要捏观音的痛脚——至于猪八戒，普贤之前就铺垫过了，"此妖固然与我佛有缘"，到时候随便找个理由宽宥就好。

两位菩萨就这么盯着李长庚，整个屋子里静悄悄的。李长庚沉思片刻，勉强答道："我只是协助护法而已，别的实在是不清楚。"

"黄风岭那一难，到底是怎么回事？黄风怪去了哪里？灵吉菩萨又是谁？"

普贤气势汹汹地连续追问。李长庚还没回答，文殊又笑笑："李仙师别着急，慢慢想。想得不全也没关系，大概情况我们都掌握了，询问您主要是给观音大士查漏补缺。"

李长庚心里"咯噔"一声，难道观音那边都交代了？普贤见他脸色微变，趁机道："高老庄和黄风岭的问题，天庭与灵山都很重视。谁存心隐瞒，谁坦白交代，报应可是不一样的。"

李长庚张张嘴，觉得喉咙有点干。

他发现自己陷入了伯夷叔齐式的困境。

相传凡间的周武王伐纣之后，伯夷、叔齐恶其所为，隐居首阳山，分居两洞。武王遣使者请他们出仕，但爵位只有一个，先出者得，后出者死。两兄弟虽不能彼此商量，心志却一样坚定，同时拒绝。武王怅然离去，两兄弟遂得以全义。

对李长庚和观音来说，最好的结果当然是两人什么都不说。但他们两个不是伯夷叔齐，信任基础很脆弱。观音交代没有、交代了多少，李长庚不知道，反之亦然。他如果直接说出黄风岭的真相，观音会如何？如果坚持不说，自己会如何？这么猜疑下去没完没了——这正是菩萨们隔绝飞符的目的。

屋子里陷入了微妙的沉默，两位菩萨看这位老神仙头顶冒出白气，知道他陷入了纠结，也不催促，从容不迫地看着他。伯夷叔齐是个因果陷阱，直指根本大道，一旦陷进去，就是大罗金仙都难以挣脱。金星老头，早晚要屈服的。

就在这时，黎山老母忽然睁开眼睛，敲了敲杖头："老身精力不济，权且休息一下，喝些茶再聊不迟。"她一发话，文殊、普贤也只好应允，但不允许李长庚离开斗室。

李长庚得了喘息的机会，赶紧盘坐在蒲团上，徐徐吐纳了一阵。黎山老母从旁边端起一杯茶，递给他："金星你别负担太重，该怎么说就怎么说，不要有压力。"李长庚双手接过茶杯，啜了一口，点头称谢。黎山老母笑道："这三官殿的茶，比瑶池的劫前玉露品质差远了，你凑合着解解渴吧。"

李长庚再次称谢，可话到嘴边，突有觉悟，猛一抬头，黎山老母已经回到座位上了，仍是昏昏欲睡的模样。文殊、普贤瞪着他，问休息好了没有。

"休息好了，休息好了。我们继续。"

李长庚一拂双袖，微笑着回答。文殊、普贤对视了一眼，感觉这老头气质发生了奇怪的变化，可又说不上为什么。

询问重开，李长庚这一次一反常态，不再唯唯诺诺，反而变得咄咄逼人。他一口咬定揭帖内容无误，徒弟招收合规，至于灵吉菩萨与黄风怪的下落，则一概推说不知。文殊、普贤软硬兼施，却再也敲不开这个老鼋壳。

李长庚意气飞扬，心中却暗暗庆幸。刚才黎山老母送来那盏茶，实在太关键了。她知道李长庚去过瑶池，甚至还准确地说出"劫前玉露"的名字，可见她来之前，跟西王母早有沟通。

其实早在黎山老母拦住文殊对沙悟净的追问时，李长庚就该意识到这一点。可惜他一坐下有点蒙，竟漏过了这个暗示，还得劳烦黎山老母趁休息时多递一盏茶来。

"还是不够成熟呀。"李长庚心中嗟叹。

他早该知道，就算西王母不出手，天庭也不会对这次调查持积极态度。猪八戒和沙和尚是两位金仙安排的，这时候怎么会主动换掉护法呢？

所以只要自己不出大错，就不会有任何风险。老李思路一通，眼前霎时一片明朗。

伯夷叔齐的困境，前提是自身面临绝大的危机。但现在这个前提不存在了，普贤所谓"谁存心隐瞒，谁坦白交代，报应可是不一样的"，只是个虚假的威胁，想从他这里诈出观音的黑料，如此而已——只要勘破了这层虚妄，立刻便能走出首阳山的迷障，得到大解脱。

文殊、普贤又盘问了一阵，仍是徒劳无功。文殊有些不甘心，用语重心长的口气道："李仙师，你再想想，再想想。这可关系到你与大雷音寺的福缘。"

这话说的，完全是赤裸裸的利诱了。

李长庚毫不犹豫，直接回绝。两位菩萨的态度越来越急躁，可见观音那边应该也没说出任何信息，否则他们早抛出来了。既然观音在坚持，他就更没必要出卖观音了。

这不只是利益问题，也是个道义问题。他在启明殿多年，深知手段虽重要，仙途要长久，终究还得看人品。

上座的文殊、普贤脸色铁青，就连背后圆光都暗淡了几分。他们终于发现，这次谈话注定没有结果。两位菩萨怎么也想不通，明明收了李长庚的法宝，怎么他的态度会前恭后倨？他们狐疑地看向黎山老母，可她除了送一盏茶，全程都在打瞌睡啊。

黎山老母睁开眼睛，对两位菩萨道："问好啦？那请两位商量出个章程，老身去下界通报处理意见，师徒几个人还等着呢。"

李长庚起身道："贫道还有许多事情要做，请问可以走了吗？"黎山老母一点龙头杖："你不听听我们的处理意见吗？"

"无论什么意见，贫道皆会凛然遵行，绝无二话。"

在文殊和普贤复杂眼神的注视之下，李长庚昂然离了三官殿。这次没有哪吒接送，他唤来自己的老鹤，慢悠悠地飞回启明殿。在途中，他接到了观音的传音，她终于恢复联络了。

黎山老母和几位菩萨做出决议：这一次突击试禅心，猪八戒心性愚顽，淫性难改，着那三件珍珠锦衫化为麻绳，吊他一夜。

没了？

确实没了。

这位虽然丑态百出，可又不能真的开革，其他三位的表现更没任何问题。几位菩萨只能把板子高高举起，缓缓放下，得出这么一个不痛不痒的结论，强调说只是"试禅心"——对，只是试，不是正式考核，所以没通过不要紧，下次注意便是。

更好的消息是，观音充分发挥了"巧立名目"的特长。文殊、普贤不是强调这是"试"吗？那肯定算是一次劫难对不对？于是她硬是从两位菩萨手里，把这次突击检查抢了过来算成自己的业绩。

之前在流沙河，她已经拆分了"流沙难渡十五难"和"收得沙僧十六难"，再算上这回白得的"四圣显化十七难"，一口气又推进了一截进度。

"折腾我们一趟，总得付出点代价吧？"

观音恨恨地对李长庚说，然后发来一张空白的简帖："既然这一劫是试炼，写揭帖总得有点教育意义。这活交给老李你了。"——这是感谢李长庚没出卖自己，请他过过写诗的瘾。

李长庚心情极好，灵感勃发，大笔一挥，在简帖上写下八句颂子："黎山老母不思凡，南海菩萨请下山。普贤文殊皆是客，化成美女在林间。圣僧有德还无俗，八戒无禅更有凡。从此静心须改过，若生怠慢路途难！"

他乐滋滋地发过去，请观音品评。观音沉默了半天，回复说："写得不错，下次还是我来吧。"

李长庚回到启明殿，发现观音居然正站在门口等他。李长庚以为又出了什么意外，心里一突突，谁知观音晃晃玉净瓶，笑嘻嘻道："下界都安顿好了，暂时无事，找你喝点。"

观音心里很清楚，这次若李长庚稍有动摇，自己就要完蛋。说是试探取经人的禅心，又何尝不是考验他们两位的心志，她主动找来，也是表示谢意，深化一下关系。

两人进了启明殿，童子顺便端来两杯玉露茶。李长庚豪气干云，大手一挥："喝什么茶，弄一坛仙酒来！"观音抿嘴一笑："不必了，我带了素酒。"说完从玉净瓶里倒出两盅汩汩琼浆。李长庚让童子端来一碟九转金丹，几盘仙果，两人边喝边聊了起来。

酒桌上你扯些闲篇，我议论些八卦，气氛逐渐热络起来。喝到酒酣耳热时，观音忽然把玉净瓶往桌上一拍，满脸涨红："我可太难了！本来护法就不是好干的活，还惹来一堆嫌弃。他们上回挑唆玄奘，这次是试炼八戒，下回是什么？天天变着法子防着自己人，太累了，还不如辞了算了！"

李长庚端起酒杯："大士你这就不对了。道法自然，什么是自然之法？就是斗，就是争，大道争锋，你退一尺，他们就会进一丈。你以为辞了麻烦就少了吗？错了，人家觉得你弱，以后麻烦会源源不断。"

"老李你看着谦冲随和，想不到骨子里这么狠。"

"这不是狠，这就是仙界图存之道——大士你想想，当初我如果不摆你一道，你是不是还把我当软柿子呢？"

观音打了个酒嗝，表示轻微的不满。李长庚酒劲上来，多味也随之上涨，谆谆教导道："你做事的心思够巧，就是关键时刻不够硬，容易被别人一力降十会。我的事就不提了，你看黄风怪硬来了一下，袭击悟空、掳走玄奘，你就束手无策，这可不行。"

观音无奈地摇摇头："那怎么办？总不能每回都兵来将挡，还干不干正事了？"

"你得强硬起来，露出刺，让别人都知道你不好惹，不敢来找麻烦。"李长庚推心置腹道。

"这道理谁都知道，可做起来哪里那么容易？"

"其实啊，我倒有个主意。"李长庚扔一粒金丹到嘴里，咯咯嚼着。

"老李你不是好人，但能处，出的主意准不错。"

"回头找一劫，你在里面露个脸，立个奇功，展现下手段，然后在揭帖里大大地揄扬一下，把声望拔得高高的，他们再动手就有顾忌了。"

"咱们自己护法，还自己立功，这么干不合适吧？"

"有什么不合适？上次黄风岭那次，我不是给护教伽蓝们找了个机会，狠狠揄扬了一顿吗？事后效果多好。所以这事，关键看怎么操作。放心好了，我来安排，保证天衣无缝。"

"你打算怎么弄啊？寻常小事怕是没效果，搞出太大的事来，又牵扯太多，万一又惹来调查……"

李长庚喝得有点高，他偶然瞥见盘子里的几个仙果，突然兴奋地一拍桌子："就他吧！"

"谁？"

"我认识个瑶池宴的特供仙果商，就在取经路上，找他准没错！我来安排……"

观音璎珞微摇，看得出有些激动："老李，原来我老觉得你这人窝囊庸碌。现在才看明白，你这是绵里藏针，以德报怨。相比之下我太不成熟了，得向你学习。"

"哎，大士你不用谦虚。咱们只是道释信念不同，没有高低仙凡之分。"李长庚已经喝高了，言语也放肆了几分，"你看见我那只老鹤没有？勤勤恳恳几千年，背着我走遍三界。咱们天天给诸位金仙佛陀分忧奔走，与那老鹤能有多大区别？"

观音举起酒杯："算了算了，不谈工作，喝，喝。"李长庚含糊地嘟囔了两句，一口喝完，然后趴到案几上醉过去了。

第七章

李长庚和观音一起站在五庄观门口，观音仰起头来，第一眼注意到的，就是门口那一块巨大的石碑。

她没法忽略，这石碑奇大无比，通体青黑，比山门还醒目，仿佛设计者在声嘶力竭地喊所有人来看上面的十个描金大篆："万寿山福地，五庄观洞天"。

"好大的气魄。"观音啧啧称赞，再往山门深处望去，只见层峦叠嶂之间，坐落着楼阁数重，松竹掩映，云霞缭绕，偶闻鹤唳猿啼，明明是一处人间洞府，却俨然有天宫仙家的气派。

李长庚听她发出赞叹，只是笑了笑，没言语。过不多时，远远一对眉清目秀的童子踏着两团云霭飘然而至，俱是唇厚齿白，玉冠紫巾，可谓是卖相十足。

"清风、明月，你们师父在吗？"李长庚问。

清风不卑不亢，拱手施礼："家师在上清天弥罗宫听元始天尊讲混元道果，还没回来。"观音一听，一阵失望。李长庚却把脸一沉："别扯淡，我知道他在观里呢。别拿这话来糊弄我，又不是外人，你们就说李长庚来访。"

两个小童对视一眼，赶紧回身按住耳朵，似乎是请示了一下，然后说家师一气化三清，其中一个分身正在观内感悟，请两位贵客进来吧。

李长庚冷哼一声，与观音跟着清风、明月往里走。一进五庄观的正殿，观音抬头看见正面挂着"天地"二字，很是好奇，问："为何只挂这两个字？"

李长庚要阻止，可已经来不及了。清风和明月对视一眼，都抢着回答，两个声音一字不差，可见是熟极而流："三清是家师的朋友，四帝是家师的故人，九曜是家师的晚辈，元辰是家师的下宾，所以供奉不得，只摆了天地二字在这里。"

观音大惊，这五庄观的根脚竟如此深厚？李长庚赶紧一拽她袖子："咳，谁来了他们都这么说。难道三清四帝会打上门来较真吗？"

话音刚落，忽然一个洪亮的笑声自四面八方响起："长庚道友，何来迟也？"两人转头，只见一个仪表堂堂、仙风道骨的玄袍道人从天而降，此人头戴紫金冠，身披无忧鹤氅，四周花雨缤纷，旋旋落下，极为煊赫。

李长庚冷哼一声，猛一跺脚，又一阵花雨哗哗落下。镇元子赶紧收敛做派，伸手拦住："哎，老李你别跺了，我一共就放了那么几篓，被你全震下来，还得再装回去，忒麻烦。"

李长庚道："我说元子，你知道我来还搞这一套？"镇元子一捋颌下长髯，复又得意："但效果不错对不对？连你都吓了一跳。"

李长庚懒得回应，一指观音："这是观音大士，我们今天来跟你谈个事。"镇元子一听是她，双眼立刻放光："哎呀，久闻尊者大名，竟然来我这观上，蓬荜生辉，蓬荜生辉。"观音正双手合十回礼，却不防被镇元子一把抓住，扯到"天地"二字下方，说尊者难得光临，一起拜拜天地。

观音一脸懵懂，旁边清风、明月一个取纸轴，一个祭笔墨，转瞬摆出一盘乩仙来，一看就是做得惯熟。乩仙不扶自动，不一时便在纸上绘出一幅《道释仙友图》，画上二仙以天地二字为背景，携手而立。镇元子比本人又俊朗了几分，双眸湛湛光华，身后隐现诸般异象。

观音有些尴尬，镇元子却一点也不见外，一扬手，这画便自行飘去偏殿。观音侧眼望了一下，那偏殿内挂着二十几轴，皆是镇元子与各路神仙的拜天地图，无不是有名的。不过其中大多神仙的表情与观音一样，礼貌而尴尬，还带着一丝不情愿。

"这都是好朋友，经常来我这里喝茶。"镇元子淡然地一挥手，正要带他们一一看过去。李长庚催促道："差不多得了，我今天找你来是谈事，不是看你显摆。"

镇元子从善如流，把他们请到五庄观的后花园，这里有一棵高逾千尺的参天大树，青枝馥郁，枝杈虬结，上面有一个个果子垂下来，状如小儿。这就是三界闻名、大名鼎鼎的人参果树了。

人参果树下有一方古朴云木，自成桌台，台上摆着金击子、白玉盘、琉璃茶盏等等，俱各精致。

三位神仙各自落座，镇元子伸手一指那果树，声音如钟磬清响，抑扬顿挫："这人参果深蕴文化，物性暗合天道，遇金而落，遇木而枯，遇水而化，遇火而焦，遇土而入，所以不可轻吃，须得有一套规矩。我先给贵客演示一下，什么叫遇金而落。"

他抄起金击子，就要登高摘果。李长庚不耐烦道："得啦得啦，吃果子就实实在在地吃，搞这么多仪式，跟求雨似的，至于吗？"镇元子笑道："我这是为了贵客好。就算是寻常果子，把大规矩往这儿一立，大道理往这儿一摆，那滋味立刻就不一样了，更别说我这人参果了。"

李长庚道："你这一套是糊弄外客的手段，可别跟我在这里折腾。"镇元子说："谁要糊弄你了？我这不是让大士见识一下嘛。"然后大袖一摆把器具都收了。

过了一阵，清风、明月端来满满一盘人参果，少说也有二十几个，堆如山高。观音吃了一惊："这么多？我听说人参果三千年一开花，三千年一结果，再三千年方得成熟。一万年只结得三十个啊？镇元大仙未免太破费了。"

李长庚嗤笑道："大士你也着了他的道儿了，这个镇元子最擅吹嘘之术。明明人参果一甲子就能产三十枚，他对外都说一万年，把天上那些神仙唬得一愣一愣的，炒得简直比蟠桃还金贵。"

镇元子不乐意了："老李，我好意招待你，你何必老是拆我的台？我要不说得这么玄乎，人家办瑶池会怎么会用我的果品做特供？道经有云，大成若缺，一样东西想要大成，必须让人觉得稀缺。"

观音隐隐觉得这话似乎不该这么理解，镇元子又道："再说了，现在各路神仙都托关系来问我要，谁的面子都不能落。我少报一点产量，私下里再给他们多分，这人情不是做得更大了吗？"

在座的都通世故，见他说得如此坦诚，不由得齐齐拊掌大笑。有李长庚在，镇元子也不装了，挽起袖子抓起两枚果子，热情地搁到两人面前："前头都是生意，须得端起些做派。现在是朋友，随便吃，随便吃，我那两个童子天天还削了皮敷脸呢——只一点，出门以后别给我说破。"

观音听了李长庚介绍，才知道他和镇元子早年是一同修行的同窗。后来李长庚飞升去了天庭，镇元子却选择在人间做个地仙，寻了处洞府侍弄仙果。

"老李不是我说你，当初你非要选飞升，上了天又怎么样？听着风光，一天天苦哈哈的，谁都怕，哪如我这里自在，既无考勤点卯之苦，又无同僚倾轧之忧，赚了功果尽由自己花销，何等逍遥。"镇元子道。

李长庚沉默片刻，似是不服气："上天和种地，是个头脑清明的都会选前者，谁能想到你现在搞得这么大？再说了，论修行还是我修得好，唯独不像你一样会吹嘘，把自己包装成什么只拜天地的镇元大仙。"镇元子道："吹嘘怎么啦？天下种果的多了，怎么偏我的果能送进瑶池做特供呢？我看老李你还是打心里看不起我，觉得不是正途。修行的法门多了，你焉知吹嘘不能直指大道？"

观音赶紧打了个圆场："大道殊途而同归，他做天官，你做地仙，你们两个都有光明的仙途，又何必争个高下呢？"

"地仙之祖，我是地仙之祖。"镇元子纠正了一下。观音一听，好家伙，这名头可不小，可怎么在天界从来没听过？但她什么也没说，捧起人参果来浅浅咬了一口。

三位神仙吃过一轮，李长庚擦擦嘴道："元子我跟你说个事。玄奘取经你知道吧？近期他会路过你们这里，需要你配合一下我们的工作。"

"我知道，护法渡劫嘛，你老本行。"

"我想安排他们在五庄观偷一次人参，跟你互动一下。你也有好处，可以趁机再宣传一下这果子多贵重。"

镇元子听到后半句，立刻眉开眼笑，连声说这个好这个好，可又忽一转眼珠："这个……要我五庄观赞助什么？"

"都是老同学，谈赞助就俗了！"李长庚的右指往上一指，"我只要你一棵树。"

镇元子大惊："啥？你们要这人参果树？不成不成，这是贫道的本命法宝，好不容易才红遍三界的。"李长庚道："谁要你的果树了，我那洞府可摆不下这么大一棵。我是想拿这棵果树做做文章，把这一劫渡过去。"镇元子狐疑道："你先说说看。"

李长庚不慌不忙，亮出方略："也不必太复杂，还是你惯常待客那一套规矩。你先离开，就说去听元始天尊讲混元道果，留下清风、明月招待玄奘。我安排他手底下徒弟弄落一枚人参，被你的道童误会，他们一气之下，把人参果树掘根推倒……"

"等会儿，不是真推倒吧？"镇元子手里的人参果"噗"地掉在地上，立刻钻进土里去了。

"哎呀你听我接着说，他们闯下大祸跑了，正好这时候你回来，用一招'袖里乾坤'把他们擒回来，说要为人参果树报仇。师徒四个，被你拿得严严实实的。"

镇元子一听自己神通这么大，得意得满面红光，可旋即皱起眉来："可这事怎么收场？总不能真把玄奘杀了报仇。再说，人参果树被这么挖倒了，我以后怎么卖人参果？要不要最后再安排一段，让我运起莫大神通，把果树复原？"

李长庚看了一眼观音："当然，这树肯定是要被治好的，但不能是元子你。"

"为什么不能？"镇元子很失望。

"你自己治好了，怎么放过他们师徒？到时候才是真收不了场了。"李长庚侃侃而谈，"你把悟空放走，让他自己去寻救兵。悟空寻到南海落伽山，请了南海救苦救难观世音菩萨前来，施展神通救活人参果树，问你讨了人情，放过他们师徒。完了。"

镇元子恍然大悟，原来李长庚真正的意图，是要给观音造势。他放下心来，对观音一笑："大士放心，这吹嘘之术我是惯熟的，保管把大士揄扬得天上少有、地上皆无。"说完他转头对太白金星道："我提个意见，你这么弄，还是显不出大士的厉害。"

"哦？那元子你有什么建议？"

"修仙我不行，若论吹嘘之术，老李你不行。你不应该让孙悟空直接去找大士，太直接了，显不出贵重。得先去找别家，别家解决不了，实在没办法了，再请大士出手，这么一抑一扬，方能显出大士的能耐。你找的别家等级越高，大士的威风就抬得越大。"

"有道理。我认识福寿禄三星，让孙悟空先去找他们，他们救不了，孙悟空再去落伽山？"

镇元子摇摇头："这才一次抑扬，力度不够。俗话说一波三折，你至少得抑扬三次，才能给看客留下深刻的印象。"李长庚皱着眉头，琢磨了半天："行，我还能找来东华帝君和瀛洲九老，级别再高，就不太好请了。"

"也可以了。"镇元子啧了一声，似乎不甚满足，"对了，你难得请动这些神仙，索性做得透彻点。让他们来我这里一趟，替悟空求情宽限时间，好让他来得及去找大士。"

"这也太假了吧？孙悟空一个筋斗就到落伽山了，还用得着宽限时间吗？"

镇元子打了个响指："老李我问你，我门口挂的天地二字，落款是什么？"李长庚一愣，他来过好几次五庄观，还

111

真没注意过。

"就是我镇元子自己的字号。"镇元子道:"你看,所有人进门,都被这两个字震撼到了,至于那落款是仙是鬼,根本留意不到。这就是吹嘘之术的精髓所在,你不必天衣无缝,只要把想让他们看到的部分浓墨渲染即可——大家都急着看人参果树是否能救活,谁会在乎悟空去落伽山的时间?"

李长庚听出来了,这小子说得天花乱坠,根本就是夹带私货。请来这么多神仙齐聚五庄观,传出去他镇元子也能大大地露脸。到底是修炼吹嘘之术的,这一招袖里乾坤,包纳了多少神仙。

"嗯,行吧。"李长庚点头同意。镇元子最喜欢这些虚名,让他占点便宜也无妨,否则这家伙肯定出工不出力。

"我还有一个请求。"镇元子又抓来一枚人参果在他面前。

李长庚警惕地抬眼:"啥?"

"能不能在孙悟空去找那三拨神仙时,让他们一听我的名字,就脸色大变,说猴子你怎么惹了地仙之祖?"

"我刚才就想问,这地仙之祖,到底是你从哪里得来的名号?我怎么从来没听过?"

"咳,六百年前从下八洞神仙那边买……不是,评选出来的,便宜得很。我还有好些别的头衔,等我给你拿玉牒来看啊……"

镇元子起身要去取,却被李长庚一把拦住:"行了,元子，你还嫌自己不够威风啊？"镇元子道："我这也是为大士着想。我身价越高，才越显出大士神通广大嘛。"

"南海观音巴巴地赶来给你救树，这人参果树将来又能多一层光环，够你吹嘘一阵了。"

这时一直没吭声的观音忽然开口："老李，你这里还有个破绽。镇元子……呃，镇元大仙一开始为什么要招待玄奘？这个动机不设计好，后头的一切都成了无本之木。"

她点到了关键。玄奘是凡胎，镇元子是地仙之祖，身份悬殊，正常情况前者都没资格进山门，凭什么镇元子会给他人参果吃？

李长庚和镇元子各自陷入了沉思。过不多时，李长庚道："这样好了，我就说你久仰他前世金蝉子的大名，所以想招待他一下。"

"不妥。我久仰金蝉子，这不是上杆子巴结吗？不合我只拜天地二字、崖岸自高的风格。"镇元子抿着嘴，一脸不满足。他又琢磨了一下，忽然眼睛一亮："那……就说我和金蝉子是故友如何？"

能和佛祖二弟子是老友，那身价可就又提升了几分。但李长庚连连摇头，不是不给老同学面子，是因为这事实在复杂。金蝉子到底什么身份，如今还悬空成疑，不可贸然再牵扯因果。

但镇元子似乎被这个想法迷住了，一门心思缠着说："你得想想办法，让我和金蝉子扯上点关系。"李长庚抵挡不住，最后还是观音开口："镇元大仙，你看这样如何？昔日灵山的盂兰盆会上，你与金蝉子同席，他替你传了一盏茶，看在这个情分上，你才招待玄奘。"

镇元子一拍桌子，双眼放光："这个好啊！故交有点俗，传茶的交情才显得别具一格，清雅高古，妙极、妙极。"李长庚也笑起来："将来这故事讲出去，你观后头的茶叶也可以多卖几包了。"

传茶的交情，说深不深，说浅不浅，其中可以解读的空间很大，而且旁人无从查证。镇元子大为满意，连赞观音大士高明。三人欢欢喜喜又吃过一轮，镇元子拿出纸墨，请观音留诗题字。李长庚袖子一挥，说"我先来我先来"，镇元子想要阻拦，可惜已经来不及了，只见李长庚笔走龙蛇，转瞬间就写完两句："五庄观内拜天地，清风明月伴我眠。"

观音转过头去，装作去看人参果树。镇元子脸颊抽搐了一下，伸手把纸强硬地抽走，勉强笑道："算了，算了，咱们老同学之间，不讲究这个。"他生怕李长庚还纠缠这茬儿，主动道："哎，对了，五庄观结束之后，你们是不是还得往西走？"

"这不废话吗？"

"我有个妖怪朋友在附近的白虎岭，平时跟我有点合作，这次也想做一劫赚点小钱。你不用看我的面子，该怎么谈怎么谈，她很识相的。"

李长庚想了想，说："行，你朋友叫什么，我去谈谈。"镇元子给了他一节白森森的小指骨，李长庚一愣，然后才反应过来：这妖怪倒稀罕，不是走兽山禽化妖，而是一具白骨成精。

镇元子见李长庚应允，起身出去给白骨精传音，顺便不动声色地把纸揉成团带了出去。观音又吃了口人参果，真诚地赞道："李仙师，这一难有惊无险，各得利益，真难得啊！"李长庚点点头："你我护法辛苦一场，若不顺势揄扬一番，岂不是白辛苦了？"

"我都计算好了，五庄观中十八难，难活人参十九难，这就又有两难了嘛。"观音伸出两个指头，比画了一下，一脸喜色。这活轻轻松松，好不舒服。她抬头看看人参果树的青青冠盖，不由得发出感慨："这么干活多好，大家劲往一处使，不藏着掖着，也不用提防谁。"

"其实单纯干活啊，真不累。累的是，咱们一半的脑子都用在提防自己人上了。"

"唉，天道如此，这也是机缘难得。"

"等过了五庄观，咱们得歇歇，老这么绷着也不是个事。白虎岭的渡劫，我寻思就简单点处理，交给当地妖怪支应，接下来的宝象国别安排什么事了，正好放空一段。"李长庚眯起眼睛。

"听你的。"

这俩神仙一起抬头望着那参天大树，嘴里嚼着人参果，一时都不想动。阳光透过枝隙洒下来，带着淡淡的果子清香，后园一片惬静。

观音当天留在了五庄观，她要跟镇元子对接一些细节，顺便盯牢这位吹嘘大师，别让他吹得太离谱。李长庚则只身驾鹤西去——神仙不忌讳这个，飞出一百多里地，看到下方一座阴风惨惨的狰狞大山，情知到白虎岭了。

他按落鹤头，进入山中。只见山洞中黑雾弥漫，凡人目力根本难以看清周围的环境。不过每隔一段路，便可以看到一段由白骨拼接成的文字，上书："白虎岭白骨洞"，旁边还挂着一截臂骨，指向深处。白骨不时泛起磷光，在黑暗中颇为醒目，倒是省了李长庚运用神通的麻烦。

"这倒是便当得很。"他心想，对此间主人的细心多了一层认识。

李长庚按照指示走到洞口，朗声喊道："贫道太白金星，特来造访白虎道友。"里头没动静，他又喊了一声，才有一个娇滴滴的女声传来："你等等啊！我化个妆。"

李长庚纳罕，你一个骷髅成精，化什么妆啊？过不多时，洞门隆隆打开，一具骷髅架子跌跌撞撞地跑出来，突然左腿一甩，一截胫骨"啪"地飞到墙壁上，整个骨架差点摔倒在地。她赶紧一手扶墙，一脚撑住，弯下脊椎和盆骨去够，几次都捞不着。李长庚实在看不下去了，把胫骨摄在手里，交还给她。

"多谢啦，昨晚熬夜熬得晚，估计关节没挂牢。"白骨精尴尬地抓抓颅骨，接过胫骨，接回到腿上。

李长庚端详了一下，她还真化妆了，颅骨上的眼眶边缘，被炭笔描了一圈线，显得两个黑漆漆的空洞眼窝更大，两侧颧骨抹着两团磷粉，只是说不上色号。

白骨精把李长庚请进洞府，在一处雅致的坟包前各自落座，坟前早早摆了两杯白茶。李长庚开门见山道："我说白虎夫人啊……"

"哎呀，白虎是此间的山名啦，人家叫白骨夫人！您想什么呢？"白骨精的眼窝一瞪，娇嗔道。李长庚尴尬地赶紧喝了一口茶："白骨夫人，对，白骨夫人，镇元子说你可以替天庭支应？"

"对的，镇元大仙很照顾我的，我去五庄观跟他作过几次……"

"咳咳……"李长庚差点呛着。

"我是说作祟啦。"白骨精咯咯一笑，优雅地把一排指骨托在颌骨下面，"他在上面大喊一声：孽畜，还不快现原形？我就地一滚，浑身抖似筛糠。他再大袖一卷，把我收走，百姓齐颂镇元大仙威武，那宣传效果好得很……"

"行了，行了，我知道了。"李长庚摆摆手，"元子跟你说了吧？玄奘取经途经贵地，需要渡劫，我打算找你做个支应。不过这事上头很关注，不能出错，你可要上心。"

白骨精的盆骨扭了扭，骨架子朝前一靠："瞧您说的，我何曾有敷衍的时候？您有什么需求，我都能配合。"

李长庚不为所动，从怀里掏出一个锦囊，说："你看看这个。"白骨精收起媚态，从旁边架子上捞起两粒眼珠，嵌进眼窝，左臂指骨撑住下巴，认真地读起来。

李长庚也不催促，慢慢啜着茶。这山野之茶虽口感不佳，却别有一番风味。从高老庄开始，取经之事就波折不断，先是黄风怪，然后是西王母，接着又被突击检查了一回。李长庚疲于奔命，连造销都没空做。他实在很想休息一下，这也是为什么镇元子一建议交给白骨精支应，他就同意了。

这一难的方略，李长庚打算越简单越省心越好。他给白骨精看的，是一个最基础款的"降妖除魔"，这个方略没有什么花头：先是妖魔袭击取经队伍，然后三个徒弟力战妖魔，将其除掉，结束。

当然，这么一处理，很难挖掘出什么深刻的意义，揭帖不太好写。不过李长庚觉得，适当低调一点也好，平平淡淡才是原本之道。

这时白骨精已经看完了，她放下锦囊，扶了扶眼球："这个支应倒是很简单，我们能接。不过玄奘的取经队伍有三个徒弟呢，一个妖怪肯定不够分吧？"李长庚还没言语，白骨精又道："您看安排三个妖怪怎么样？一个徒弟打一个，不必争了。"

李长庚略有迟疑，他的本意是简单处理，一场斗战变成三场，可又变复杂了。白骨精见他犹豫，立刻道："您老要是嫌麻烦，可以把斗战的部分去掉呀。妖精害人，又不一定非打不可，色诱啊、下毒啊、诬陷啊……花样多得很，我这里都有现成的方略，不会很复杂。"

"色诱就算了，之前几位菩萨刚色诱完，诬陷不容易体现积极意义。嗯，下毒这个倒不错，还能挖掘出一些警世寓意。"李长庚很快做出了选择。

"好，等我记一下……妖魔：三只；手段：下毒；结局：被高徒识破。"白骨精拿起炭笔，在自己雪白的腕骨上飞快记录，"要打死还是收服？"

"打死。"

"那是惨叫一声散为黑雾，还是剩一堆糜烂尸骸？"

"这个随便你定。"李长庚不想管得太细，他忽然又问道："三次都是下毒，太重复了吧？"

白骨精笑起来："那怎么可能呢？就算您同意，我们都不会自己砸自己的招牌。我们的服务叫作子母扣，第一只妖怪假意去下毒，被识破打死，我们后续可以安排第二只去寻亲，第三只妖怪寻仇，如此一来，岂不就便当了吗？"

李长庚叹道："这办法好是好，只是又变复杂了。有没有那种既简单省事又富有变化的？"白骨精头顶的妖气为之一滞，泛起五彩斑斓的黑雾。她眼窝一转："要不这样吧，可以给您追加一套方圆不动的服务。"

"什么叫作方圆不动？"

"就是客人不动，我们自己动。"

"咳咳！"

"哎呀，您真讨厌。"白骨精娇俏地打了李长庚肩膀一下，"您想什么呢？我是说，我们可以让客人原地不动，只需要画个圈等待，妖怪一个一个主动上前送死。这不就既简单又富有变化了吗？"

"如此甚好。"李长庚很高兴，这白骨精实在伶俐，事事都考虑得很周详，还会变通。白骨精见老神仙眉眼舒展，知道这事成了，又主动道："我仰慕您老已久，看您老的面子，我三只妖怪只按两只半收费，如何？"

李长庚更高兴了，讨价还价的事见多了，上来先自己杀到八折的倒少见——莫非她生前就是自杀不成？白骨精旋即补充道："不过那个方圆不动的服务，是要另外计算酬劳的哟。"

"没问题。"

白骨精见李长庚眉头都不动一下，补充道："每只妖怪单收。"

李长庚点点头。

白骨精颌骨微抬，笑容可掬："还有些杂项费用，营养钱、跑腿钱什么的，我是先帮您老垫上还是您直接付给他们？"

李长庚没意识到这是在诱导，随口说："你先垫上吧。"白骨精拿起炭笔在腕骨上密密麻麻地记着，颌骨微微一咧："那我给您返三个点如何？"

嚯，这妖怪倒真敞亮。李长庚连连摆手，说这个不必，工作做好就行，但心里颇为受用。白骨精晃了晃颈椎骨："您老两袖清风，不要返点，那我送您一个低价大礼包好了。"

"哦？还有礼包？"

"您老为取经队伍护法渡劫，无非是为了揄扬名声。若想三界扬名，人人皆知，这话题必得耸人听闻一点。我免费送您个礼包，制造个话题，让妖怪们袭击玄奘时喊一嗓子，就说吃了他的肉，可以长生不老，包管这话题一下子火遍四洲三界。"

李长庚有点犹豫："这有点夸大吧……"

白骨精道："大众爱看的，要么是吃别人血肉，要么是养生。这个话题是我贴着他们的爱好来设计的，效果您尽可放心。"

"但玄奘的肉吃了不能长生啊。要是真能长生，他妈当初怎么死的？"

白骨精笑起来："谁会深究真假，无非是凑热闹而已。再说了，这话题不用取经队伍自己讲，自有三界的闲散妖怪负责嚼舌头。真有人追究起来，您两手一摊，说也是谣言的受害者，岂不挺好？"

她见李长庚还有点犹豫，又劝道："这话题持久性强，这次妖怪想吃，下次妖怪也想吃，哪次劫难也能用上。这么一摊薄，成本低得跟免费没区别。"

李长庚一听，颇有道理，终于点头应允。

条件谈得差不多了，李长庚又提出来："你安排的三只妖怪，能不能让我先见见？"白骨精说："这没问题，不过那几个妖怪都是独居种类，不愿人多，只能一个个单独见。"李长庚想想也没什么，说："那就单独见吧。"

白骨精转身进了洞府，不一时出来一个少女。李长庚一看，与寻常人无异，但头顶黑气证明其毫无疑问是妖怪所化。他随便跟少女聊了几句，少女转身回去，一会儿又来了一个老太太和一个老头。三只妖怪头顶的黑气几乎一样，李长庚猜测，也许是同一窝妖怪。

见完这三只妖怪，他忽然生出一个想法。既然要上演"下毒、寻亲、寻仇"的戏码，能不能顺便加一个误会环节。沙悟净如今还在队伍里，可以让他出手重一些，打死那个少女，被玄奘误会滥杀无辜，暂时逐出队伍。

当然，这肯定不是真开革，李长庚是想安排一手试探。西王母说卷帘大将是来洗履历的，到底有几分是真的？卷帘大将加入取经队伍的目的，西王母也是语焉不详。他需要获得更多信息，才能做出最准确的判断。

要知道，这个名额毕竟是从观音那里借的，如果出了差错，观音可是会翻脸的。

白骨精虽然胸腔里空空如也，心思却玲珑得很。李长庚一说，她便满口答应："这事简单，我让寻亲和寻仇的两位多加几句台词，跟圣僧多哭诉几句便是——加个诬陷服务而已，这部分开支，我给您折上折。"

谈妥了细节，李长庚从白骨洞出来，抬手呼唤白鹤过来，自己站在洞口等。李长庚心情很是舒畅，从取经开始到现在，这一难大概是安排最轻松的。这时一阵阴风吹过，他突然意识到，自己好像一开始只要求一只妖怪，也不知什么时候，被白骨精绕成按三只妖怪的方略来谈。

这小妖精……李长庚呵呵一笑。算了，三只就三只，就当花钱省事了，反正都是天庭的费用。一想到这个，他又回忆起案头堆积如山的造销玉简，不禁一阵头疼。

老鹤好不容易飞到了跟前，李长庚飞身上背，想着干脆直接回启明殿做造销得了。这时笏板里却忽然接到一条传信。

　　传信是阴曹地府的一个判官发的，内容很简单："花果山死了一只通背猿猴。"

第八章

那只通背猿猴，李长庚略有印象。他第一次去花果山招安时，那只猴子就站在孙悟空的身旁。据说孙猴子成道之前，还是听他劝说才出门寻仙的，这才有此后的一番成就。所以他在花果山，算得上军师智囊。

但……他和通臂猿猴素无交情，地府为什么特意把这一条讣告告知他呢？

好在那位姓崔的判官，也算是李长庚的旧识。他拿起笏板，想给崔判官拨过去问问。谁想到刚一接通，那头就传来一阵鬼哭神嚎，半天才传出崔判官的声音，几乎是吼出来的。

"谁啊？有话快说！"

李长庚不得不把笏板拿远一点："崔啊，我长庚。是谁让你把花果山猴子死了的消息发来我这里？"崔判官道："哦，这个亡魂正好由我负责接引，我查出他乃是花果山的眷族。阎王爷下过旨意，凡是与齐天大圣有关的，一律要上报天庭。我吃不准这个算不算，私下给你发一条，你自己判断吧。"

地府原来还有这么一条规定，大概是当年被孙悟空大闹一通后留下的阴影，崔判官这也是出于谨慎。李长庚听完以后，松了一口气，生老病死，人之常情，不是什么大事。等一下五庄观的事结束，让观音转达给悟空就行，说不定还能写成一篇揭帖——取经人一心弘法，亲眷去世仍不动摇心志云云。

"你那边最近忙不忙？"李长庚顺口关切地问了一句。

"上头净整阴间玩意儿！我们简直忙活不过来，好了，老李，我先不聊了。"崔判官没好气地嚷了一句，挂了。

李长庚愣了愣，最近四大部洲没什么大的战乱啊，怎么地府忙成这样？不过他身上事太多，管不到别的衙门，很快把心思放回到取经渡劫上来。

没等多久，观音便发来消息，说五庄观的事情顺利完结了，还附了一段图影。

图影里观音手持柳枝，轻洒甘露，原本倒折的人参果树缓缓回归正位。一时间枝叶葱茏、虹霓灿然，旁边福寿禄三老、五庄观众弟子、玄奘师徒一起合掌赞叹——这特效一看就是镇元子的手笔，委实夺目。

在人参果树复活之后，镇元子慷慨宣布，举办一次人参果雅集，在座的神仙一人一个，大家皆大欢喜，其乐融融。席间镇元子喝得酒酣耳热，非要拽着观音结拜。观音不动声色地推辞了，他又去找玄奘，玄奘只是低头念经。镇元子绕过猪八戒和沙僧，最后找上了齐天大圣孙悟空。孙悟空还是那一副空落落的神情，懒得躲闪，随便他怎么摆弄。

图影的最后一幕，是镇元子平端着人参果，竖起大拇指，旁边孙悟空皮笑肉不笑，就像是个背景。

"这小子，又偷偷搞这套。"李长庚笑骂了一句，顺手把讦告转给观音，让她通知孙悟空节哀顺变，顺便又把白骨精的方略传了过去。

观音也很高兴，五庄观这么一折腾，她的声望可是大大提升了。两人交谈了几句，便把白虎岭的安排敲定。谈完之后，李长庚心情变得很好。

这次五庄观的揭帖，会重点宣传观音和镇元子，自有他们两位把关，不用自己操心；白骨精那边把劫难安排得妥妥当当的，三个妖怪，凭观音的手段，可以把白虎岭拆出至少三难。

连续两难都已安排妥当，李长庚决定趁这个难得的闲暇，回转启明殿。造销无论如何得做了，再拖下去，赵公明真不给报了。

他驾着白鹤朝天上飞去，飞着飞着，身体忽地一沉，低头一看，发现这只老鹤的双眸开始浑浊起来。李长庚连忙让它在一座山头落下来，悉心检查了一圈，发现它羽毛枯萎、双足弯曲，就连鹤顶那一片朱红都开始褪色，种种迹象，都是寿元将尽的表现。

李长庚心里有点难过，赶紧掏出金丹喂到它嘴里。老鹤一口吞下去，精神好点了。但李长庚明白，这种没修成人形的灵兽，灵丹妙药只能救一时之急，却对寿元无补。他得考虑送它去转生，然后换个坐骑了。

这鹤陪伴他不知多少年岁，如今真到了离别的关头，李长庚不免有些伤感。他摸了摸老鹤修长的脖子，正要吟出一首感怀的诗来，腰间笏板突然又响了。

观音有些惊慌："老李，孙悟空忽然说要请假。"

"什么？请假？"李长庚仍沉浸在感伤里，一时没明白。

"我不是把讣告转给孙悟空吗？他发了一会儿愣，突然跟玄奘说要请假，说完也没等批准，一个筋斗就飞走了。"

李长庚一怔："他去哪儿了？"

"花果山吧？可前头不是还有白骨精的一难吗？他不在怎么行？"观音急道。渡劫都是提前安排好的，但眼下突然少了一个，还是齐天大圣这么招眼的首徒，实在交代不了。

李长庚当机立断："这样，你就说孙悟空去讨斋饭，让玄奘他们原地等着！我这就去花果山，把他叫回来。"

放下笏板，李长庚看了看疲惫的白鹤，叹了口气，勉强跨上鹤背，用拂尘扫了扫羽上的灰尘："老伙计，再飞最后一程吧，然后回启明殿好好歇歇。"白鹤弯起颈项清唳一声，拼命鼓起双翅，飞入云端。

花果山远在东胜神洲，老鹤又不堪疾行。半路上白骨精不停地发信来催，说妖怪就位了，什么时候可以开始。李长庚让她少安毋躁，她说这么一耽搁，后面的单就没法接了。李长庚只好说给她再加两个点，不要啰唆。白骨精立刻回复

128

说不着急，您慢慢来。

好不容易赶到花果山，老鹤一落下去，就趴在地上起不来了。李长庚顾不得它，三步并作两步朝水帘洞赶去。他之前来过花果山几次，如今风景依旧，不时可见几只小猴子在林间荡来荡去，好不惬意。

孙悟空惹出滔天的祸事，花果山居然还能保持原状，未被清算，足见上天有好生之德。

他来到水帘洞口，一群猴子见他来了，纷纷散开。李长庚见到那只通臂猿猴的遗体被放在石板上，孙悟空站在旁边，眼眸低垂，一动不动。

"大圣？"李长庚刻意选了个亲切的称呼，这个称呼在花果山喊喊没关系。

"我现在没心情。"孙悟空冷冷道，头也没回。

"猴死不能复生，还请节哀顺变。"李长庚轻声道。

"别假惺惺了！我知道你要说什么——怎么能为一只山野猴子，耽误了取经弘法的大业？不要死得不识大体，不要为了一己私事而耽误大局。"

猴子的话夹枪带棒，比他手里的金箍棒还狠。李长庚脸色一阵变化，被他噎得说不出话来，只得默默从怀里取出线香三根。

这香迎风自燃，李长庚握着拜了三拜，然后恭敬地插在石板前方的香炉里。石板上的猴子满面褶皱，老态龙钟，确实是寿终而亡之相。不知为何，李长庚想起了自己那只老鹤，心中一阵感慨，又多拜了一拜。

他堂堂天庭启明殿主，为一只山野猴精上香祭拜。孙悟空知道这面子的分量，态度稍稍缓和了几分。

待得太白金星拜完，孙悟空一挥手。几十只小猴子跳过来，各自扛着一捆柴薪，垫在通臂猿猴身下。孙悟空捻了个生火诀，一点火星飘过去，立时燃起一团大火。

孙悟空怔怔地望着赤焰中的老猴子尸身，火光映在那一对火眼金睛里，让整张冰冷的面孔多了几分活力。李长庚依稀想起，大闹天宫前的齐天大圣，正是这副模样，已是五百年未曾见到了。

突然一个念头跃起，李长庚眉头一皱。

不对啊，通臂猿猴怎么会寿终而死呢?

寻常禽兽老死很正常，但花果山的猴子老死，绝不寻常。要知道，早年孙悟空曾拨乱了生死簿，后来他大闹天宫，又带回很多金丹仙酒给猴子们。所以这些猴子个个寿数绵长，外力致死倒有可能，但不应该自然死亡啊。

理论上，花果山的魂魄，连黑白无常都拘不走，更别说在阴间被崔判官接引了。

他"咳"了一声，正犹豫要不要说出来。这时孙悟空抬手一指："金星老儿，你随我去个地方。"

李长庚心中纳闷，又不好说什么，只得跟着这猴子离开水帘洞，沿着一条几乎看不清痕迹的野路朝山上走去。这猴子一个筋斗能有十万八千里，偏偏要一步步往上走，李长庚也只好一步步跟随。

不一时他们攀到一处极高的崖顶，这里有一个半塌的石台，石隙间满是青苔，四处遍布着碎石，好似是被什么东西从内部炸开一样。

孙悟空走到石头跟前，伸手拍拍，声音里满是感慨：

"当初我就是在这里裂石而生的。天生一只石猴，饿了吃果子，渴了喝山泉，每日在山中与猴群戏耍，懵懂无知，无忧无虑，只当这花果山便是全部。直到有一天，我见到一只老猴子病殁，这才明白何谓生死，有了恐惧。这时一只通臂猿猴突然跳出来，说我道心开发，然后给我讲外面的许多事情。我这才知道，在花果山外还有一个更加广阔的世界，可以跳出三界外，不在五行中。"

孙悟空仰起头来，看着飘过的白云，眼神闪烁。

"亏了他那一句话的启迪，我一个生于穷乡僻壤、无父无母的小猴子，才得以萌生了出去看看的想法。他教我言语，教我常识，教我礼仪……虽然现在看来，那些东西真是荒腔走板、各种谬传，不过他也真是掏了心窝子教的。就连我决心出海寻仙用的那竹筏，都是他熬了许多夜带着猴崽子们扎的。

"临行前，他指给我斜月三星洞的方向，说大王你天资聪颖，在花果山这个小地方实在委屈，你的机缘是在那一方，一定要混出个造化啊。后面的事你都知道了，我倒是真赶上造化了，三界什么奇景都看过了，可他如今不在了——金星老儿，你说我该不该回来送他一程？"

"正是，正是。有始必有终，否则道心难以圆满。他能有大圣你这位朋友，也可以瞑目了……"李长庚说。不料孙悟空突然厉声道："可他本来是不必瞑目的！"

李长庚心中一动，孙悟空果然也注意到这个疑点了。可他不好深说，只得开口劝道："这个……万物皆有寿元，除非成佛成金仙，否则哪有永恒不灭的？大圣修道这么久，莫非这还看不透吗？"

"可明明说好的，我花果山的猴类，可以不受阎王老儿管，不受轮回之苦……"猴拳一下捶在断石上，孙悟空声音里满是激愤，眼睛瞪向天空。

李长庚一愣："什么？"孙悟空没有多说什么，冲他似笑非笑："呵呵，算了，你不是金仙，很多事怪不到你头上。"

这一下戳得老神仙脸上红一阵白一阵。他正想问什么事怪不到他头上，孙悟空已经转过身去，一个筋斗飞走了，半空传来声音："我要在花果山多待一阵，看顾一下那群野猴子，晚点再回队伍——反正都是糊弄人的事，多我一个、少我一个都不打紧，金星老儿你多担待。"

李长庚长叹一声，孙悟空既然这么说了，那必然是没有劝解的余地了。他肯向自己解释几句，已经是看在那三炷香的面子上了。好在这猴子不像从前那么肆意妄为，多少知道任性的底线在哪儿，只说晚点归队，没说不归。

大不了安排两三场没有孙悟空的劫难，他怎么也该回来了吧，李长庚苦笑着摇摇头。

不过这事有点麻烦。孙悟空是因为回花果山奔丧才请假的，但揭帖里不能这么说。此事虽合乎人情，却无甚正面意义，倘若人人为了家事把工作抛下，怎么弘法传道？必须为孙悟空的缺席找一个更合适的说法才行。

李长庚沉思片刻，决定联系一下白骨精。

他找了块稍微平整一点的石头坐下，拿起笏板，上头白骨精的催促传信已积了一堆。他深吸一口气，传音过去。

"老神仙，玄奘他们都原地坐了好几个时辰了，我……呃……我们还过不过去？"白骨精的声音很焦急。

"我不是在你这里订购了一个诬陷的附加服务吗？"

"这个不能退的哟。"

"我知道，这个不用退，先给孙悟空用上吧。"李长庚摇摇头，本来他订购这个服务是给沙悟净用的，现在也顾不得了，真是拆东墙补西墙。

"可孙悟空人都不在呀？"白骨精很困惑。

李长庚拍拍脑袋，他倒忘了这个。孙悟空不在，连留痕都做不到，怎么交代？情急之下，李长庚突然想到一个办法。这办法的后患不小，但为了能把眼前的困境应付过去，他别无选择。

李长庚翻了翻袖子，找出一份诉状，循着诉状下留的一缕妖气传信过去。

"六耳吗？我是启明殿主。"

"李仙师？我的事有进展了？"六耳的声音雀跃。

"啊？嗯，有点了，我现在就在花果山调查呢。"李长庚没说假话，还给六耳看了看附近的景致，"不过眼下有个急事，你能不能帮个忙？"

"一定一定，六耳赴汤蹈火，在所不辞。"

"你会变化对吧？能不能变成孙悟空的模样？"

"能！我日日夜夜都盯着他，他长什么样子我太熟悉了。"

李长庚把白骨精的地址发给他："那你变化完之后，到这里来。记住，别多说，别多问，一切听我指挥。"

那边六耳颇为疑惑，可眼下调查有望，他也不敢忤逆李长庚，当即答应下来。李长庚放下笏板，匆匆下山，来到老鹤跟前。

可惜老鹤的体力真的不行了，扑扇了好几下翅膀，愣是没飞起来。李长庚只得把它留在花果山，等启明殿派人来牵回去。他就近唤来一位推云童子，踏上祥云。这祥云很是便当，速度也快，只是花费太高，财神殿那边是不给造销的，可李长庚顾不得这许多了。

在赶路中途，六耳传来消息。他已抵达白虎岭了。这猴子变化得委实巧妙，周围的人居然没分辨出来。

六耳问："我该干吗？"

李长庚盘坐在祥云之上，现场遥控："拿起你的棒子，去砸那个女人的头。"

"啊？那是个凡人吧？这不是滥杀无辜吗？"六耳犹豫道。

"那是个妖怪。"

"妖怪也不能乱杀吧？"

"没让你真打，她会配合的。"

过了一阵，六耳回复："我棒子刚碰到她，她就倒地死了，篮子里的食物都变成了蛆虫。"

"等会儿还会有一个老妇人和一个老头来，你甭管他们怎么说，继续打。打完你冲玄奘磕三个头，驾云走开就行。"

放下笏板，李长庚把身子往祥云里重重一靠，长长地舒了口气。刚才那一通指挥，搞得他口干舌燥，他伸手从祥云前头拿起一壶露水，咕咚咕咚喝了半壶，这才把心火浇熄了几分。

一平静下来，思虑就会变多。李长庚望着呼呼后掠的白云，蓦地想起孙悟空那两句古怪的话，什么叫"明明说好的"，什么叫"很多事怪不到你头上"？

以孙悟空的性子，居然欲言又止，显然是很大的事。和猴子有关的大事，还能有什么，不就是当年的大闹天宫吗？

说起这四个字，李长庚可是大为感怀。那是几千年来天庭最为严重的事件——孙悟空身为齐天大圣，居然盗蟠桃、偷金丹、窃仙酒，大闹瑶池宴，然后畏罪潜逃花果山。天庭派人把他抓回来，扔进老君丹炉里服刑，又被他中途逃脱，打得九曜星闭门闭户、四天王无影无形，直冲到灵霄殿前。最后还是佛祖出手，这才将其镇压。

李长庚当时外出办事，没赶上，他至今还记得听到消息时的惊诧。孙悟空为什么要闹事啊？本来他在天庭已经混到了散仙的顶级，有御赐的"齐天大圣"头衔，有自己的齐天大圣府，玉帝甚至还给他个看守蟠桃园的肥差。虽说升迁无望，可虚名、实权、油水、体面一样不缺，突然造反，何苦来哉？

"齐天大圣"是李长庚之前一手运作出来的，他为了避嫌，后来的整个审判过程都没有参与，所以这个疑惑，到现在他也没明白。

李长庚正在沉思，忽然笏板又动了。他搁下仙壶，一看是六耳。

"李仙师，我遵照您的指示，打了老太太和老头，现在磕完头，离开玄奘了。我看到有人在半空留了图影，没事吧？"

"没事没事，你辛苦了。"

"取经队伍里怎么没见到孙悟空？不会是他要犯什么罪，让我替他背锅吧？"六耳对于替代孙悟空这事很是敏感。

李长庚心想，正因为孙悟空不在，才敢让你去替一替，否则你们俩一见面，岂不出大乱子？嘴上却宽慰道："你想多了，这是护法渡劫而已，怎么会让你背锅？那三只妖怪都是事先商量好的，都是假死。"

"三只……"六耳迟疑了一下，"明明只有一只啊。"

"什么？"

"您是仙人，可能对妖气不熟。那个小姑娘、老太太和老头都是一只妖怪变的，头顶的妖气一模一样。"

李长庚愣怔了一下，立刻反应过来了。好家伙，这白骨精一个人吃三人的饷，怪不得之前面试要三个妖精一个一个来，合着全是她变的。

不过事已至此，再追究这些事也没意义。李长庚对六耳道："你先回去休息吧，我会把辛苦费打给你的。"

"我的事，还请仙师多关心啊。"六耳不忘提醒。

"自然，自然。我盯着呢。"李长庚知道这是饮鸩止渴，可事情太多，先搬开眼前的麻烦再说吧。

观音这时也联络他了，李长庚把花果山的事向她解释了一通，观音也是一阵叹息，随即提醒道："下一难，你想好没？"

"哪里顾得上啊！"

"他们距离乌鸡国可不远了，劫难得早早准备了。"观音语重心长道。李长庚知道她在暗示什么，第三个徒弟还在乌鸡国等着呢，沙悟净得尽快体面离队才行。

李长庚把笏板搁下，闭目养神。这次虽然有惊无险，可也给李长庚提了个醒，当地妖怪固然熟悉情况，可心眼太多，心眼一多就意味着变数大。接下来得处理沙僧离队的事，这关系到好几位金仙的关系，宁可谨慎一点，用自己的人比较稳妥。

"童子，我改个地址，去南天门。"李长庚睁开眼睛，拍拍前方推云童子的肩膀。

祥云在半空拐了一个弯，不一时到了南天门。李长庚进了南天门，远远望见启明殿，深深叹息一声，也不过去，径直去了兜率宫。

太上老君这次倒没在丹房，而是在锻房满头大汗地忙活，屋里叮咣叮咣火星四溅。金、银二童子在旁边稳砧的稳砧、握钳的握钳。三人都裸着上身，打得浑身汗津津一片。

天庭的高端法宝和丹药，大多出自老君之手，是以他地位超群、人脉广，八卦新闻也是源源不断。

李长庚一进屋，一股子三昧真火味扑鼻而来。他跨在门槛上，眯起眼睛冲里头喊："老君，老君你出来，我找你有事。"太上老君放下锤子，吩咐两个童子看好火候，拿起一条仙巾擦擦脸，从锻房走出来。

"听说你之前被三官大帝叫去喝茶了？"老君一边扯过八卦道袍披上，一边问。

"哪有的事，我那是去见黎山老母！"李长庚见老君眼里闪过一道诡异的光，连忙又补充了一句："还有文殊、普贤两位菩萨在旁边。"

不第一时间把事情说明白，被老君瞎传出去，届时他跳进天河也洗不清。

"跟你说话真没劲，滴水不漏。启明殿的人都这样？"老君抱怨了一句，然后盘腿坐在蒲团上，又开始盘他那个金钢琢，"你来我兜率宫有何贵干？"

李长庚懒得绕圈子："取经的护法到了关键时刻，我想借调你两位童子下凡一趟，客串一把。"

老君看看锻房，里面俩童子打得正热闹。他哈哈一笑："他俩要知道，肯定乐死了，整天惦记着下凡去耍。你什么时候用？准备去哪儿？"李长庚说："方略还没定，反正就是最近，在玄奘取经路上寻个地方。"

"玄奘走到哪儿了？"

老君长袖一招，一张舆图飘至两人跟前。李长庚拂尘一打，把玄奘的位置标上去。老君双眸倏然一亮，指向其中一个点："你要是还没定渡劫的地点，干脆我给你建议一个地方如何？"

李长庚定睛一看他指的那地方，确实是在取经路上不远，叫平顶山。他总觉得这地方很熟悉，搜肠刮肚搜索了一回，恍然道："这……这不是三尖峰吗？"老君嘿嘿笑一声，右手把那个金钢琢转得飞快。

三尖峰这地方，李长庚可是很熟了，或者说，整个天庭都很熟，它有个诨名叫作"天材地宝山"。

五百年前孙悟空大闹天宫，老君用金钢琢砸中妖猴，立了大功。当时就有神仙建议，应该多炼几套法宝，防止类似事件发生。老君表示，炼宝要三昧真火，兜率宫炉子有限，提议在地上另选一处炼宝之地。

这炼宝之地，就选在了三尖峰。

最初的计划，是要劈开中间的山尖，起一个老君炉，开工以后数不清的天材地宝往里扔；等工程进展到一半，老君忽然说风水不对，地眼应该在右边的山尖。结果又得改劈右边的山峰，天材地宝再扔一次；眼看行将完工，杨戬站出来说他当初也有贡献，不能光起个老君炉，还得有个二郎庙。于是左边的山尖也被劈开，又一批天材地宝砸下去。好不容易建成了，二郎神来转了一圈，嫌劈山的手法有影射他当年旧事之嫌，不肯开光，庙遂废弃。结果三尖峰越劈越细，最后全塌了，只好改名叫作平顶山。

如此劈了建、建了劈，天材地宝扔了无数，足足五百年

139

什么也没修成。所以私下里神仙们才戏称这里为"天材地宝山"。

李长庚为何知道得如此详细呢？因为这工程每次快要落成时，他都得筹备一次开光大典，光揭帖草稿就准备了几十枚玉简，结果每次都白忙活，这都快成了李长庚的心魔了。

老君见李长庚脸色有些古怪，亲热地拍拍他肩膀："你放心好了，我多拿出些法宝给他俩带下去，保证给你把场面撑得足足的。"

他长袖一展，从宝库里飘出五样法宝：七星宝剑、紫金红葫芦、羊脂玉净瓶、芭蕉扇、幌金绳，每一样都熠熠生辉、仙气弥漫。李长庚倒吸一口凉气，老君好大的手笔，一次出手就五件顶级法宝，实在太慷慨了。他愕然道："你兜率宫哪来这么多法宝？"

老君朝那舆图上一指："你看到平顶山上的老君炉了吗？"

李长庚看了半天，明明除了断壁残垣，什么都没有。老君一捋髯："那就对了，都在这里了。"李长庚这才反应过来。每次天庭要起炉子，就有天材地宝流水般拨下来，让老君炼制镇炉之宝。至于这些材料到底用没用在三尖峰上，只有兜率宫自家知道。

怪不得三尖峰反复被劈了五百年，什么也修不成，原来还有这样的勾当在里头。

老君笑盈盈地盘着金钢琢，一脸坦然。天庭除了玉帝、西王母寥寥几位大能，谁敢来惹他这位道祖？最多也只有赵公明发发公文，提醒说杜绝浪费云云罢了。

"老君你太慷慨了，五件法宝未免太多了，其实一两件也就够了。"李长庚还想婉拒。他怕法宝太多烧手。

"哎，你不必推辞。法宝多，斗战就多，打起来华丽，写出揭帖也好看嘛。"老君继续兴致勃勃地说道。

"我这不是怕渡劫有什么闪失，给您弄坏了嘛。"

"有闪失那就更好了。法宝就是给人用的，坏了再修就是。"老君豪气地一挥手。

只要有斗战，法宝就会有损伤。这是为了取经大业损伤的，老君可以理直气壮跟天庭讨修补材料。至于法宝是不是真的有损伤，要多少修补材料，谁能比太上老君更有权威来鉴定？

一件法宝可以讨一份材料，五件法宝出去转一圈，拿的补贴甚至可以多炼出一件法宝了。

老君到底是老君。李长庚只是开口借调两个童子，竟被他瞬间做成这么大一个占便宜的买卖。

"对了，平顶山附近有个压龙山，住着几只狐狸精，我的两个小童拜了母的做干娘，时常下界去探望。她那儿有不少妖兵妖将，我让他们也全力配合。"

他说得含糊，不过李长庚心知肚明。这次老君一口气给了五件法宝，却只派出两个童子，传出去不好交代。把这几只狐狸算进去，人手一件，面上就说得通了。

这压龙山的狐狸精他记得，应该就是当年负责在三尖峰起炉的当地妖怪，当初吃老君指头缝里漏下来的，怕是也捞足了油水。这次老君要拿补贴，自然是找熟人更放心。

当然，这些事其实跟李长庚无关，他只要这些人能顺利配合，把沙僧弄离队就行了。

"对了，我这两个童子本来是给我打铁的，现在被你借走了，我还得另外雇人，这费用也得你们出啊。"

"你就不能歇两天？"

"天上对法宝的需求多着呢，一天都不能耽误。你当我天天就忙着传八卦新闻？"

"行，行，我一起算进法宝损耗里去。"说到法宝，李长庚忽然想起一件事，顺嘴问了一句："对了，你打过一根降魔宝杖没有？"老君想了想："我这里多是金行法宝，木行的不是很多，还有别的特征没？"

"是给一位卷帘大将用的。"李长庚提醒。

老君摇摇头，抬袖起了一卦。一会儿工夫，道袍上的诸多八卦霎时泛起金光来。他双眸透亮，看向李长庚："这根降妖宝杖的材料，可不简单哪。你怎么会问它？"

"它是什么来历？"李长庚可不敢跟这位八卦祖宗多说。

"这根宝杖的杖身，用的乃是广寒宫前桂花树的一枝，吴刚亲自砍伐，鲁班一手制造——鲁班虽然锻造不如我，木工活还凑合……"

老君说着说着，一抬头，发现李长庚不见了。

第九章

李长庚在云里呼呼穿行，心里拔凉，简直就像是亲至广寒宫一样。

原先他就疑心沙悟净跟广寒宫关系匪浅，这下子可以坐实了。天蓬获得起复，最不开心的就是嫦娥。这姑娘虽说只是个无品无职的舞姬，但舞姿曼妙通神，备受推崇，在天庭也算是仙界名媛。凭她的面子，能求动西王母并非不可能。

之前猪八戒说过，卷帘大将不是人名，只是个驾前仪仗官的通用名号。可见这个沙悟净是用卷帘大将掩盖了真实身份。他加入取经队伍的目的，就是阻挠猪八戒重返天庭。

要说这事，还挺微妙。

玉帝固然偏爱天蓬，可至少表面上不能违反天条。这次转世之后，玉帝也只是批示了一个先天太极，送了一尾锦鲤，从未公开表示支持，不沾太多因果。

金仙之间，没什么秘密可言。西王母应该是算准了玉帝的底线，才把沙悟净送进来。沙悟净不用动手，只要猪八戒在取经途中犯了什么大错，他直接捅出去就行了，届时玉帝也遮掩不住——甚至更夸张一点，如果沙悟净故意制造个诱惑让猪八戒往里跳……

嫦娥拿什么去说动西王母？卷帘大将到底是谁？李长庚不想知道。他头疼的是，这给取经队伍又添了一个变数。不搞掉猪悟能，沙悟净怕是不肯离队，他没法跟观音交代；可要搞掉猪悟能，玉帝那边势必会质疑自己的能力，这又是他极力避免的。

李长庚思考下来，发现自己陷入了两难。当初那个"借名额"的主意看着绝妙，其实是饮鸩止渴，把自己硬生生逼入绝境。

李长庚一阵哀叹。本来他想得挺美，五庄观、白虎岭这两处做了支应，接下来去宝象国又没安排什么劫难，到平顶山之前，他可以喘口气，腾出点时间做造销。结果现在倒好，孙悟空还没归队呢，二徒弟和三徒弟又出了岔子。

李长庚习惯性地想拍拍老鹤的颈项，却只触到了一团湿雾，这才想起来它还在花果山趴着呢，现在自己坐的是一团祥云。

唉，这取经之事看起来简单，背后却牵动了一堆利益，劳心劳神。早知如此，当初观音上门来请求协助护法，他直接指派给织女就好了。

可惜天庭什么丹药都能炼制，唯独炼不出后悔药。李长庚定了定神，眼下启明殿是别想回了，他直奔宝象国而去。

宝象国这里，李长庚没有做任何劫难的规划，是他和观音有意留出的一个喘息窗口。那三十几位跟随的神仙也都告假休息去了，只留下观音在值班。

李长庚飞到宝象国上空，远远看到半空浮着一座莲花台，观音闭目趺坐其上，周身浮起无数五彩莲瓣，围着她旋转起伏。每有同色三瓣交汇，便化为如露泡影，凭空消失，同时响起一段梵呗。端的是宝相庄严，澡雪人心。

她还有心思玩莲瓣，看来是没出什么大事。李长庚松了一口气，他现在可承受不起多余的变故了。

李长庚整理一下心情，飞到莲花座前。此时五彩莲瓣越聚越多，很快便超过化为泡影的速度，观音整个身躯几乎都被掩入缤纷莲海。忽然"哗啦"一声，莲瓣俱落，观音这才抬起头来。

"哎，取经人呢？"李长庚往下界观望，宝象国里并没看到玄奘、猪八戒和沙悟净。

"哦，他们赶上个野劫，正渡呢。"观音神色轻松，一边又抛出一堆五彩莲瓣，嚓嚓地拼起来。

李长庚一激灵，野劫？

相较于事先安排好的劫难，野劫才算是真正意义上的劫难。取经路十万八千里，不可能事事都关照到，总会遭遇一些意外，比如之前黄风怪袭击悟空，就是个野劫。李长庚一听居然是野劫，登时紧张起来。

观音却笑起来："老李莫急，他们是在碗子山黑松林

145

遇的劫。两个徒弟去化斋饭，玄奘自己迷路了，被一只妖怪捉去了波月洞里——哎哎，老李你先别急，坐下听我说。"

李长庚见观音不急不忙，只得悻悻地重新坐下。

"本来呢，我也有点紧张。不过那个叫黄袍怪的妖怪很识相，一认出是玄奘，当即给放了，这会儿他们正朝宝象国来呢。"

"那还好。"李长庚松了口气。他现在唯一的心愿，就是希望取经队伍别出问题，等着孙悟空归队。

"哎，对了，老李，有件事咱们得商量一下。"观音索性把五彩莲瓣收了，对太白金星道，"我在准备前面几难的揭帖。五庄观好办，但白虎岭就有点麻烦。"

"怎么讲？"

"你说这一难的揭帖，到底落笔在哪一个点上才好呢？"

李长庚一拍脑门，他倒忘了还有这么个麻烦。当时他为了圆孙悟空突然离队的意外，紧急找来六耳做替身去打三只——其实是一只——妖怪化成的百姓，然后被玄奘以杀生之名赶走。这确实把离队的事说圆了，但引发了一个后患。

在这次劫难里，要么是孙悟空火眼金睛，玄奘误贬忠良；要么是孙悟空滥杀无辜，玄奘铁面无私。无论揭帖怎么写，总得有一边要犯错误。

可一边是佛祖二弟子，一边是佛祖指定的取经首徒，你无论褒贬哪一方，都会有负面影响，体现不出精诚团结的主旨。

李长庚当时是急中生智，未能仔细推敲，以致造成这么一个几乎无法调和的矛盾。

"唉，这个可真是……有点头疼。"他有点烦躁地拂起拂尘须子。

观音道："我倒有个主意，不过这个就得老李你定夺了。"她一扬手，三片同色莲瓣飞在半空，然后齐齐消失。李长庚微微皱起眉头："大士的意思是，放弃白虎岭？"

"正是。"

三片莲瓣，就是三只妖怪。只要不提三打白骨精的事，揭帖里也就不用左右为难了。但代价也很大，本可以拆成三难的大好机会，这下子全泡汤了。

是避免麻烦，还是增加业绩？李长庚必须做出选择。

他坐在莲花座旁边沉思片刻，终于下定了决心。他又不是镇元子那样的商人，仙官之道贵在平稳，不求有功，但求无过，于是开口道："模糊处理吧。"

"行，那我就去申报一难，只说是贬退心猿，但具体什么地点、遇到什么妖怪、悟空为何离开，揭帖里一概不提。"

李长庚点头，现在也只能如此了。观音有点心疼，对一个擅长巧立名目的菩萨来说，这个损失太让人难受了。

李长庚宽慰了观音几句，忽然想起另外一个问题：白虎岭不能申报劫难，白骨精的费用就没法造销，只能从别的单子里偷偷凑出来。可李长庚现在连造销都顾不上，看来这笔账要欠上一阵了。

算了，天庭欠妖怪钱叫欠吗？让她等等好了，反正财神殿的账期很长。老神仙计议已定，就先把这事搁下了。

紧接着，李长庚又把平顶山的安排跟观音讲了一下。观音很高兴，太上老君赞助了这么多人手和法宝，场面可以做得大一点。西天取经至今，这应该是资源最充足的一次。

不过她又不放心地问了一句："那沙僧离队的事呢？"

李长庚微微苦笑，没敢提广寒宫的事，敷衍道："我跟金、银童子提过了，他们下凡之后，我去开个会，看是不是在平顶山解决。"

他其实根本没提过，只是临时找个理由拖延而已。每一次拖延，其实都会把路变得更窄，可又不能不走。

"老李你怎么一脸紧张？还担心什么呢？"

"没有，没有。"李长庚微微一摆拂尘，遮住面孔。

这时观音的玉净瓶晃动了一下，她拈过瓶子看了眼，神色忽然变得古怪起来。

"他们半路出事了？"李长庚现在最怕这个。

"不算变故吧……"观音也拿不准，"取经队伍已经安全抵达宝象国，见过国王，换了通关文牒。"李长庚的拂尘松弛倒垂下来："那就好，那就好。"

"不过……玄奘表示暂时不能走。"

"啊？不想走？为什么？"

"你自己看吧。"观音把玉净瓶递过去。

玉净瓶里，映出前因后果。原来玄奘失陷在波月洞里时，遇到一个女子叫作百花羞。百花羞说她本是宝象国公主，十三年前被黄袍怪掳来做压寨夫人，至今难以走脱。她说服黄袍怪放走玄奘，暗中给了他一封求救信。

玄奘把求救信转给宝象国主，但没了下文。原来那黄袍怪法力高强，宝象国那点军队，还不够他一顿的饭量。国王虽然焦虑，却无能为力。

"然后呢？"

观音道："玄奘说百花羞于他有救命之恩，他希望能帮她脱困。"

李长庚没料到玄奘在这方面还挺讲究，他皱眉想了想，问观音："大士你意下如何？"观音叹道："我知道此事与取经无关，但百花羞委实太可怜了。她一个弱质女子，被妖魔拐走禁锢在那波月洞里，十余年不见天日。换了谁看到此情此景，也要良心难安。我想她既然救了玄奘，这段因果总要了结才好。"

"其他几位什么意见？"

"猪悟能无可无不可，沙悟净倒是很积极，他看着比玄奘还气愤。"

李长庚"嘿"了一声。这沙僧倒有意思，居然是个疾恶如仇的性子。不过想想也很合理，若非如此，他也不会加入取经队伍来阻击八戒了。

"老李，你在想什么？"

李长庚赶紧从遐想中退出来："对了，那个黄袍怪神通厉害吗？真打起来有风险吗？"

"不知道，不过猪悟能和沙悟净一起上，应该能震慑住吧。"说到这里，观音冷笑道，"再者说，黄袍怪毁人清白，锁人自由，现在被人家家属打上门来解救，他难道还能占了理不成？"

两个人评估下来，觉得这事没什么风险，索性让玄奘他们自行处理好了。观音对着玉净瓶说了几句，然后继续跟李长庚商量平顶山的渡劫细节。

过不多时，玉净瓶又摇动起来。观音接起来一听，眉头霎时挑起，李长庚忙问怎么了，观音语气有点艰难："悟能和悟净……被打败了。"

"啊？"

李长庚没想到还会这样发展。

玉净瓶里，再次显示出整个过程：玄奘留在宝象国，派了两个徒弟前去跟黄袍怪谈判，希望能把百花羞接回来。没想到黄袍怪态度蛮横，非但拒绝交人，还大骂他们多管闲事。沙悟净没耐住脾气，要强行带走百花羞，两边大打出手。黄袍怪神通不小，再加上当地的各路山精树怪也纷纷跳出来阻挠，结果悟能和悟净寡不敌众，一个逃了回去，一个死战不退被抓了。

"这也太嚣张了吧？都找上门了，黄袍怪怎么还敢阻挠解救？"李长庚也有些恼怒。

"岂止是阻挠。"观音冷笑，"黄袍怪说他们夫妻恩爱十三年，光天化日之下，莫名遭强人掳掠，要来宝象国讨个公道呢。"

"嘿，一个拐走良家妇女的杂种，居然还委屈上了！"李长庚一甩袖子，怒气冲冲，"走，咱们去波月洞！"

他的怒气，一半是因为这事委实不像话，一半是因为被前面几桩事搞得心火旺盛，借这个机会发泄出来。观音见李长庚很生气，立刻拍胸脯表示："老李你放心，卷帘大将这是见义勇为，这时候我不会落井下石的。"

沙僧失陷波月洞，这其实是个离队的绝好机会。如果观音稍微有点心思，便可以趁这个机会下手。李长庚没想到观音平时心思多，这方面还是很敞亮，直接说破了他的顾虑。

两个神仙眼神一交换，便达成了共识，当即驾起云头，不一时来到波月洞前。他们还没打招呼，远远就听沙悟净破口大骂："百花羞被你锁在这波月洞里不见天日，备受凌辱，你是一副什么心肝！"黄袍怪站在对面，左右各搂着一个小孩子，看起来比沙僧还气愤："掳人妻子，害人母亲，毁人家庭，你这夯货才是什么心肝！"周围一群妖怪也吱吱叫嚷起来，齐声叱责沙悟净。

只有百花羞不见身影，想来是又被关进洞里去了。

沙僧气得嘴巴快要裂开了，双腮起伏："这几样，哪一样是她自己情愿的？人家好好在宝象国做公主，被你这狗尿卵子强行抓来这里，你说破大天也没道理！"黄袍怪嫌他聒噪，往他嘴里塞进麻核，沙僧就抬腿去踢，黄袍怪又只得拿绳子捆住他双腿，正要往洞里抬，不料沙僧不知从哪儿又伸出一条腿，"啪"一下把黄袍怪绊倒在地。

周围小妖怒吼着冲上去，拳打脚踢，只是压不住沙僧怒骂。

李长庚和观音对视一眼，正欲上前，前方忽然出现一个仙影，飘过来挡在面前。这仙人头簪金冠、袍挂七星，腰围八极宝环，一只鼻子如玉钩，俊俏中透着一丝犀利。

"昴日星官？"

李长庚一眼就认出他来。昴日星官先拍拍双袖，挺直了颈项道："喔喔喔，启明殿主，别来无恙呀。"

他们俩虽说一个在星宿府，一个在启明殿，但都挂着司晨之职，是以关系颇为密切。李长庚与昴日星官寒暄片刻，一头雾水道："你跑来这里做什么？"

"嗐，别提了，我是来找人的。"昴日星官说。

"找人？"

昴日星官叹了口气："我们西方七宿的老大，奎宿奎木狼，春药蒙了心，十几天前为了个女人偷偷下凡，迟迟不归。这些天，都是宿里的其他几个兄弟轮流帮他应卯签到。眼下披香殿的轮值快到了，所以我赶紧叫他回去。"

"奎宿是本尊下凡，还是转世变化？"李长庚开始觉得不妙。

"转世变化了，嗐，就在那波月洞里做个洞主。"

李长庚脑袋嗡的一下，这黄袍怪变化过了，所以他第一眼没认出来。没想到这厮居然也有根脚，还是西方七宿之首，这下子可麻烦了。

如果是个普通妖怪，李长庚和观音随便一个上门，也就摆平了。但对方居然是奎宿下凡，就不得不认真对待了。

仙界大道三千，其实无外乎看两件事：一是根脚，二是缘法。二十八星宿和启明殿级别相当，奎宿和昴宿都属西方白虎监兵神君统管，再往上的关系更是盘根错节，不是轻易能触碰的。

昴日星官见李长庚沉默不语，好奇道："李仙师来这里，又是做什么？"

李长庚只好直说："玄奘取经你知道吧？他有个弟子因为要救一位女子，被困在这个波月洞里，我们来捞人。"昴日星官喔喔一笑："果然还是奎木狼的脾性。老大对兄弟大气，对女人霸气，一碰就急。不过仙师莫担心，说开了就没事。老大还是识大体的，之前不是也把玄奘放走了吗？没事。"

李长庚先"嗯"了一声，拱手称谢，然后又"咦"了一声，看向昴日星官的眼神不对了。

他刚才就有疑心。哪有这么巧的事，他们一到波月洞口，昴日星官正好也到了？从昴日星官的话可知，他已经知道了奎木狼捉放玄奘的事，说明之前这两宿早有沟通。

二十八星宿向来很会抱团，护短得紧，昴宿又是以精通天条著称，出了事都是他出面来解决。毫无疑问，这是奎宿紧急叫来的援兵。

李长庚脑子还在飞速转动，旁边观音忽然冷冷问了一句："星官有礼，你打算如何处置奎木狼？"

昴日星官喔喔两声，从容道："处置谈不上，他又没触犯天条。不过我得赶紧把他叫回星宿府，披香殿轮值少他一个，我们几个同宿的兄弟可有大麻烦。"

观音脸色冰冷："只是如此？"昴日星官不慌不忙解释道："他与玄奘并不相熟，先前是误会，已然放归，不曾伤害分毫，一会儿那个三弟子我也可以做主放走。以天条而论，并无什么实罪……"

观音打断道："那么他强掠民女，这个罪过该如何判？"昴日星官没想到观音问这个，长舒了一口气："喔喔喔，我还当大士您是抢我鸡蛋呢！这是小事，我们星宿府从来没有仙凡偏见，把那个百花羞和两个孩儿一起接上天，作为亲眷同住西方七宿，也是她们娘儿仨的福气。这么处理，是不是皆大欢喜？"

李长庚侧眼狙觑，注意到观音的千手本相跃跃欲出，赶紧扯扯她袖子。观音却一甩手，怒道："奎木狼强掳百花羞，一囚十三年不得归家，这是小事？你们还要把她接上天去继续受辱？"

昴日星官并不着恼，反而喔喔大笑起来："大士有所不知，那个百花羞亦不是凡人，她前世是披香殿上一个侍香的玉女，本就和奎老大有私情。奎老大思凡下界，就是为了追她。老大这人，霸道归霸道，痴情也是真痴情，这两世情缘，同宿的兄弟们好生羡慕。"

"两世情缘个貔貅！这一世百花羞可没同意与他成亲。"观音的态度很坚决，昴日星官有些不乐意了："大士，就算

154

夫妻有了嫌隙，那也是我星宿府的家务事，不劳落伽山来关心。"

"百花羞是被拐来的，不是他黄袍怪的家生灵宠！这叫什么家务事？"

"奎老大若有触犯天条之处，自归有司处置；若没违反天条，谁也不能强加罪名。"昴日星官一口一个天条，"大士，你若觉得不妥，欢迎指出触犯了哪一条。"

观音把玉净瓶一横："总之今天我要把百花羞一并接走，有本事你把天条叫出来拦我！"

李长庚大惊，观音这么一说，等于直接撕破了脸。此事对方虽然无理，但她反应怎么这么大？昴日星官也没料到观音的反应如此激烈，一脸无奈："大士您到底想怎么样？"

"一保百花羞，带她回归宝象国与父母团聚；二惩奎木狼，他掳掠民女，强囚良民，合该接受惩罚。"

昴日星官摇摇头："大士精通佛法，岂不闻佛法有云，三界无安，犹如火宅，众苦充满，甚可怖畏。她回宝象国，从此就是个凡人，生老病死，一样也逃不过，哪里比得过一家人在天上永享仙福？天条也要考虑人情，我们这也是为嫂子好呀。"

"为她好？那你们问过百花羞的意见没有？"

"嫁鸡随鸡，嫁狼随狼，何况母子连心，她总要跟着孩子吧？"

"我是问她自己的意见！"

"凡间有言：宁拆十座庙，不毁一桩婚。菩萨难道要舍出十座庙吗？"

观音见跟昴日星官说不通，绷着脸径直往波月洞里闯。昴日星官双眼一凛，也运起法术，挡在观音面前。两尊神仙各显神通，移形换影，一时间竟斗起身法来。

昴日星官虽说品级不及观音，但神行的本事不低。无论观音怎么上下左右地腾挪，他总能如影随形，而且颈项安忍不动，一张钩鼻脸始终面向观音，盯得观音心烦意乱。

对抗了半天，观音始终不得寸进。她情急之下，把玉净瓶当空震碎，露出缺碴儿，就要祭起来去砸那星官。幸亏李长庚手疾眼快一把拽住，口里叫着："大士，你冷静一下！"

太白金星连使了好几个神通，才把观音勉强按住。观音呼吸都变急促了："老李，你不帮我？"李长庚连声道："大士，不是我不帮，你这么冲动不是个办法，救不出百花羞啊……"

观音瞪了他一眼，李长庚赶紧解释："在那些星官眼里，别说百花羞一介凡人，就是披香殿的玉女，他们也根本不当回事。我们拿这个话题去争，根本拿不住他们。"

"就这么眼睁睁看着奎木狼和百花羞离开？"

"办法咱们一起想，但大士你一动手，可就予人话柄了。别说百花羞救不出，取经队伍都要被连累。"

观音把瓶子慢慢放下来，可脸色依旧铁青。李长庚按住这边，又去找昴日星官，批评道："奎宿这次委实不像话，

什么霸气？这根本是霸道！如此有悖人伦之举，你怎么还有对抗情绪？"

昂日星官不屑道："咱们都是神仙，悖个人伦怎么了？再者说，什么叫对抗？你们是释门的取经队伍，不是道门的雷部神将。就算奎老大犯了天条，也是本管衙署前来拘拿，轮不着他灵山的菩萨过来多管闲事——就为一个凡间女子，至于吗？"

李长庚正色道："你别跟我扯这些，天条我比你熟。奎木狼私自下凡，本身就是大罪过，如果祸害了凡间生灵，更是罪加一等。"

昂宿却丝毫不退："随您老怎么说，但我得先把他们一家接回去。您如果有什么不满，欢迎举发。"昂日星官摆出一副无赖的模样，他知道这种举发一定会陷入争论，管辖权如何界定、仙凡是否区别对待、天条适用范围如何，一讨论起来就旷日持久，所以有恃无恐。

"你给我一天时间，行不行？"

"为什么啊？"

"我启明殿主的面子，还换不来这一天时间吗？要不要我直接去提醒白虎神君点卯？"太白金星把脸一沉。

昂日星官盯着李长庚，他这次下凡，目的就是拽奎宿回去应卯，免得被人发现私自下凡。太白金星这么说，其实是提出了一个交换条件。

他心算片刻，展颜笑起来："也好，他们一家收拾行李，怕也得一天多呢。我就卖您老一个面子，不过您得以道心发誓，不去白虎神君那里告状。"

"好，我李长庚以道心发誓，绝不去白虎神君处举发奎宿私自下凡之事。"

"观音大士也得起誓。"昴宿滴水不漏。

观音气得又要动手，李长庚按住她低声道："大士你信我一次，且先起誓！"观音满心狐疑，注视李长庚片刻，见他目光清澈不似作伪，只好恨声道："发菩提心，绝不去白虎神君处举发奎宿私自下凡之事。"

昴宿满意地点点头。虽然他不明白李长庚此举的目的，但能减少潜在风险，也是好事。横竖拖延的只是凡间一日，来得及。

"还有，你让奎宿先把沙僧放了，他可是西王母举荐来的。"

李长庚知道对这些人讲道理没用，他们唯一听得懂的语言就是根脚，索性直接亮出沙僧的后台。果然昴日星官半句废话没有，直接飘到波月洞里，把沙僧领了出来。

沙僧仍是一脸气愤，还不想走。李长庚少不得又安抚了一番，才一起驾云回宝象国。

半路上李长庚见观音依旧一脸僵硬，凑过去道："大士，你平日里是个六根清净的人，怎么今天动这么大嗔火？"

观音回眸道："老李，你说咱们护送玄奘这一路渡劫，揭帖里的主旨精神是什么？"

"救苦救难、普度众生啊。"李长庚立刻回答。

"没错，咱们这一路的劫难设计，都是围绕这八个字来的——你说仙界那么重视根脚，为什么不在揭帖里宣扬玄奘背景深厚、关系通天？"

"因为这个……总不好拿到台面上来说吧？"

"没错！因为救苦救难、普度众生是正理，能堂堂正正地讲出来。满天神佛无论什么根脚，无论什么心思，至少嘴上都认定这才是大道，台面上只能讲这个，别的只能放在台面之下。"观音顿了顿，"老李，咱俩各有各的心思，但总得有个底线。如果对这样的事都视而不见，由着黄袍怪逍遥法外，我枉称救苦救难观世音菩萨，还有什么脸面再提护法渡劫？"

听罢观音一席话，李长庚心中蓦地浮现一只小猴子的身影，一阵触动。不知对六耳，自己算不算视而不见、置若罔闻……

"老李，别的事我都服你，唯独这个，你得理解我。我观音以女相显身东土，若连个被拐卖的女子都救不走，以后还怎么受人香火？"

"我理解。我也知道百花羞可怜，只是怕你太冲动，欲速则不达。"

"对了，你刚才到底打的什么主意，为什么只让昴宿延后一天？"

"我有个想法，只是还有几个关节没想明白，所以先稳住他。容我琢磨周全些……"

接下来的一路上，李长庚低头冥思苦想，观音也不打扰，转而去帮沙僧疗伤。

三人到了宝象国之后，玄奘和猪八戒都等在驿馆里。见他们进来，玄奘站起身问怎么样了，李长庚把星宿府插手的事一说，猪八戒嚷嚷道："我在天庭时就知道。那个奎木狼就是个蛮霸王，看到中意的女子，就上前骚扰，旁边其他兄弟还起哄。若有旁人劝阻，他们就硬说是情侣，闹得巡官都不好管，真是一群下三烂。"

李长庚意外地看了他一眼："连你都看不上黄袍怪？"八戒撇撇嘴："什么叫连我都？我是唐突了嫦娥，但代价是差点上了斩仙台，前程也没了，还落得这副尊容。同样欺男霸女，凭什么他黄袍怪屁事没有，玩够了就回天上？我是心理不平衡。"

他这一席话讲出来，众人都无语，不知是该出言支持还是大声呵斥。

"这二十八星宿，未免太嚣张了吧？"玄奘没上过天庭，无法想象还有这样的仙官。

"可惜那只猴子不在，估计只有他才能让他们吃瘪。"猪八戒道。

"孙悟空还和他们打过交道？"

猪八戒笑起来："原先交情还不浅呢，不知怎么就闹掰了。大闹天宫的时候，二十八宿看见他跟耗子见了猫似的，都不敢上前斗战。如果他在，就没这些破事了，管教黄袍怪直接跪地服软。"

这时一直没开口的沙悟净道："以启明殿主和南海观世音的权威，都救不出百花羞公主吗？"他瞪着两只眼睛，双腮一鼓一鼓的，显然气还没消。

李长庚耐心解释道："昴日星官是个熟知天条的无赖，现在他咬死了奎木狼和百花羞是夫妻，他们的事是星宿府的事。我们两个虽然品级比他高，但毕竟跨着衙署，没有合适的借口，不好公开介入。"

观音哼了一声，算是默认。这件事真要在仙界公开讨论，认为无伤大雅的神仙大有人在，舆论不一定倒向哪边。

"可百花羞的书信里明言是被迫，宝象国国王也不曾收下聘书，这也算夫妻吗？"玄奘道。

"不过是去找月老补牵一条红线的事。"猪八戒道。玄奘似乎不敢相信："红线也能补牵？"八戒嗤笑一声，这和尚真是个读经读傻了的凡胎，少见多怪。

沙僧把手里的宝杖重重地往地板上一戳，斜眼看向猪八戒。猪八戒哼了一声，装作没看见。

李长庚道："我刚才想到一个办法，但得上天一趟，最快也得一天半才能回来。我之前只把奎宿、昴宿拖住一天，还有半天，得想办法拖住。"

沙僧大声道："大不了，我再去跟他们斗战一场。纵然斗不过，拖延一段时间总可以。"

李长庚摇头："奎宿且不说。那个昴宿十分狡黠，一觉察你在拖延，拔腿就会走。我们得想个手段，把他们牢牢钉在原地，知道是圈套也不敢走。"

"此事我去如何？"

众人闻言，一起望去，发现出声的居然是玄奘。

玄奘抬起光头，双手合十："我从长安出发以来，亏了几位护持，把一路上的护法安排得无微不至。可我这一世，也是凭自己的努力才成了东土称名的大德。如果总是这么舒舒服服地渡劫，倒显得我是个被人提携的纨绔子弟，连先前的辛苦都被抹杀了。有时候，我也想亲手做一做，好教人知我玄奘并非娇生惯养之辈。"

他目光灼灼，让李长庚颇为意外。原来这人，不是一个目空一切的骄纵和尚嘛。李长庚旋即摇了摇头："玄奘你到底是个凡胎，就算有这份心，又怎么拦得住两位星官？"

玄奘道："百花羞公主是我的救命恩人，我若救不出她，因果未了，这西天也不必去了。咱们这一路的劫难，不都是惩恶扬善的戏码吗？如今真见着不平之事，反而撒手不管，你们说，是不是有点荒唐？"

在场的人，个个微微点头。玄奘又道："至于两位星官，两位如果压不住，再加一个金蝉子转世，难道他们还不怕吗？"

李长庚苦笑："你没明白。奎木狼属于星宿府，我启明殿伸手去管，都隔着好几层关系，更不要说你和大士是释门中人。咱们这次是去西天取经，跟波月洞八竿子打不着，你拿职位去压，正中昴日星官下怀，一扯起衙署权责的皮，可就复杂了。"

玄奘一眯双眼："那如果波月洞和取经扯上关系了呢？是不是李仙师你插手进来就名正言顺了？"

"话是这么说，可哪那么容易？以昴宿的狡猾，肯定提点过奎宿，不要招惹取经队伍。"

玄奘沉思片刻，一脸郑重地道："我有一计，或许可以把两位星官扯进取经渡劫中来——不知几位谁会变化之术？"

"这点神通大家都会，你问这个干吗？"观音奇道。

"我是问，谁有能变化为他人的神通？"玄奘脸色平静，似乎下了什么大决心。

第十章

昴日星官次日来到波月洞前，一日期限已过，他准备迎奎木狼夫妻回家。他喔喔喔叫了三声，洞里却只有百花羞一人带着两个孩子出来。

昴日星官一怔，忙问奎木狼哪里去了。百花羞脸色黯然，怯弱弱地说："我父亲知道我要上天，发来请帖，想要最后见女儿一面，办了个饯别宴。奎木狼担心我被扣下，不肯让我去，只他一人去赴宴了……"说到后来，泫然落泪。

昴日星官一怔，暗骂奎宿贪杯，这时候不老老实实待着，还瞎跑出去喝酒做什么？但他面上还是充满笑容，宽慰百花羞道："哭什么，嫂子你马上就要上天做神仙了，爹妈该高兴才对。"百花羞泣道："我十多年没见到父母，难道最后一面也不许相见吗？"

昴宿耸耸肩，不去理睬。他忽然看到黄袍怪从远处飞了回来，连忙挺直了脖子，却越看越不对劲。奎宿不是醉醺醺的宿醉脸，而是一脸吃了屎似的面孔。

数个呼吸之后，昴日星官就明白怎么回事了，因为观音紧随在黄袍怪的身后，宝相庄严，跟押送犯人似的。昴日星官先是微皱眉头，随后一拱手："大士是特来相送的吗？"

观音面无表情："不，我是来安排渡劫护法的。"

"渡劫护法？"

昴日星官纳闷地看向黄袍怪，黄袍怪啐了一口："老子去赴那便宜岳父的告别宴，吃酒吃到一半，看到那个叫玄奘的和尚走过来。我端起酒杯，说了一句长老咱们不打不相识，一切都在酒里了。谁想到那和尚在我面前就地一滚，忽然变成一只老虎。然后又蹿出一条小白龙，跟我打了几个回合，转身就跑。然后这个天杀的……呃，天派来的菩萨就现身了，说我现在正式入劫，需要听她调遣。"

"怎么就入劫了？"昴日星官仍是一头雾水。

观音手里一招文书，玉音皇皇："秉西天如来法旨、天庭玉帝圣谕，今有东土圣僧玄奘西去取经，地不分妖魔鬼怪，人无分神仙精灵，皆有护法渡劫之责。今在宝象国圣僧应劫化虎，征调波月洞黄袍怪入列听用，谨遵无违。"

昴日星官看看观音，又看看黄袍怪。黄袍怪很郁闷："我他妈真没动那和尚一根寒毛，分明是他强行碰瓷，这也算在我头上了？"

但现在说什么都没用了，人家玄奘可是在你的面前化的虎，总不是圣僧自己无聊变的吧？什么，你不承认？观音手里那份文书，落款盖着佛祖的说法手印和玉帝的先天太极。湛湛清光，沉沉威压，看看哪个敢拒绝征调？

昴日星官最擅长拿天条说事，对付他最好的办法就是用法旨砸回去。如来言出法随，玉帝口含天宪，有本事你大声说出来他们两位的话不顶用。

到了这一步，狡黠如昴宿，也不得不暂且吃下这个哑巴亏。

昴日星官气得脖子上的羽毛根根绽起，搂着奎宿低声说了几句，抬头冷笑道："好，好，能为取经贡献力量，也是造化。老大，你放心，嫂子和两个侄子权且寄在我这里，咱们星宿府的眷属，外人欺负不着。等你演完这出戏，咱们一并走就是。"

昴日星官知道，他们强行征调奎木狼的最终目的，还是想救出百花羞。所以他先把她控制住，大不了让老大陪他们玩完这一场，然后再一起上天不迟。

玩天条嘛，谁怕谁。

黄袍怪和昴日星官多年兄弟，立刻明白他的意图，悄悄比了个大拇指，然后冲百花羞一瞪眼："爱惹事的臭娘儿们，快滚过去！"百花羞被他囚禁十几年，早习惯了逆来顺受，搂着两个孩子默默过去。奎木狼转过脸来，冲观音作揖："大士，要我怎么配合？"

观音面无表情，从袖里拿出一张方略："你随我走，先去做一下留痕。"她带着奎木狼离开，临走前多看了一眼昴日星官。昴日星官心中纳罕，却说不上哪里不对，他转眼一看，很快发现了哪里不对——李长庚不在旁边。

"莫非是金星老儿跟我太熟，不好意思出面，故而让观音顶在前头？"

昴日星官懒得多想，伸出一侧翅膀把百花羞母子遮住，安静等候。约莫过了一个时辰，他猛然伸脖子，警觉地左右看去，忽然发现远远的云端有两个人影接近。

"是金星老儿憋不住跑出来了吗？"

昴日星官定睛一看，看着不太像，但有一个人影看着实在熟悉。待得他们接近，昴日星官心头狂跳，左边那个是猪八戒，右边那个却是……却是……

一根粗大的棒子迎头便砸将过来，昴日星官勉强避过，脸色却变得无比难看。

"喔喔喔？孙……孙悟空？"

孙悟空负手而立，双目盯着他，缓缓道："昴宿，你还敢在我面前出现？"昴宿大叫道："分明是你出现在我面前！"

"有什么区别？"孙悟空眯起眼睛，放出危险的光芒。

"喔喔喔，你不是回花果山了吗？"

看得出来他是怕极了悟空，连声音都发起抖来。猪八戒在旁边嗤笑起来："我原来就知道星宿府怕齐天大圣，可没想到会怕成这样子。大师兄，幸亏菩萨让我去叫你过来了，不然可看不到这样的热闹。"

孙悟空依旧面无表情："百花羞，给我留下。"他没有给出解释，甚至没亮出一个说得过去的借口，就这么直截了当地提出了要求。

偏偏昴日星官一句都不敢反驳，万千法条，在这只无法无天的猴子面前，似乎都失去了效力。孙悟空见他迟疑，擎出大棒子，又一次狠狠地砸下来。

昴日星官一瞬间怔住了。这一棒裹挟着滔天怨气，仿佛有着无比强烈的恨意。他这一恍惚，棒已经砸到面门前，吓得他亮出翅膀遮住头顶，猛然跳开，却顾不得羽翼下的百花羞母子了。

一根钉钯从侧面轻轻一引，登时把母子三人卷开数丈，脱离了昴日星官的控制范围。

昴宿勉强避开这必杀一击，浑身冷汗涔涔。他心想，咱俩是有旧怨不假，但不至于一照面就下死手吧！他还想辩解几句，悟空一晃棒子，又是滔天怨气弥漫过来。昴日星官在惊恐躲闪中，生出一种奇怪的感觉，这恨意似乎不只是针对他，他只是代人受过。

此时猪八戒把百花羞母子拽到这边，直接往沙僧那里一塞，笑嘻嘻道："你在宝象国好吃好喝，由你看住吧。我可是跑了一趟花果山，来回不知费了多少力气呢。"沙僧一横宝杖，把百花羞护过去，冷言道："猪悟能，你我的架可还没打完呢。"猪八戒"嘿"了一声："随时奉陪。"

这时观音带着奎木狼做完留痕，回转过来。一见到悟空，观音笑道："你来得正好，来来，过来打杀了这黄袍怪，了结这一桩劫难。"

奎宿见到孙悟空出现，也吓得瑟瑟发抖，此时听到菩萨这么说，不由得大叫："不是演个戏而已吗？"观音道："玄奘被你变虎，沙僧被你所擒，白龙马被你所伤，八戒去花果山请回悟空，一战擒魔，救出百花羞——这方略你不是早看了吗？配合一下而已。"

奎木狼才瞧见那猴子砸昴宿的狠劲，哪里敢去？冲观音喊道："我与那猴子有旧怨，我怕他假戏真做！"观音道："放心吧，如果你出了意外，我们会严厉追究他的责任。"然后对悟空一点头："今天那三十九尊神祇还在休假，没人看顾这里，你可不要因此乱来。"

奎木狼见这边说不通，又冲百花羞喊道："娘子啊，你前世乃是披香殿的玉女，难道忘了当年的情分吗？快来求情！"

他不说还好，一说百花羞终于绷不住，掩面大哭。沙僧宽慰道："你莫怕，前世记忆归前世，与你这一世没关系的。"

"我前世记忆早回来了……"百花羞泣道，"可我前世，也不是情愿的啊。我本来在披香殿好好做个侍香的玉女，那奎木狼借着值守的机会，屡次过来调戏，周围还有他的兄弟们起哄，到处乱说。最后天庭传遍了，都以为我俩有私情，反而骂我勾引人的更多。我受不了骚扰，只好转来下凡，谁知他又追了过来……"

沙僧听完，怒气勃发，当即手执宝杖也冲入战团。猪八戒叹了口气，自言自语道："落水狼合该痛打。"拖着一根钯子也过去了。黄袍怪本来还指望百花羞求情，没料到这女人

170

什么旧情都不念，居然还引来两个打手。

悟空面无表情，在旁边掠阵威慑，八戒沙僧围着黄袍怪猛打，直打得他头破血流、遍体鳞伤，一身黄袍几乎染成红色，凄惨至极。

昴日星官不知何时偷偷转回来，对观音喊道："大士，不要闹出人命！白虎神君那里须不好看。"观音也不搭理他，笑盈盈地捧着玉净瓶录影。直到黄袍怪惨叫一声，被一杖打落云下，啃了满嘴污泥，她这才徐徐开口道："行了，渡劫的素材录够了。"

昴日星官一步过来，把奎木狼搀起来："那……我们可以走了吗？"

"就这么走了？"观音道。

"百花羞给你们留下！"奎宿咬牙切齿地说了一句，昴日星官松了一口气，奎老大只要肯服软，这事就好转圜了，要女人哪里没有？

这时沙僧越众而出，出言斥道："你侮了人清白，难道就这么装作无事一样上天继续当神仙？"猪八戒站在旁边眼皮一跳，总觉得这小子在影射什么。他怕沙僧再说出更难听的话，一晃钉钯："废什么话，把他拿下多打几下不就得了？"

昴日星官躲开猪八戒的一钯，怒极反笑："菩萨您也说了，护法渡劫结束了。你们可没有理由继续扣留他！就算要惩戒奎老大，也要按流程来，否则就是违规！"

他这一说，玄奘的三个徒弟都住了手。昴日星官暗叫侥幸，二十八星宿的上级是四大神君，就算观音他们要惩戒奎木狼，按流程也得经由几位神君集体裁定、星宿府盖印认可之后，方才有效。他用这个办法拖住他们，至少可以稳住眼前的局面。

见对面众人都没有动手的意思，昴宿一扯奎宿就要上天。不料天边忽然出现了一个人影，大袖飘飘，正好拦住他们的去路。

昴日星官一看，一直没露面的李长庚终于出现了，他鹰钩鼻微微翘起："李老仙，你也要来拦阻我们回天上？"

"没有，没有，我拦两位星官做什么？我是去披香殿那边办了点事，刚回来。"李长庚乐呵呵道，还主动让开一条路。

奎宿和昴宿眉头一跳，却不敢走了。这老家伙无缘无故缺了席，却跑去披香殿，一定有什么害人的勾当。

披香殿是天庭的一座偏殿，平时并没什么人常驻，玉帝把这里当成一个放置计时装置的地方。如果下界有什么人不敬神仙，玉帝就在这里摆下个惩戒的计时装置，无非是鸡啄米山、狗舔面山、烛烧紧锁之类的小机关。

这里平日都是二十八星宿分四班轮值，主要负责巡视四周，以及设置计时装置。所以奎木狼之前才有机会去调戏侍香玉女。

昴日星官硬着头皮一拱手："您老……去那儿干吗？"李长庚乐呵呵道："有下界给启明殿上报，说凡间有一个国君糟蹋了供天素斋，侮辱了天庭，玉帝很不高兴，说要罚他们一直无雨，直到米面吃光、锁链熔断才算完事，所以我把文书转给披香殿按流程处理，让他们加急设置三座新的计时玩意儿。"

奎宿和昴宿一听，齐齐跳了起来，脸色大变。

披香殿的上一班执勤是北七宿，马上要下值了，来不及设置。按规矩，这一份工单会顺延到下一班，由新轮值的西七宿设置。启明殿既然要求这件事加急处理，西七宿便只能提前做工作交接。

原本昴宿已经算好了时辰，可以赶在轮值之前把奎宿接回去，这一下子全被打乱了。这个时辰，恐怕白虎神君已经提前点完了卯，发现了奎宿私自下凡的罪过。

"喔喔喔，李老仙，你竟违背誓言，就不怕道心……"昴宿厉声大叫。

李长庚两手一摊，仍是一派仙风道骨。昴宿这才反应过来，李长庚并没有违背誓言，他从来没去白虎神君那里举发，只是转发了一封启明殿的文书，添了一笔加急处理的意见，如此而已，挑不出任何违誓之处。

这老阴——不对，这老神仙看着忠厚，背地里却隔着好几层山发力。昴宿自负精通天条，在他面前却只能自叹弗如。

李长庚乐呵呵道："对了，这次奎宿参与渡劫，辛苦不少，我一定在揭帖里大大揄扬。"

奎木狼哼了一声，一把拽过昴日星官咬牙道："我看那家伙只是诈唬罢了。就算耽误了披香殿点卯，也不过是旷工而已，能有多大罪过？我扛下就是！"昂日星官却一脸黯淡，摇摇头："老大，你没听见吗？他要在揭帖里夸你呢。"

"他夸就让他夸好了，又不是骂。"

昂宿"哎呀"一声，无奈地解释道："老大你想，神君看到揭帖会怎么想？好哇，你们把本职工作旷掉，下凡去给启明殿干私活？还干得那么起劲？他李长庚的面子，比我白虎神君还好用吗……"

这么一分说，奎木狼才知道这招真正的厉害之处。他们不怎么惧怕天条，但如果无视了上司的权威，可是要倒大霉的。偏偏李长庚无论发文书催办还是发揭帖表扬，都是极其正面的做法，对玉帝交代的事情积极上心，对同僚帮衬心存感激，没有任何问题，就算拿到三官殿去审也挑不出毛病。

奎木狼气得双眼充血："那怎么办？我媳妇硬生生被他们弄没了，难道还让我挨罚吗？"昂日星官深深"喔"了一声："玄奘变虎，是为了拽你下水；观音征调，是为了拖延时辰；猴子现身，是为了留下嫂子；最后再是李老仙上天，压实咱们的罪过——这一环扣一环的，早早就算计好了，逃不掉的。"

"可我不明白，到底为什么啊！明明跟他们一点关系也没有。"奎宿抓着头皮，百思不得其解。昂宿劝道："如今说这些也没用了，我去跟他讨个饶，你认个怂，赶快把这事了结算了。"他见奎宿低头不语，便走到李长庚面前，苦笑起来："老李你真是好手段。我们兄弟认栽，您给画个道吧。"

李长庚咳了一声："奎木狼调戏侍女，此是一罪；强抢凡女，此是二罪；擅离职守，私自下凡，此是三罪。我会禀明神君，罚他去给太上老君烧火，如何？"奎宿一怔，这烧火可不是好差事，苦累烟熏不说，传出去也伤颜面。他刚要张嘴，旁边昂宿却一扯他尾巴，示意他赶紧答应。

烧火再苦，毕竟只属于劳役，比起上斩仙台或者挨仙锤可好多了。太白金星到底还是放了咱们一马，还不见好就收？

奎宿知机，赶紧低头认戾，说愿认罚，认罚……

"大士觉得如何？"李长庚转头问观音。

观音"啧"了一声，一脸不满足，但也只能无奈地点点头。这惩戒太轻了，可她也明白，对天庭的很多神仙来说，强抢凡女并不是什么大事，擅离职守的罪名反而还大一些。李长庚回天庭这一番运作，极其巧妙，最多也只能争取到这样的惩戒。

"百花羞，你觉得呢？"沙僧问。

百花羞沉默不语，半晌只微微点了一下头。昂宿和奎宿各自一拱手，互相搀扶着灰溜溜地上天领罚去了。待得奎宿的身影消失在天际，百花羞整个人突然瘫软在地上。

十三年了，直到此刻，束缚她身体多年的桎梏方才消失。

李长庚挺高兴。这场意外的冲突，总算有意外的收获。他先前借调了兜率宫的金、银两个童子下凡，如今把奎木狼罚过去，老君的人情就抵销了。

他对观音道："这一次宝象国事件，属于咱们计划外的，可得好好申报几次劫难，不然太亏了。"观音屈指算了算，恶狠狠道："黑松林失散二十一难、宝象国捎书二十二难、金銮殿变虎二十三难……哼，这次得好好赚它一把，不然难消我心头之恨。"

这一把，就把白虎岭的损失找补回来了，两个人都是喜气洋洋的。

"那这次揭帖怎么写？"李长庚又问。这次的劫难是观音力主介入的，所以还是交给她来决定比较好。

"照实写！"观音毫不犹豫地道，"就说取经队伍弘扬正气，救苦救难，惩戒了天界私自下凡的神官，解救了被拐女子，怎么狠怎么说。这是正理，谁来也挑不出毛病。"

"好，好。"李长庚忽然又感慨，"这次若非玄奘舍身化虎，也留不住那奎木狼。一个凡人，甘愿如此牺牲，几可以与佛祖舍身饲鹰暗合，值得重点渲染一下——他现在怎么样了？"

"还在驿馆里休息呢。他一个肉身凡胎，变成老虎太勉强了，元气大伤，得调养一阵了。"观音回答，"我没想到，他对百花羞这件事，居然这么用心。"

"是啊，我也没想到。"李长庚也一脸不可思议。原本他以为玄奘就是个傲慢和尚，倚仗金蝉子的身份目高于顶，没想到还挺有血性。

"对真有能力的人来说，额外照顾反而是一种侮辱。"观音看看他，忽然笑起来，"老李，你这次为了个不相干的女子，得罪了星宿府，是不是有点后悔？"

"嘻，我在启明殿谨小慎微了几千年，难得陪你们疯一次，也没什么不好。再说了，我也想明白了：谁能做到人人都不得罪？至少得守住正理本心！"

猪八戒在一旁忽然问道："那俩娃娃怎么办？"观音和李长庚这才想起来，还有两个遗留问题在这里。沙僧看向百花羞："你想如何处理他们？"百花羞决绝道："我不想再见到他们了。"猪八戒看了沙僧一眼，说："那我把这两个孽障掼死？"

百花羞脸色变了变，终究没吭声，就连沙僧也把眼垂下去，有些不知所措。

李长庚站出来打了个圆场："这样好了，大士你在揭帖里多写一句，就说俩孩子都让八戒掼死了，彻底断了奎木狼的念想，也与百花羞再无任何关系。回头把孩子送远点……嗯，就送南极仙翁那里，洗去记忆做个供奉童子，从此永绝后患。"

大家都说这个办法好。观音大袖一摆，把两个娃娃收走。李长庚看看孙悟空站在旁边，依旧谁也不搭理，过去拱手道："大圣，多谢从花果山销假回来，有劳你了。"

"别误会，我不是为了行侠仗义，我只是跟奎宿和昂宿有私仇。"孙悟空冷冷道。

李长庚心中微微一动，面上却道："无论如何，宝象国这一劫，若非大家同心协力，不能救出百花羞来。"孙悟空讥讽道："哼，若非这一劫是真劫，我才懒得回来。这一路陪你们演得还少吗？"说完自顾自驾起云头走了。

李长庚知道他的脾气，也不深问，带上众人一起返回宝象国。百花羞径直回了王宫，与父母抱头痛哭。李长庚他们回了驿馆，去探望玄奘。

玄奘脸色依旧苍白，肉身变虎这事确实很伤身体。但他颇为兴奋，追着问前方情况，得知处理结果后，不由得叹道："还是罚轻了，只是烧火就搪塞过去了？"观音道："我意亦难平，所幸至少救出了百花羞，不算白跑一趟。"

玄奘双眸闪动："倘若我们不路过宝象国，百花羞的下场会是如何？就算这次救下百花羞，取经路外，又有多少百花羞没遇到？"观音被这么一问，一时不知该如何回答才好。玄奘道："我知道佛祖是好意，派两位来一路护持，确保玄奘一路无风无浪地到达灵山。可等我到了西天取回经文，成了佛，怕不是每日忙着讲经说法，更无暇看顾这些受苦受难之人了吧？"

"这……倒也不是这么说。"

"那我去这个西天，到底是为了什么？"

观音一听，话头不对——这是不打算去西天了？李长庚赶紧过来打圆场："今天不说这个，我推了国王的宴请，包了一桌素斋，自己人关起门来好好吃一顿。"

以往取经队伍与护法是尽量不接触的，不过这次宝象国大家齐心协力，一起吃顿庆功宴也属正常。

这场宴会气氛其实不算热烈。沙僧故意与八戒隔开坐，不时冷眼瞪过去；孙悟空坐在两个师弟之间，一脸淡漠地嚼着花生米；玄奘身上有伤，手臂转动不便，只用一边的手夹菜，连累旁边的观音也只能矜持地坐着，手不断摩挲那个碎裂的玉净瓶。

李长庚一见气氛有点冷，决定先提一下，他举起酒杯，朗声道："今日诸位秉持正理，勠力同心，老夫忽然心有所感，口占一绝，权且为……"

众人不约而同举起酒杯，不待老神仙吟出，咕咚咕咚都喝下去，然后推杯换盏，纷纷再续，李长庚终究没找到一个插嘴吟诗的机会。

宴会散了以后，微有醉意的李长庚一拍沙僧的肩膀："对了，沙悟净你来一下，我问你个事情。"沙僧愣了一下，老老实实跟他去了驿馆外头。

"玄奘失陷黑松林的时候，你是不是和猪悟能在打架？"李长庚开门见山。

"是。"沙僧还算是个光棍，坦然承认。

当初玄奘误入黑松林，被黄袍怪所擒，两个弟子对外解释是因为去讨斋饭，失了照顾。但李长庚是何等眼光，一眼就看出了问题。

"为什么打架？"

沙僧缓缓抬起头，双眼古井无波："因为我问起他，可曾对当年广寒宫之事有所悔悟。那猪却嘴硬，说他已遭贬谪，恩怨两清，谁也不欠谁了。我气不过，就跟他打了一架。"

"所以你还真是广寒宫那边的根脚?"李长庚点头问。

"不错,我为了受辱的嫦娥仙子,前来阻猪悟能的仙途。"沙僧毫不避讳。李长庚眯起眼睛,重新打量眼前的沙僧——卷帘大将果然只是个化名。

"你知不知道,猪悟能是玉帝安排的?"

"知道。"沙僧坦然道,"那又如何? 我是为嫦娥仙子的清名而来,甘愿承受任何代价。"

好家伙,不知嫦娥给了他什么承诺,值得他如此卖命。李长庚暗暗盘算,这家伙的脑子有点一根筋,只认死理,只有找对了口径,才能拿捏住。

"那你们在黑松林那一仗,怎么不打了?"

"因为玄奘被擒了啊。我们都知道这不在渡劫计划之内,所以另约再战,先去救人。"沙僧说到这里,面上微微露出困惑,"接着就赶上百花羞的事,我本以为那头猪与奎木狼是一丘之貉,没想到他还挺卖力。"

"所以你看,他确实已有所悔悟,又已为当年之事付出了代价,何必死死追究不放呢?"李长庚试探道。

"一码归一码。除非他承诺绝不回归天庭,否则没商量。"沙僧的态度很坚决。

李长庚奇道:"你既然一心要阻他的仙途,就该隐忍不发,暗中搜集猪八戒的罪状才是,怎么还主动跳出来? 我看你打起奎宿,比宝象国主都积极,不知道的还以为百花羞是你女儿呢。"

沙僧双腮鼓了一鼓:"我……我没忍住。"

"啊?"

"我一看到百花羞,就忍不住想到嫦娥。如果当年天蓬得逞,嫦娥会不会也是同样的下场?然后……然后我就忍不住怒意勃发,就要跟奎宿干。"

李长庚"啧"了一声,这家伙心性太差,真是个不合格的卧底。沙僧又道:"所以广寒宫的公道,我必须讨回,否则嫦娥也不过是另一个百花羞罢了。"

李长庚无奈地拍拍脑门,转了一圈,又回到原地了。沙僧这种一根筋的人最难打发。他只得道:"如果解决了猪八戒的问题,你是不是就自愿离开取经队伍?"

"当然。"

"即使你知道,未来到了西天,取经人员会有功果可以拿,也不后悔?"

"我不关心那个。"

"行。"李长庚点点头,"你先不要找猪悟能的麻烦,等我来安排。"

沙僧鞠了一躬,转身离开。李长庚叹了口气,沙僧铁了心要搞掉猪八戒,否则不离开;猪八戒如果离开,又没法跟玉帝交代。这取经队伍的人事太敏感了,每一次变动,都牵扯着无数因果。

"看来要解开这个结,还得从根上解决啊。"

李长庚一路沉思着回到驿馆,对观音道:"大士,我告个假。"观音一怔:"下一难平顶山,不是你一手安排的吗?你怎么还走了?"

李长庚笑道："我的造销积了太久没报，再不做，赵公明的黑虎该来挠我了。"他不好明说，但观音一定明白。果然，观音一听这话，登时不追问了。灵山那边风起云涌，天庭这边也是暗流涌动，他们俩谁都不轻松。观音叮嘱道："玄奘还要休养一阵，老李你记得在乌鸡国之前回来就行。"

李长庚叫了推云童子，朝着天庭飞去。推云童子问去哪儿，李长庚长叹一声："自然是广寒宫。"

第十一章

李长庚抵达广寒宫时，嫦娥正好从练功房出来。以广寒宫的温度，她居然练得汗水津津、头顶生烟，双颊红扑扑的，可见相当刻苦。这姑娘从飘上天庭的一介凡女做到仙界名媛，绝非幸致。

旁边玉兔叼着一方汗巾蹦跶着过来，嫦娥一边擦汗，一边问李长庚："仙师找我何事？"李长庚也不想绕圈子："我想跟仙子你谈谈卷帘大将的事。"

嫦娥继续擦着头发，丝毫不见惊慌："我明白了。要不您去桂树那儿等等，我沐浴一下，换身裙衫就来。"

李长庚很满意，嫦娥没有试图装糊涂，说明她足够聪明。他既然到广寒宫来，说明已掌握了很多情况，没必要浪费时间去辩解。

李长庚向桂树那边看了一眼，树下有一个结实的身影挥动着斧头："呃……吴刚在旁边没问题吗？要不要回避一下？"

"没事，他那个人沉迷于砍树，旁的什么都不关心。你跟他聊砍树无关的，他睬都不睬你。"

嫦娥一转身进宫殿了。李长庚信步踱到广寒宫外的桂树旁，吴刚果然没理他，砍得极为投入，每砍一斧，还俯身过去仔细研究。树身刚出现裂口，旋即恢复原状。

李长庚饶有兴趣地看了一阵，忍不住问吴刚："你在这里天天砍这个，不烦吗？"吴刚爽快地放下斧子："李仙师你不知道，砍桂树看着千篇一律，其实每一斧下去呢，桂树上的裂痕走向都有细微的不同，复原的速度也不一样。只要掌握了规律，你就可以砍出想要的任何裂隙。"

不等李长庚开口，吴刚"咣"一斧子下去，树干上出现了一道裂痕，他指给李长庚看："您瞧，我右手握斧的力道调整到四成七，这条细缝就会向右分叉，延伸二尺六寸。"他默算片刻，又道："等会儿它复原的时候，会先从这个分叉处愈合，要三十六个呼吸之后，才完全复原。"

两人静静地看了一阵，桂树果然在三十六个呼吸之后复原如初，一点痕迹也看不出来了。吴刚持斧哈哈一笑，极为得意："我现在已经练到了随心而动、意到形成的境界，脑海中有什么图像，手中就劈出什么裂隙。这手绝活，除了我可没人能做到。"

他犹恐李长庚不信，手起斧落，又狠狠劈下去。只见"咔嚓"一声，桂树裂隙四开，竟勾勒出一张苦闷疲惫、心事重重的老人面孔，与李长庚神似。

这确实是神乎其技,李长庚啧啧称赞了一阵,突地又涌起一股同情:"这又有什么意义?桂树原来什么样,还是什么样,有你不多,无你不少。你自以为精通了伐木之技,到头来却连一丝裂隙都留不下来。"吴刚挠挠头,沉思片刻方道:"好像是没什么意义。不过……"他拎起斧子,"哪个人不是如此?"

他这句看似无意的反诘,却让李长庚为之一怔,呆在原地哑口无言。吴刚见他半天不吭声,自顾自挥动斧子,又叮叮吭吭地砍起来。

嫦娥很快换好常服出来,走到桂树之下。李长庚没有过多寒暄,直接开口相询:"卷帘大将是你求西王母安排的吧?"嫦娥点点头:"我还以为能瞒得久一点,没想到仙师这么快就看出来了。"

"他用的降魔宝杖,是用你们广寒宫的桂树枝做的,我若再猜不出来,启明殿主不要做了。"李长庚呵呵一声,旋即道:"而且卷帘大将在宝象国忍不住自己跳了出来,我想装糊涂都难。"

他讲了宝象国发生的事,嫦娥轻轻叹息道:"唉,我素知这家伙是个藏不住事的脾气,反复叮咛他要隐忍,要小心,谁知他还是没憋住——也罢,能憋住就不是他了。"

"他到底是谁?"李长庚问。

嫦娥抬起双眼:"他乃我广寒宫的一位旧客。"

李长庚一愣,广寒宫里就那么几口子,玉兔、吴刚俱在,嫦娥还有什么同住者?嫦娥淡淡一笑:"李仙师忘了吗？我广寒宫本叫蟾宫，里面可还住着一位三足金蟾呢。"

李长庚一拍脑袋，暗叫糊涂。他怎么把这位给忘了，这位三足金蟾比嫦娥在广寒宫住的年头还久，只是不怎么爱露面，这三条腿的蛤蟆不太好找，所以他第一时间甚至没想起三足金蟾来。

嫦娥道："您知道的，我当初告别丈夫来到仙界，是想闯出一番际遇。可惜我不是走的飞升正途，没人接引，一上来没有着落，连个落脚的宫阙都没有，只能四处流浪。是金蟾好心，打开蟾宫收留了我。他一直觉得自己太丑，躲在蟾宫不爱出来见人，难得有人陪他聊天，他高兴得很。到后来，他索性把整座宫阙都让给我，改名叫高冷宫，说比较符合我的气质。我嫌太直白，才改叫广寒宫。"

李长庚捋了捋胡须，没有多说什么。

嫦娥继续道："天蓬擅闯广寒宫那次，金蟾比我还气愤。等到天蓬转世进了取经队伍后，他跟我说，若那头猪回归天庭，只怕广寒宫将再无安宁之日。我彷徨无计，金蟾主动说，他要下凡为妖，去阻天蓬仙途，这可把我给吓坏了。阻挠天蓬就是阻挠玄奘取经，这事非同小可。"

李长庚一点头："你说得对。他如果私自下凡去袭击取经队伍，罪过可就大了。"

嫦娥道："可金蟾他坚持要下凡，还拍着胸脯说不会连累我。他根本不明白，我担心的是他的安危。"

"所以你去找了西王母？"

"对，我劝他不住，只能退而求其次，求西王母把他塞进取经队伍，哪怕只塞一段时间也成。这样一来，他不必与天蓬正面冲突，只暗暗搜集罪状就好——唉，没想到他到底没忍住。"

"你其实——想给他安排一条出路吧？"

"李仙师目光如炬。他只要在取经队伍里安分守己，洗一下履历，总好过蛰居广寒宫里几千年。我还特意央求吴刚大哥砍了一段桂树枝给他防身，就是怕出什么意外。"

李长庚眯起眼睛："这么说来，你原本所求的，是金蟾的前程，而不是八戒离队？"嫦娥颔首："是，只要他能有个前程，我也算报了收留之恩。"

李长庚搞明白这其中曲折之后，总算松了口气。

他在启明殿干得最多最熟的活是协调，协调的关键是，不怕你提的要求奇怪，就怕不知你要什么。只要掌握了各方的真实诉求，东哄哄，西劝劝，怎么都能协调出一个多方都能接受的方案。

他沉思片刻，伸出两个指头："你劝劝金蟾，让他不要跟天蓬较劲了。我给你两个保证：一保金蟾有个前程；二保天蓬就算回天庭，也绝不会来骚扰你。"

嫦娥眼波流转，神情微微一黯："第一个保证，我代金蟾谢谢仙师；第二个保证，却……唉，李仙师你不明白，我如今看似风光，人人仰慕，其实也是如履薄冰，战战兢兢。不知有多少登徒子暗中觊觎广寒宫，不是大能的亲戚，就是金仙的门人徒孙，个个根脚都不得了。在他们眼里，我不过一个娱情的戏子，高兴时捧上天，想要糟践也就是一句话的事。我一个无权无势的弱女子，只能靠着多方周旋，才算稍得安静。"

李长庚不由得想起沙僧的话——"嫦娥也不过是另一个百花羞罢了"，轻轻嗟叹一声，从奎宿的蛮横做派和昂宿的满不在乎，也能看出天界风气如何。嫦娥若不靠着西王母，恐怕自身难保，但西王母那里索要的代价，只怕也不小。

嫦娥仰起头："我相信回归之后，天蓬他不敢再来骚扰我，但保不住其他神仙起心思。李仙师你想，一个人若是做事没有代价，怎么能保证别人不效仿？他们若见到天蓬像无事人一样回归天庭，是不是就更加肆无忌惮了？金蟾虽然冲动，可他的担忧也确确实实是真的。"

李长庚奇道："除了天蓬，还有谁骚扰过你？"嫦娥苦笑道："那可多了，巨灵神、奎宿、二郎神、孙悟空……"

"等会儿……"李长庚打断她，"孙悟空？什么时候？"

这怎么可能，孙悟空是作恶多端，可从来没听过他在这方面有过劣迹。

嫦娥道："嗯，他倒是还好，只是在天蓬来的前一天，他和二郎神……"她突然"呃"了一下，似乎意识到自己说错话了，赶紧闭嘴。

李长庚没有追问，两人很有默契地把这个话题略过了。他听得分明，在"孙悟空"名字后面还有个"二郎神"，那可是玉帝的亲外甥。

他不敢深入，把思路拽回到之前的话题上，对嫦娥道："这样如何？我让天蓬受一回女子的苦，传诸四方，让全天下都知道。"

"他怎么受女子的苦？"嫦娥眼神闪动。

"下界有个女儿国，有条河叫子母河。只要喝了子母河的水，男人也会怀胎。我让天蓬去遭一回罪，揭帖里大大地宣扬一番，这不就算替仙子你出了气嘛。"

嫦娥冰雪聪明，一听便知太白金星的意图。对男子来说，怀胎这事伤害不大，但侮辱性极强，将来宣扬出去，说这是唐突嫦娥的报应，惩戒效果比上斩仙台还好。她知道阻不住天蓬的仙途，如此操作，也算是有了果报。

李长庚道："我保证取经队伍到了女儿国，给你优先安排这个。你记得把那二杆子劝回来就行。"

"那他准备怎么离队？"嫦娥问。金蝉若想要有个好前程，就不能单纯被逐出队伍，得有个说法。

"舍生取义。"李长庚都想好了，"到了乌鸡国，让他替玄奘挡下一劫，身负重伤，不堪取经重任，荣退归天。凭他这份履历和表现，授个中品仙职，轻轻松松。"

金蝉有这么条出路，也不枉在取经队伍里潜伏一遭，嫦娥欢欢喜喜答应下来。

经过这么一番妥协平衡，金蝉、嫦娥、天蓬各得其所，李长庚也少了一桩麻烦，大大地松了一口气。

嫦娥对启明殿主亲自来解决十分感激，投桃报李，主动说她等会儿就跟西王母讲一声，这让李长庚很是欣慰——如此一来，便把瑶池的因果还掉了。

嫦娥还说要献舞一支，被李长庚婉拒了。现在千头万绪，哪里有心思看这个。李长庚心情轻松地离了广寒宫，走出几步，看到吴刚还在那儿兴致勃勃地砍树，忽然冒出个念头。

他走过去，叫住吴刚，问他二郎神什么时候来过广寒宫。吴刚根本不理睬。李长庚想了想，换了个问法："你能劈出二郎神来广寒宫那一天的图影吗？"

吴刚精神一振："他来过好几次，你说的是哪次？"李长庚道："和孙悟空来的那次。"

吴刚抄起斧子，狠狠往桂树上一劈，登时出现一片砍痕，那砍痕裂得恰到好处，正好勾勒出一幅画面。

这画面里有四个人，二郎神、奎宿、昴宿还有孙悟空，四个人都面带醉态，栩栩如生。这家伙虽然是个痴人，这伐桂的技术确实到了精熟的境地。过不多时，裂缝消失了，桂树的表面恢复平滑。

李长庚"嗯"了一声，面沉如水。难怪天蓬之前说，那俩星官跟孙悟空原先在天庭一起厮混，如今一看，果不其然。

天庭发的揭帖里，从来没提过这件事。这可以理解，二郎神是玉帝的外甥，又是擒拿妖猴的主力，他与孙猴子的关系自然要遮掩起来，就像这棵桂树一样，了无痕迹。

"他们在广寒宫都做了什么？我赌你肯定劈不出那种程度的画面。"他问。

吴刚眉头一挑，似乎很不服气。他静思片刻，又一斧子劈下去，只见桂树的裂隙又显现成一幅画面：四个人站在广

寒宫门前，张着大嘴，挥动各自的兵刃，冲着宫内龇牙咧嘴地叫喊，宫阙里的嫦娥抱着玉兔正瑟瑟发抖。

吴刚的技艺确实超凡入圣。那斧子劈下去，带有无穷后劲，一个呼吸便有二十四重力道传递到桂树之上。只见树体不断开裂愈合，每次裂隙皆呈现出微妙差异，竟叠加出了动态效果。仔细观瞧的话，可以发现二郎神站在最前面，昴宿、奎宿左右起哄，三人兴奋异常；只有孙悟空站在后头，意态半是尴尬半是紧张，被二郎神回头叫了一嗓子，才敷衍似的挥动下棒子。

只见这四人叫喊一阵，见宫门没开，便醉醺醺地离开了，桂树动态至此方告完结。

李长庚微微松了一口气，看来还好，比天蓬入室动手的情节轻多了。

但再仔细一想，不对啊——

天蓬骚扰嫦娥，是在安天大会之后。而安天大会，是天庭为了庆祝孙悟空伏法搞的庆典。在这前一天，那应该就是孙悟空大闹天宫前夕。那个时间点，猴子不是刚从瑶池宴溜走，去兜率宫盗仙丹吗？怎么还有闲工夫跟二郎神去广寒宫骚扰嫦娥呢？

在宝象国时，李长庚发现昴宿和奎宿对孙悟空的恐惧程度，实在有点夸张。不是实力悬殊的那种恐惧，更像是唯恐被说破秘密而产生的恐惧。

现在看起来，他俩的恐惧似乎有某种缘由。

想起通臂猿猴去世时，孙悟空仰对天空说的那几句话，李长庚隐隐觉得，五百年前的大闹天宫似乎没那么简单。

不过想要弄清楚大闹天宫的真相，可不是一件容易的事情。别看当年动静极大，尽人皆知，可公布的很多细节都语焉不详，就连启明殿也接触不到第一手资料。

李长庚一边琢磨着，一边走出广寒宫。恰好观音发来消息，说取经队伍已经开始跟平顶山二妖接洽了，还表扬说两位童子到底是兜率宫的人，职业素养颇高。就连当地找的小妖都很主动，与取经队伍互动得有声有色，将来揭帖内容会十分精彩。

李长庚稍微放下心来，心里琢磨着赶紧去启明殿做造销，可脚下不知为何，却转向了兜率宫。

老君正在炼丹，旁边奎木狼撅着屁股，灰头土脸地吹着火。奎木狼见李长庚来了，把头低下去，满脸烟尘，根本看不出表情。

老君乐呵呵道："怎么样？我那两个童子机灵吧？"李长庚赞道："大士多有夸赞，如果凡间的妖怪都有金、银二童的素质，这九九八十一难的渡劫简直是如履平地、一帆风顺。"他把大士的简报给老君看，上面正讲到孙悟空搞出一个假法宝，去骗小妖怪的两件真法宝。

老君大喜，这么一安排，他去申报法宝损耗就更加名正言顺了，对李长庚的态度更是热情。他走到丹炉旁，让奎木狼把炉门打开，拿长柄簸箕一撮，撮出一堆热气腾腾的金丹，拿给李长庚说随便吃随便吃。

李长庚心念一动，拉住老君笑道："人家金丹都是论粒吃，你倒好，一簸箕一簸箕地撮，当我是偷金丹的猴子呀。"老君嘿嘿一笑："别听外头瞎传，孙猴子可没那胆子来我这里偷吃。"

"不可能，孙猴子大闹天宫之前来兜率宫偷金丹当炒豆吃，那是天上地下都知道的事。老君你又乱讲。"

李长庚知道，从老君这里套话最有效的方法，就是否定他的可靠性。果然，老君一听，顿时憋不住了，主动开口道："哎，那些人知道个貔貅？我告诉你个事吧，保真，别外传啊！那孙猴子双眼受不得烟，兜率宫天天浓烟滚滚的，他从来都是绕着走，怎么可能会主动跑来？"

"但……揭帖里可是说，兜率宫损失了几百粒金丹呢。"

"哎呀，不这么说，怎么跟天庭要赔偿？"老君哈哈一笑。

李长庚心里"咯噔"一下。老君向来擅长无中生有，骗取补贴。他这么说，说明孙悟空在大闹天宫前根本没来过兜率宫。

天庭揭帖里说，孙悟空搅乱了蟠桃宴，然后乘着酒兴去了兜率宫偷吃金丹。但现在他知道了，那个时间点，孙悟空明明是和二郎神，以及奎、昂二宿一起醉闯广寒宫——那么他们到底在哪里喝得酩酊大醉？是不是蟠桃宴？这宴会究竟是孙悟空一人搅乱，还是说……

李长庚忽然又回忆起一个细节，忙问老君："我看天庭揭帖里说那猴子被擒上天来，在您的炉子里足足炼了七七四十九日，但看日期，怎么距离事发只有一天呢？这不会也是虚饰吧？"

老君捋髯："这你就不懂了，兜率宫的丹炉启用时间是一日，但这一日投入的火力，却是用足四十九日的量。账目上当然要按四十九日报喽。"

"怪不得揭帖里说猴子踹翻丹炉，就是因为一次投入火力太大，丹炉变脆了吧？"李长庚不经意道。老君"哼"了一声，拂尘一交袖："老李，你不懂炼丹别瞎说，我的炉子可没那么脆。他就算想踹，也怎么都踹不翻。"

奎木狼在旁边烧着火，闷闷"嘿"了一声。李长庚耳朵很尖，听见他这一声，看过去。奎木狼赶紧把头低下，继续烧火。

李长庚突然涌起一种直觉，这里头有事，而且事不小。里面有各种遮掩与篡改的痕迹，搞不好就要翻出五百年前的旧账。

他本想再问问奎宿，可话到嘴边，及时停住了。

这不是自己该涉足的领域。一个要做金仙的人，可不能沾染太多无关的因果，李长庚强行压下探索的念头，婉拒了老君分享八卦事件的邀请，返回启明殿。

织女正好站在殿门口要走，见到李长庚回来，欢欢喜喜打了个招呼。

李长庚一见是她，忍不住又多问了一句："五百年前的瑶池宴，你赶上了没有？"织女扑哧乐了："您老记性真变差了，那一年的瑶池宴，不是被孙猴子给搅黄了吗？根本没办成。"

"当时闹成什么样？"

"那可厉害了，我听说所有物件能砸的全被砸碎了，能喝的全被喝光了，还有好多力士与婢女受伤了，那阵仗闹得，跟一伙山贼过境似的。"

一听这形容，李长庚眉头一跳。织女道："要不我去帮你问问我妈详情？"

"哦，那倒不用，不用，我随口问问。"李长庚赶紧放她下班去了，然后推门进了启明殿。

说来也怪，他此时坐在堆积如山的桌案之前，第一次有了想做造销的意愿。原因无他，因为他现在有更不想做的事情，所以迫不及待想要沉浸在造销里逃避。

李长庚心如止水，沉神下去，一口气把之前积压的造销全部做完，心中怅然若失。他看看时辰，把造销玉简收入袖中，亲自送去了财神殿。

财神殿里元宝堆积如山，好似一座金灿灿的迷宫。李长庚好不容易绕到正厅，先看到一只通体漆黑的老虎趴在案几上，占据了大半个桌面。赵公明蜷着身子挤在案角一隅，正专心扒拉着算盘。那黑虎不时还伸出爪子，弄乱他的账目，赵公明一脸恼怒，可也无可奈何。

李长庚走过去，把造销玉简往桌上一搁，黑虎抬起脖子威胁似的龇龇牙。赵公明懒洋洋地翻了翻玉简："怎么才送来？都过了期限了。"李长庚道："陛下交代的事情太多了，这不，才忙完。"赵公明把手放在黑虎下巴上轻轻挠着："这个我不管，财神殿自有规矩，过了期限，这一期的账就封了，我也没办法。"

"通融一下吧，数目挺大的。这是为公事，总不能让我自己出吧？"李长庚赔着笑脸。

赵公明眼皮一抬，数落起来："平时我天天跟你们说，造销要早做早提，你们都当耳旁风，每次过了期限，倒来求我了。"李长庚道："都是为了天庭嘛。我们在凡间跑得辛苦，很多实际情况，没法按你们财神殿的规矩来。"赵公明一瞪眼："说得好像我们不知变通似的，这钱一文也落不到我口袋里，我干吗这么劳心——这造销就算我给你过了，到了比干那儿，也会被驳回来，他可比我还无心呢。"

李长庚蹲下身子，讨好地拍拍黑虎的脑袋："这次的造销都是取经护法的费用，陛下特批的嘛，赵元帅再考虑考虑。"

"取经护法？玄奘？"赵公明突然双目睁大。李长庚点点头。赵公明撇撇嘴："我就不明白了，明明取经是灵山的事，怎么还得天庭出这笔费用？"李长庚双手一摊："这你可就问道于盲了，上头商量好的事，我就是执行而已。"赵公明叹了口气："算了，你给我写个说明，把相关文书都附齐了。"

"好，好。"李长庚如释重负。赵公明又抱怨起来："上头只知道瞎许诺，事先也不跟财神殿通个气，真对起细账来，都是一屁股糟乱——之前五行山的账还没结清楚，这又多了一笔。"

"五行山？这费用也是咱们出？"

"孙悟空闹的是天宫，不是灵山。佛祖过来帮忙平事，你好意思让人家出钱吗？"赵公明絮絮叨叨地抱怨，"我跟你说，一涉及这种天庭和灵山合作的账，就乱得不得了。那笔钱名头上是五行山建设，一看细项，什么乱七八糟的都往里搁，什么瑶池修缮钱、老君炉的燃料补贴、花果山的灵保费……

李长庚的心突地一紧。

等会儿——大闹天宫之后，花果山还能拿到灵保费？这都哪儿跟哪儿啊？

"这个花果山的灵保费，是怎么回事？"

赵公明连黑虎都顾不上摸了，愤愤道："谁知道呢？灵霄殿之前出了份文书，说天地灵气维持不易，要保护一批无主的洞天福地，拨了这笔款子——没明说给谁，但现在哪个洞天福地还是无主的啊？可不就剩下群龙无首的花果山了嘛。"

李长庚奇道："所以这钱就直接拨给花果山了？"

"没，这钱是直接从通明殿提，走阴曹地府的账。也不知道地府怎么做的灵保，难道是照顾那群猴子生死不成？"赵公明也是满心困惑。

李长庚对财务还算熟悉，通明殿是玉帝的小金库。听赵公明的意思，这钱是从玉帝的小金库里出的，拨付给阴曹地府用于花果山灵保专项项目。这个流向有点诡异，从来都是公中的钱往小金库里转，哪有反向操作的道理？

李长庚还想探问，可内心再次响起警报，这不是自己该管的事。他及时刹住了车，收住好奇心，把话题转回到自己的造销上来。赵公明絮絮叨叨又教训了半天，勉为其难收下造销玉简，警告李长庚说下不为例。

从财神殿出来，李长庚回到启明殿，决定好好修行一阵。可脑子里却杂事缠绕，无论如何也静不下心来。广寒宫那次意外的闯入、兜率宫无中生有的金丹失窃、莫名其妙的花果山灵保专款……种种蹊跷之处，似乎被隐隐的一条线串联起来。

李长庚在启明殿干了那么久，太熟悉仙界的运作逻辑了，一切不合理的事情背后，都有一个合理的理由，只是你不知道罢了。他反复告诫自己，不要去想这种事，却无论如何也没法把这浊念赶出灵台，修行效果可想而知。

他心浮气躁地站起身来，决定换个环境，回自家洞府去试试。李长庚出门唤了一下，半天没动静，这才想起来老鹤还在运回启明殿的路上。李长庚心中有些哀伤，只怕它这次折腾回来，就真的是最后一次相见了。

他唤了朵祥云过来，一路盘算着如何才能让老鹤体面离开。等祥云到了九刹山，李长庚下了云，沉思着往洞府里走，却不防撞到一人。他定睛一看，不是六耳是谁。

六耳连连抱拳告罪，李长庚的火气"腾"地冒了出来："我不是说得慢慢查吗？你怎么还追到洞府门口了？"六耳道："打扰仙师清修。只是之前仙师让小妖变化成孙悟空，去打了三回妖怪，小妖有些疑惑前来请教。"

李长庚态度依旧强硬："你放心。你的酬劳我已经上报了，不日就能造销回来。"六耳赶忙道："不是催款，不是催款，为仙师做事情还要什么酬劳？"他深吸一口气，方道："小妖是有些不解。"

"哦？你不解什么？"李长庚压下火气。

"仙师在白虎岭叫我变化成孙悟空的模样，去打了三回妖怪。我适才看了揭帖，才知道是为了替孙悟空的缺。"

李长庚心里"咯噔"一声，立刻解释道："你想多了，那只是渡劫护法的一个环节而已。"六耳却道："李仙师你知道的，他阻我仙途，毁我前程，您让我去干这个，不是帮仇人成事吗？"

"这是为了取经渡劫的大局，不存在帮谁不帮谁的问题。"李长庚只能板起脸。

"我帮了孙悟空，他回头西天取经成了，岂不是更没法查了吗？您骗我这么干，是害我自己啊！"六耳说着说着，情绪激动起来。李长庚知道这事早晚瞒不住，心一横，把六耳拽到旁边："实话跟你说吧，孙悟空取经这件事，是上头金仙们的意思。你跟我在这里吵闹也无用，还不如想想实在的，看如何补偿好。"

六耳怒道："我就要讨个说法，难道也这么难吗？"

李长庚为难地揉了揉太阳穴。沙僧是，六耳也是，他最怕的就是这种只要个说法的愣头青，要别的还可以协调交换，一说讨个说法，就几乎没有转圜的余地了。

仙界有些事可以说但不必做，有些事则可以做但绝对不能说。你让对方私下里怎么赔偿都行，但要逼对方公开表态，性质就截然不同了。之前在广寒宫，李长庚宁可让猪八戒受一回怀胎的罪，也没提让他公开致歉的事情，就是这个道理。

六耳见李长庚沉默不语，不由得冷笑道："仙师非但没帮我解决，还要利用我去给那猴子做事，真是好算计。"李长庚上前一步，想要劝慰解释，不料六耳后退一步，咬牙狠狠道："既然启明殿做不了主，那我直接去三官殿举发孙悟空，我可知道他的好勾当。"

启明殿是负责解决纠纷的，若六耳闹去三官殿，则是正经的官司了。李长庚闻言大惊："他什么勾当？"

六耳冷笑："这还要感谢仙师，提醒我可以冒充孙悟空。我在花果山查到一些东西，本来还想跟仙师参详，既然仙师太忙，便等着看结果就是！"说完转身就走。

李长庚大惊，想要去拦住六耳，不料那猴子身形一扭，很快便不见了踪影。

第十二章

李长庚回到洞府里，比刚才更加心浮气躁。这个六耳，居然胆大妄为去了花果山，也不知从那里挖出什么了黑材料。

未知的隐患，比确定的危险更令人心神不宁。李长庚打坐了一阵，本想着跟三官殿提前打个招呼，可手碰到笏板，终究还是放弃了，暗骂自己又犯了老毛病。

六耳去找三官殿举发，那是他自家的事，与启明殿有什么干系？毕竟只是一桩冒名顶替修仙的小案子，六耳掌握的材料再多，也动摇不了取经大局。这些事情，三官殿自会权衡，自己主动去提醒，反而显得太刻意了。

还是那句话，想要修成金仙，要尽量避开因果，怎么还要主动去招惹呢？

李长庚心里舒了一口气，却怎么也高兴不起来。讲良心，他很同情这小猴子，也做了一些工作，但这对六耳并无

201

什么实质性帮助。救苦救难这四个字，做起来谈何容易。

他努力驱散这些浊念，开始打坐修行。搬运了几个周天之后，李长庚莫名进入一种奇妙境界，在自己的识海里观想出两个元婴。

左边的元婴乃是正念所化，说你对六耳仁至义尽，启明殿已经接过诉状，转过文书，给过批示意见，该做的都做了，流程上没有任何问题；右边的元婴是浊念所化，气呼呼地说观音能帮百花羞，你为什么不能帮六耳？他无权无势，一心只靠着启明殿主持公道，你不上心，他可就彻底没指望了。

两个元婴各施神通，厮打起来。李长庚万万没想到，他成天在外面调解纠纷，现在连自己的道心也要闹起来。他左劝右拉，突然想到一个可能性，顿时心惊肉跳。

莫非……那通背猿猴的死，跟六耳有关？

孙悟空说过，通背猿猴是帮他初叩仙门之猴。这么说来，斜月三星洞冒名拜师的猫腻，也许他是知情者。作为受害者，六耳顺藤摸瓜找到花果山，用了什么吸收寿元的邪法吸死通背猿猴，也不是不可能。

如果是这样，那事情可就严重了。

李长庚在启明殿多年，深知很多事情坏就坏在消息掌握不全，以致决策失当、举止被动。他的元神沉入识海，对正念元婴说："此事须打听清楚才好。提前知道因果，方能避开麻烦。"然后又对浊念元婴道："此事先打探清楚，再看有没有机会为六耳伸张。"

两个元婴闻言都消停下来，李长庚揉揉眼睛，从蒲团上站起来，决定去阴曹地府走一趟，找通臂猿猴的魂魄查问一下。

　　李长庚从洞府走出来，纵身一跃，直奔九泉而去。他住的这个洞府位于山渊之底，飞符不易收发，倒是去九泉方便得紧，连老鹤都不必叫，一路往下就行了。

　　不一时，太白金星便到了酆都城门口，等候片刻，崔判官从里面急急忙忙迎了出来。李长庚看他一脸疲累，想起之前他急吼吼的样子，关切道："地府的事还没忙完吗？"崔判官摇摇头，一脸"死无可恋"的表情。

　　李长庚说启明殿有一桩案子，需要询问一下通臂猿猴的亡魂。崔判官苦笑道："你跟我来吧，到了第一殿就知道了。"

　　第一殿归秦广王管，就在奈何桥附近。两人匆匆上路，一路上阴风阵阵，鬼哭狼嚎，和李长庚之前听见的声音一样。他忍不住好奇道："十八层地狱的受苦之声，居然可以传到这里？"崔判官摸摸自己的秃头："地府那场乱子还没结束，我们这些判官、无常和鬼差，一直没日没夜地忙活——哭闹的不是鬼，而是他们。"

　　"什么乱子，居然持续那么久？哪只大妖打过来了？"

　　崔判官"嗤"了一声："这可比十只大妖的破坏力还大呢。"然后说起缘由来。

　　原来几百年来，人间日渐兴盛，入地府的魂魄也比从前多了数倍，生死簿明显不够用了。于是阎罗王决定要将生死簿重新祭炼一下，以便容纳更多的魂魄。结果祭炼过程不知出了什么岔子，导致生死簿直接崩了。

生死簿一崩，地府登时一片混乱。新死的无法查验寿期，投胎的没法送入轮回，魂魄越积越多，连奈何桥都堵住了。阎罗王一边紧急找人来修，一边让所有的判官都下沉到鬼门关，让他们把亡魂一个一个手动超度。

李长庚大吃一惊，这乱子确实不小。他忙问："这么说，通臂猿猴的亡魂现在没法查？"

"这个我没法回答你，得问专业意见。等你见到秦广王，去问他吧。"崔判官含糊道。

李长庚无语，一路来到秦广王的殿前。只见眼前黑压压的一片，鬼声鼎沸，无数魂魄乱糟糟地聚成一团。几百个鬼吏杂处其中，声嘶力竭地维持着秩序。鬼魂每时每刻都在增加，可鬼吏就那么多，眼见着黑无常累白了脸，白无常累黑了面，连哭丧棒都耷拉下来了。

秦广王此刻没在殿上办公，正站在奈何桥前，叉着腰跟孟婆吼着什么。崔判官走过去，小心翼翼说了一句话，秦广王皱着眉头朝这边看一眼，对孟婆大声道："我不管你的孟婆汤够不够，总之绝不许任何一个鬼魂带着记忆过桥！"

说完他大手一挥，转身走到李长庚面前。李长庚于近处端详，心中感慨。秦广王以前头发丰茂能扎住玉冠，如今却稀疏得很，只能勉强靠束带固定了，比起崔判官也不遑多让。

"李仙师你来有什么事？"秦广王口气硬邦邦的。

李长庚道："启明殿需要提审一个残魂，不知……是否便当？"他左右环顾。秦广王一指奈何桥："你也看见了，我第一殿都乱成什么样子了，现在可不是搜魂的好时候。"李长庚坚持道："此事关乎取经队伍，还请多帮忙。"

秦广王还没回答，一个无常匆匆飘过来，嘶鸣了几句，秦广王怒吼道："休息个屁！阴间又没昼夜之分，让他们继续干！"吼完了他才转回脸来对李长庚道："就算我想给你开放搜魂的权限，也没办法。如今整个生死簿乱成一锅粥，什么时候恢复根本不知道——谁让阎罗王干的这貔貅事！"

这怎么还骂起同僚来了？李长庚赶紧避开这个话题，试探着问："尽人——呃，尽鬼事就好，我回去也跟上面有个交代。"

启明殿主的上面，可不就是灵霄殿？秦广王只得无奈道："行，你跟我来吧，我找人试试，搜成搜不成，可不保证。"

这一路上，秦广王不断骂骂咧咧，骂阎罗王不懂生死簿，一拍脑袋非要搞扩容，现在出了乱子，还要负责维护生死簿的第一殿擦屁股。李长庚只当听不懂。

他们很快来到一间架阁库前。这架阁库占地广大，里面堆放着无数生死簿子，浩如烟海。这些簿子不停地在繁复的架阁之间自行挪移，望过去令人眼花缭乱。

在架阁库内外，无数道士各自盘坐在蒲团上，口中不停念着玄奥法诀。李长庚宁心细听，才听出他们吟诵没有别的，唯有"阴阳"二字。两个字交替循环，绵绵不息，构成一道道虹色气机，灌注至架阁库内，与那些生死簿子互相感应。

崔判官告诉李长庚，这是请来祭炼生死簿的道士，到现在还没弄完呢。

秦广王唤来阵中一个胖道士。这道士一对虎目，缀着两个大大的黑眼圈，还披着一件脏兮兮的斑斓方格道袍。秦广王语气不善："我说虎力大仙，你们祭炼得如何了？眼看可就要过死线了。"虎力大仙双手一摊："大王，我门中所有师兄弟都在没日没夜地作法，若不是已经在阴间，早活活累死了。"

"放心，你们弄瘫了生死簿，肯定死不了，继续用心做事。再者说，你们当初接下祭炼单子时，可是答应得好好的，现在跟我说来不及了？"

虎力大仙不吭声，只是低头数着自己的道袍格子。

秦广王知道骂他也没什么用，只是出出气罢了，一指李长庚："现在有个临时需求。旧簿子现在能搜魂吗？这位仙师想要查询一下。"

虎力大仙为难道："新旧簿子现在纠缠一处，阴阳交错，难以拆分，查起来牵涉不小。"秦广王不悦道："且不管新的如何，难道旧簿子如今都不能查了？你们是干什么吃的？"虎力大仙不卑不亢："贵府生死簿从不备贰，既无注解备考可参，又无更新记录可查，层累堆积，庞杂繁复，如今已呈混沌之相，牵一发而动全身。我等法力浅薄，只能做简单修补，一旦触及根本，后果难测。"

秦广王对阴阳道法不熟，不耐烦地摆手道："别跟我说这些技术，我只要结果，成还是不成？"

"我只能试试看，不保证。"

虎力大仙不再解释什么，行了一礼，匆匆转身走了。秦广王望着他的背影，摇头骂道："给生死簿扩容，是正理没错，可也得找对人。这几个牛鼻子，阴阳道法水平差、工钱贵，还捅出这种娄子来，真是废物。"

"这……那大王为何选他们来扩容生死簿？"

"哪里是我选的！"秦广王气得脸都涨红了，"天下通晓阴阳道法的道士那么多，玄门正宗要的工钱是多了点，但道法高明啊。偏他阎罗王非要指定这家太乙玄门，说他们资历深厚、精通阴阳，硬让他们来祭炼。瞧瞧，出事了吧？"

李长庚赶紧拦住他，再往下说，就是犯忌讳的事了。过不多时，虎力大仙跑过来说："我们试了一下，简单的查询似是可以，但不太稳定，我得带着仙师入库去现场查。"秦广王"嗯"了一声，说："那你们快去做。"

虎力大仙带着李长庚走进架阁库内，在繁复的架阁之间七绕八转，最后在一处角落停下脚步。虎力大仙费力地蹲下身子，双手放出阴阳二气，仔细在架子上挪移簿子，折腾了许久还没见结果。

李长庚探头看了一眼，好奇道："我去过茅山那边，他们都是用九数合和推衍之法，你们为何不用？"虎力大仙面无表情："地府就给一点点预算，用不起那么高级的东西。"李长庚道："大王不是说你们要价挺高的吗？这个也买不起？"

虎力大仙嗤笑起来："那是发包价，一层层分下来，到我们车迟国道门手里，只得这点微薄之数。有多少钱，出多少力，能维持成这样，已经算不错了。"

"等等，车迟国？你们不是太乙玄……算了，你慢慢搜。"李长庚及时闭上了嘴。太乙玄门是道家正统，八成是拿了自家道箓中标，然后又转给车迟国的野道士。其中奥妙，不必深究。

虎力大仙忙了许久，抬头道："应该可以了，仙师你想查谁？"

李长庚说："东胜神洲傲来国花果山，通臂猿猴，我想查查他是怎么死的。"虎力大仙依言去查，生死簿里却吐出一堆鸟篆乱符。他抓抓头顶的虎毛，趴在地上查找了一阵，如是者三，才开口道说："查不出来。"

"怎么会查不出来？"

虎力大仙鼓捣了一阵，给李长庚解释："仙师你看，所有花果山的猴属生灵，名下都标记了一个延迟法诀。一旦寿元将尽，会先激活这个法诀，阻止向生死簿发送请求，观其属性，乃七阴四阳，朱离青退……"

"说人话。"

"按道理，这些猴子不会老死，就算他们寿数到了，也不会触发无常来拘。"

李长庚眼睛一亮，竟然还有这样的操作？

"可那只猴子确实老死了啊，崔判官都见着亡魂了。"

虎力大仙耸耸肩："生死簿不是崩了吗？什么错都有可能出现。我估计是哪儿出了问题，导致这个法诀失效。"

李长庚思忖片刻又问："那现在我能锁定通臂猿猴的亡魂吗？"虎力大仙摇头："他肯定就在奈何桥附近，只是暂时检索不到。因为所有的猴属寿元，在生死簿里是个似空非空集，能自动运作，但一旦你发送查询请求，生死簿就会返回消息说是空的——大概是几百年前出的一个恶性故障，至今还没修复。"

"那为什么不去修复？"

虎力大仙一阵苦笑："仙师不懂阴阳之术，这事没那么简单。这生死簿这几千年来，不知叠加了多少法诀、符咒与封印，早已积重难返，有如尸山。我们就算知道缘由，也根本不敢动其根本，万一又崩了呢？"

行吧……李长庚放弃了追索，同时也微微松了一口气。看来这纯粹就是个误会，是通臂猿猴运气不好，赶上生死簿崩了而已，不是六耳动手。只要没出人命官司，万事好办。

现在回过头想，通臂猿猴去世在前，六耳替悟空打白骨精在后，原本也不可能是六耳动的手。六耳最多就是趁孙悟空和通臂不在，去花果山偷东西罢了。

"唉，我真是老糊涂，关心则乱，关心则乱……"李长庚拍拍脑袋，又问虎力大仙："那个延迟法诀是什么？能看到具体细节吗？"

"权限太高，是金仙所设，我看不到，只知道来源是……嗯，通明殿。"

通明殿？李长庚双眼一眯。果然，这就和财神殿那边对上了。玉帝的那一笔灵保支出，就是用来维持这个法诀的。唯一可疑的是，玉帝为什么要这么干？

"这法诀设置了多久？总能看到吧？"

"我看看啊……"虎力大仙叽里咕噜念诵一段咒语，很快生死簿就有了感应，"五百年前。"

五百年前？李长庚心脏狂跳。他是来查通臂猿猴死因的，可不是要来触碰什么忌讳的。

李长庚赶紧驱散脑海里的疑惑，给了虎力大仙一张名刺："我看你为人倒实在，能不能帮我一个忙。等到……嗯，生死簿正常了以后，帮我查查这个亡魂的下落，有消息告诉我。你的道门是在车迟国对吧？回头我可以多介绍点工作给你。"

虎力大仙面无表情地接过名刺："若上仙有意垂怜，就帮我跟秦广王说个情，让我早点转世投胎就好。"

"嗯？转世？"

"下辈子我不想修这阴阳道法了，太累了。"

李长庚离开地府，回到自家洞府，正赶上观音联络过来。

听得出，她心情不错，说平顶山渡劫刚刚结束，顺利申报了"平顶山逢魔二十四难"和"莲花洞高悬二十五难"两次劫难，中规中矩。她把揭帖也写完了，老君的五件法宝在整场劫难里可谓是物尽其用，每一件都发挥了作用。估计老君日后少不得以此为由头，去申请一笔巨额补贴。

李长庚心不在焉地嗯嗯两声，观音又问："下一站就到乌鸡国了，老李你考虑清楚了没有？沙僧怎么离队？"

李长庚把广寒宫的前因后果讲了一遍。观音听了之后，大为感动，连声说金蝉居然有这样的决心，可谓是有情有义，难怪在宝象国第一个挺身而出。李长庚道："大士若觉得他不错，尽可以挽留嘛。"观音"啧"了一声，说若她能做主，真想让他踏踏实实走到西天了。这样的人成正果，不比猪悟能更好？

李长庚知道观音只是感慨几句罢了，遂继续道："我跟嫦娥说过了，给沙僧安排一个舍生取义的戏码，体面地离队——不过你得先给我讲讲，乌鸡国的那个三弟子，到底什么情况。"

观音简单地介绍了一下。原来此间乌鸡国的国主，是个凡间善信，如来见他虔敬，许了他一个金身罗汉的果位。这次取经途经乌鸡国，正好把他捎上，补过一个流程。

"地地道道的凡人？居然不是灵山哪位大能的根脚吗？"李长庚有点惊讶。

观音说灵山安排人选也是有讲究的，既要考虑族属，也要涵盖不同经历。孙悟空罪孽深重，回头是岸；黄风怪野性难驯，佛性早种；乌鸡国主一生虔敬，终得善果。三者分属妖、怪、人三族，又代表了求法的三种类型，如此才能充分显现佛法无边。

只可惜被天庭这么一搅和，三个徒弟的布局全乱套了。观音说到这里，又忍不住哼了一声。

李长庚讪讪一笑，不去接这个话茬："那这样好了。乌鸡国这一劫，我安排一个厉害的妖怪跟他们斗一场，这样沙僧负伤也就不突兀了。"

"这个不劳你安排，大雷音寺那边会派人员来配合，你等我把那封文书找出来啊……"观音停顿了一下，"来的是文殊菩萨座下的青狮，配合取经队伍渡劫。"

"咦？居然是他。"李长庚顿时想起三官殿里文殊那张笑眯眯的面孔。

"不光是妖怪，这一劫的方略，大雷音寺都已安排好了，咱们照章执行就行。"观音给李长庚念道，"文殊菩萨先会化为凡僧，去考验乌鸡国主的心性，却被他浸在御水河里三天三夜。作为报复，文殊菩萨派出坐骑青狮下凡，化身假王夺了他国王之位，把他扔在井底三年——这个前置工作已经完成了。现在只要玄奘他们到乌鸡国，救活国王，赶走假王，这件事就算圆满结束了。"

李长庚边听边捋胡子，看来大雷音寺对渡劫护法也很熟练。这个方略中规中矩，是最常见的"考验心性"套路，只不过加了一点花头，多了一段假国主李代桃僵的戏。

以他的专业眼光来看，这个花头略显做作，有失自然圆融之意——比如说，假国主三年在位，偏偏王后与太子还在，假国主与这两个人的关系该怎么处理？方略里打了个补丁，说假国主不许太子进入皇城，又疏远王后不行人事。

但这补丁实在没必要。考验乌鸡国主，把他扔入井里失踪三年就算了，太子或王后摄政，何必节外生枝让青狮去假扮国主呢？大雷音寺还是经验不足啊！累赘了。

他忍住批评的冲动："那我把沙僧安排在救出国王之后

跟青狮大战一场，英勇负伤，光荣隐退，如何？"

"挺好。然后沙僧弥留之际，把降魔宝杖交给乌鸡国主，让他替自己把取经之路走下去。乌鸡国主感念圣僧恩德，毅然逊位辞国，追随取经队伍而去。再加几句勉励的话语，一篇上好的揭帖不就成了？"观音很是兴奋，这故事越发完美了。

李长庚始终觉得，这方略存在不合理之处。不过此事关系到第三个徒弟的人选，他怕观音多心，也就不提了。

两人三言两语交代完。李长庚迟疑了一下，他本想让观音问一下悟空，他在花果山到底藏了什么黑料，但到底还是没有开口——还是那句话，清静无为，少沾因果，专心在自己的事上就好了。

放下笏板之后，他一看，镇元子、白骨精和太上老君陆续发来了三条信息。

镇元子得意扬扬地炫耀说那一劫效果显著，他如今开了个新业务，在人参果树下举办人参果宴，来订的客人络绎不绝，利润比单纯卖果子还高。他拍胸脯说："老李你得证金仙那天，我给你包一天。"

白骨精的消息嘘寒问暖，但绕来绕去，还是落到催账付款上面。太上老君则是询问接下来还有没有类似的劫难，他还有一头坐骑青牛可以使用——看来平顶山一劫，他赚得盆满钵满，意犹未尽。

李长庚一一回复之后，这才爬回蒲团，开始盘腿打坐。这次他总算找到了修持的感觉，几个周天运转下来，洞府外头忽然传来剧烈的拍门声。

李长庚拂尘一挥，把洞府大门打开，却见王灵官满脸焦急道："你跟那个小猴子说了什么？"李长庚一怔："六耳？没说什么啊？他去找你了？"王灵官一跺脚："哎呀，那家伙跑去三官殿了！"李长庚有些惊讶，可也没觉得多意外："那小猴子真是乱来，怕不是被赶出来了？"

王灵官道："被赶出来倒好了！现在雷部到处在找他，这不，问到我这里来了。"李长庚大惊，六耳乱投衙门，最多把他叉出去就算了。雷部出手，这是要抓钦犯的架势啊。王灵官道："你不是一直跟那猴子有联系吗？所以我赶紧来问问，他到底举发的是什么事？"

李长庚道："还能有什么？不就是孙悟空冒名顶替那桩小事吗，至于这么大反应吗？"王灵官道："真没别的了？"李长庚突然想起六耳临走前那句话，他在花果山发现了孙悟空的勾当。

莫非这勾当……不是与冒名顶替有关？李长庚当即给三官殿的一个仙吏传信。对方悄悄告诉他："六耳向三官殿举发，好像是说孙悟空大闹天宫时还有同党，一直被他隐匿包庇。"

李长庚感觉一下子被九霄神雷劈中了天灵盖。

这猴子，真是无知者无畏——大闹天宫这么敏感的事，也是能随便触碰的吗？况且天庭已有定论的事，你却举发别有内情，这是多大的干系？疯了吧？

不对，这也许正是六耳的目的。他知道冒名顶替的罪名治不了孙悟空，那就捅个更严重的出来。

他强抑震惊，又问六耳的举发具体说的是什么，对方干笑一声："老李，你别为难我了，地官大帝正亲自过问，所有接触过这份材料的人都得接受排查——你打听这个干吗？"

李长庚连忙解释："那猴子之前来过启明殿，如果你们需要，我可以提供点资料。"对方"哦"了一声，李长庚随口问道："真是地官大帝亲自过问啊？级别够高的。"

"是呀，很久没见到三位大帝亲临一线了，啧啧。"

三官大帝分别是天官大帝、地官大帝和水官大帝，职级相同，各自分管一摊。能让地官大帝出手，重视程度可谓是顶格。三官殿办事一向散漫，突然变得这么果决迅速，着实蹊跷。

他下意识看往灵霄殿的方向，那小猴子这下子，可是捅了一个超大的马蜂窝啊……

不过还是那句话，这些因果跟李长庚无关。他已经向三官殿报备了六耳申诉冒名顶替的案子，尽到了告知的义务。

送走了王灵官，李长庚回到洞府，这下子彻底没心思打坐了。三官殿透露出的那个消息，始终在他灵台之中搅扰——孙悟空大闹天宫时包庇同党？那同党到底是谁？

按照官方的说法，从炼丹炉里逃出来，到被镇五行山这段时间，孙悟空都是单打独斗，所有举动都在众目睽睽之下，没什么疑问。所谓"包庇同党"，应该是发生在他被擒拿上天之前。

可在那个时间点，孙悟空能包庇的同党是谁？花果山？那些野猴子根本够不上资格；他那一帮拜过把子的妖王兄弟？这倒有可能，但那些大妖都在人间，从来没上过天，就算上过，也犯不着让三官殿这么紧张。

值得被孙悟空包庇的，只能是天上的某些神仙。

李长庚刚联想到广寒宫，灵台猛然产生一种警惕，应该是正念元婴冒出来喝止了他。不能再这么琢磨下去了，否则可有些不妙。此事跟自己无关，无关。

他这么迷迷糊糊地修持了不知多久，毫无成果，干脆也不打坐了，离开洞府回到启明殿。

恰好这时老鹤也被童子牵回来了，气息奄奄，恐怕大限将至。李长庚来到兽栏，亲自细致地为老鹤梳理着羽毛。原先他经常给它洗羽，后来工作太忙，慢慢就全交给童子去做了。

老鹤眼神浑浊，神志倒还清醒，看到主人来了，主动弯下脖子，张开双翅，静待梳理。李长庚卷起袖子，用拂尘蘸着晨露，一羽一羽洗过去。随着污秽被冲刷，心中的烦忧也被一点一点濯净，当年的感觉似乎回来了。

那时自己的境界虽说不高，可比现在开心多了，甚至还有余暇骑着白鹤去四海闲逛。

"老鹤啊老鹤，你倒好，可以转生投胎，从头来过，我却还得在启明殿折腾。嘿嘿，说不上谁比谁开心呢。"李长庚摇着头，把拂尘上的须子一绞，一滴滴浑浊的黄水滴落。

正在这时，兽栏旁传来隆隆声。这声音李长庚很熟悉，一抬头，看到哪吒站在旁边，脚下踩着风火轮。这次哪吒比上次严肃多了，一拱手，道："李仙师，地官大帝有请。"

这次他没和上次一样说三官殿有请，而是明确指出是地官大帝相邀，可见性质要严重得多。李长庚拍拍老鹤："我的坐骑行将转生，能否等我送走它再说？"

哪吒摇摇头："金星老，这不能耽误，你也不能带任何东西或跟其他任何神仙讲话。"李长庚心里一紧，这可不是协助调查的架势。

哪吒又道："这事我哥不知道。"这是暗示他别想跟观音求援。李长庚一阵苦笑，这是天庭事务，就算去找观音，又有什么用？三官殿实在忒小心了。

他迅速盘算了一下，他与六耳之间，只有几份冒名顶替案的材料交接，不涉其他事。六耳也从来没透露过他在花果山发现的内容，经得起审查。于是李长庚最后给老鹤洗了一下丹顶，伸手抱了抱它的颈项。

老鹤似乎知道，主人这一去，便再也见不到了，发出阵阵微弱的悲唳，挣扎着要起来驮他。李长庚眼窝发热，连连安抚，头也不回地走出兽栏，跟着哪吒离开。

到了三官殿，还是那间熟悉的斗室，这次等待的只有地官大帝和另外一个仙吏。李长庚淡定地坐下，地官大帝上来就问："李仙师啊，六耳现在何处？"

李长庚一愣，三官殿还没逮住他吗？

"他投书到三官殿后，本来等候在殿门口。警鼓一鸣，我们急急命门神去收押，他却径直走脱去了下界，至今不知下落。”

李长庚暗暗惊叹。这六耳到底是山野生长的妖怪，极为敏锐。一听三官殿警鼓响起，掉头就走，三官殿做事慢吞吞的，哪里抓得着他。

问题是，六耳怎么还能触动警鼓？那可是非大事不响的。

“六耳之前是不是到过启明殿？”地官大帝板着脸问。

“到过。”李长庚不待他们细问，主动把事情详细说了一遍，然后说六耳的诉状就在启明殿，可以让织女送过来。

若是往常情形，光是“织女”这个名字，就足以让对方知道深浅。不料对面两位这次丝毫不为所动，依旧冷着脸，让他继续说。李长庚也没什么好隐瞒的，把六耳几次来寻他的事都说了，包括取经路上冒充悟空三打白骨精，也一并讲了。

地官大帝听完，不置可否：“李仙师可知道六耳下落？”李长庚道：“我与六耳的来往，就这么多了。他去了哪里，我可不知道。”地官大帝身子前倾：“六耳举发的材料，你看过吗？”

“我知道六耳在花果山找到一些东西，但他恼我不肯帮他，根本没拿出来给我看。”

“此言确实？”

“以道心发誓。”

地官大帝忽然冷笑：“那么你为何去兜率宫，问老君打听孙悟空窃金丹的事？”

李长庚没料到对方的质疑点居然在这里，一时愣住了。他心思飞快地转动，立刻意识到，这应该是奎宿告的密。当时他跟老君聊天，只有奎宿在旁边烧火，肯定是他向三官殿举发的。

他千算万算，居然忘了这里还伏着一个意外。可见一饮一啄，莫非前定啊。李长庚略微收敛心神，解释道："我去兜率宫，是为了感谢老君调派金、银二位童子下界襄助护法。孙悟空窃金丹，是我们无意中闲聊谈及的。"

"无意？"地官大帝重复了一下李长庚的用词。

"这是老君主动挑起的话头。大帝需要的话，我可以把整个谈话写下来，请老君确认。"李长庚也有点恼了，他好歹是启明殿主，怎么跟审犯人似的？

"你之前是不是还去了广寒宫？"

李长庚没想到他们已经调查得这么细了，遂坦然道："那是为了处理取经队伍里二弟子与三弟子的纠纷。"

"我们也需要一份你和广寒仙子的对话记录，以备查验。"地官大帝道。李长庚道："我身为启明殿主，身系关要。如果要我配合调查，麻烦先给一个说法出来。"

李长庚算定了，地官大帝手里肯定不会有成文的批示，故而故意将他们一军。地官大帝皱眉道："启明殿主，你也是老神仙了，该知道这件事的严重性。"

"悟空窃金丹也好，天蓬闯广寒宫也罢，都是揭帖里明示的消息，尽人皆知。我谈论公开信息，怎么就严重了？"

"不是说那两桩事，我是说六耳举发的这桩事。"

"我连他举发的是什么事都不知道，怎么体会到严重性？"李长庚一摊手。

这个反问让地官大帝噎了一下："天条所限，我不能说。但我老实告诉你，老李你最好不要隐瞒。现在是我在跟你谈，不要等到九天应元雷神普化天尊来跟你谈。"

三官殿管的是人间福祸、天条稽查，若是雷部正神来问，就是直接审案了。

李长庚态度不卑不亢："我适才说的，句句属实，真的没有半点隐瞒。"地官大帝敲了敲桌子："不要有对抗情绪。我问你，他刚去完你的洞府，就去三官殿举发，其中必存因果。那个六耳不过是一个下界小妖，哪里来的胆子和见识，敢去三官殿举发？一定是背后有人挑唆。"

李长庚无奈道："我不是已经解释过了吗？六耳最初向启明殿投状子，是关于孙悟空冒名顶替修仙案，因为我迟迟未予解决，他才铤而走险，想要去三官殿给孙悟空闹个难看。"

地官大帝压根不信："扯淡！屁大点事，多少年了，到现在还能有这么大仇怨？"

李长庚闻言正色道："若是从前，我也不信。不过取经护法这一遭走下来，我有个心得，好教大帝知道。都说仙凡有别，那些下界生灵固然难以揣度仙家心思；我们仙家，也不要轻易以自家高深境界，去评判他们的境遇。"

地官大帝脸色一冷："你什么意思？"

"我之前在宝象国经手过一件事，有个凡间公主叫百花羞，被下凡的奎宿一关就是十三年。对奎宿来说，不过是赶在点卯之前下凡去玩玩，十几天一弹指的工夫，对那凡间女子来说，却是小半生的折磨——你我天上的一日闲情逸致，她们人间就是一年的血肉消磨。"

"启明殿主，你扯远了！"

"我只是提醒大帝，做神仙虽然远离凡间，至少要修一修移形换位的心法。咱们与天地同寿，凡人却是朝生暮死。蚍蜉固然不理解巨龟，巨龟又何曾能理解蚍蜉？六耳这些年来孜孜不倦地举发，可见此事已成其心魔，他真的会因为这所谓癣疥之疾，做出偏激行为。"

"这么说，你是在替六耳辩护喽？"

"不，我只是想说：很多人间执念我们无法理解，但不代表那些痛苦就不存在。"

"哼，姑且假设你说的话有道理，但区区一只小妖，又怎么能接触到大闹天宫的秘密？是不是有人故意吐露给他，唆使他出头？"

李长庚弹了弹袍角："所以这件事，果然是和大闹天宫有关？"

地官大帝眼皮一抖，先前他听说灵山两个菩萨过来，审了一通启明殿主，却铩羽而归，如今自己一审，果然不好对付。他虎起一张脸："你不要试图打听，这不是你该知道的。快回答我的问题。"

李长庚闻言失笑："大帝，我若不知秘密，怎么去挑唆六耳举发？若我知道秘密，你现在藏着掖着，又有何用？"

地官大帝发现自己不知不觉被李长庚绕进去了，恼火地一拍桌子："反正经过初步排查，李殿主你这次回天庭后的举动和言谈，已经逾越了合理范畴，我劝你早点交代清楚比较好。"

李长庚淡然道："我一定事无巨细，一一禀明，绝无隐瞒。"

他知道此事背后肯定有玉帝意旨，所以并没打算对抗。之前展现出的种种姿态，不过是要杀一下地官大帝的威风，争取到更主动的位置罢了。

地官见他服了软，也不好继续逼迫，遂留下纸笔，让他把这次回天庭后的事情全部写出来，不得有半点遗漏。李长庚也不客气，开口道："听闻三官殿的茶很好喝，能不能给我来一杯？"地官大帝冷哼一声，吩咐人端来一杯，然后起身离开斗室。

李长庚先缓缓啜了一口茶，然后提起笔，在纸上龙飞凤舞地写起来。随着仙纸上落下的墨字增多，他的思路越发清晰。

关于在广寒宫、兜率宫和地府的谈话，他并没有隐瞒，因为三官殿肯定会去找嫦娥、老君和崔判官交叉求证。唯独和吴刚之间的交流，被他刻意忽略了——太白金星没撒谎，吴刚提供的关键信息，是通过劈树的裂隙交流的，从来没讲出来。

只要那段"对话"没暴露，他就不算犯大错误。

太白金星在启明殿做得甚久，虽说多是俗务琐事，无关修道宏旨，但他得以洞悉仙界种种纠葛与规则。此时他脑中反复推演、弊利删留，正好理清思路，与脑内的过往经验印证。写着写着，他感觉到玄机冲发，道心守中，举一气而演万物，万千因果自行衍变。有意无意间，一个可能的真相徐徐浮现在灵台之中。

那一场震惊三界的天宫大乱，恐怕不是孙悟空干的，至少前一半不是。他是替另外一人背了锅，而且那一人的身份——几乎可以肯定是二郎神。

这一伙人平日里就放浪形骸，啸聚乱来。李长庚猜测，当日他们大概是去蟠桃园喝酒，喝得酩酊大醉，不知谁起头，跑去瑶池把蟠桃宴搅了个乱七八糟，然后又乘着酒兴去骚扰了广寒宫。

这桩祸事呢，说大也不算太大，无非是打伤了十几个力士侍女，损失了几十坛仙酒，砸碎了几百套上品盘碗碟盏而已；说小，可也不小，蟠桃宴是顶级大宴，上中下八洞神仙都会莅临，突然被迫取消，影响极其恶劣。

玉帝和这个外甥关系虽然一般，毕竟是自家人。自然有体己的金仙出面混淆事机，把他从这场祸事里择出来，再寻个旁人把罪名担下。昂宿和奎宿都是正选星官，只有孙悟空是下界上来的，没有根脚，又有闹事的前科，扛下这口锅最为合适。

为了防止有心人窥出端倪，金仙还刻意拨乱时序，隐去了广寒宫之事，前后安排了蟠桃园窃桃、兜率宫窃丹两次假事故，和蟠桃会的乱子连缀在一起。

如此一来，在揭帖里体现出来的，便是一个严丝合缝的故事：孙悟空先在蟠桃园监守自盗，然后大闹瑶池蟠桃会，再去窃取金丹，酒醒之后畏罪潜逃下界——这故事因果分明，动机清晰，风格也符合孙悟空能力与脾气两头拔尖的一贯形象，绝对是高人手笔。

是以揭帖一公布，天庭无人疑心，就连李长庚听说之后，都觉得"这确实是猴子会干出来的事"，不疑有他。

说起来，这也算是护法的一种，所有的劫都是安排好的，所有的乱子都是刻意演出来的。

反正孙悟空你就是个侥幸上天的外人，管的不是畜牧就是果园，本来也没什么前途。扛下这一桩因果，虽说于名声有损，但私下里多拿些补偿，也不算亏。

李长庚能想象，金仙为了说服悟空，大概许诺了不少东西，也做了不少威胁，或者这两者本来就是一回事——比如说，花果山群猴的性命。

你好好合作，群猴安享长寿；你不好好合作，群猴生死便不能保证了。即使是孙悟空这样桀骜不驯的大妖，终究也有软肋。这就是为什么天庭会平白多了一笔花果山灵保拨款，想必这便是孙悟空扛下罪名的条件，要保证花果山的猴子们长生不死。

李长庚推演至此，不由得叹息一声。

孙悟空斗战的本事不小，但玩心眼还是太过稚嫩。黑锅这种东西只要扣在头上，甭管你冤枉不冤枉，都得落一头灰，再没有洗干净的可能。你若错信了别人的花言巧语，稀里糊涂先扛了罪，回头人家一翻脸，你连辩解都没机会。

太白金星跟二郎神打过几次交道，此神心性偏狭多疑，就算有孙悟空出面顶罪，他也不会踏实，非坐实了猴子的罪名不可。后来那十万天兵讨伐花果山，八成就是他撺掇的，二郎神甚至还亲自上阵。

真正的肇事者上门来抓背锅的，这未免欺人太甚。以孙悟空的火暴脾气，肯定忍不了这种欺骗——怎么着？我平白认了个罪，你们倒来劲了？这和之前说的不一样啊。最终导致他情绪彻底失控。

二郎神的目的，大概就是蓄意挑起猴子的怒火。只要你一闹起来，就彻底没理了，他可以名正言顺地镇压。唯一漏算的是，孙悟空动起真火来，斗战实力恐怖如斯，一步步打到灵霄宝殿前，至此事态完全脱离了控制。

李长庚一直纳闷，当初玉帝为何放着三清四御不用，偏要请佛祖来处理。现在来看，八成是玉帝担心孙悟空在天庭交游广泛，存在真相泄露的风险。找个外来的和尚制服猴子，又是在五行山异地关押，可保无虞。

对佛祖来说，亦是乐见此举。孙悟空是在天庭犯下大错，然后被灵山镇压。他闹的事越大，越显得佛法无边。将来再安排一出皈依释门的戏，简直是浑然天成的弘法宣传素材。

李长庚推演至此，搁下了毛笔。这些推演，并无太多实据支撑，许多关键处皆是脑补。但他并非断案的推官，只要几块碎片飘在恰当的位置，便足可窥到全貌。

天庭会有这样的事，李长庚是丝毫不意外的。他在启明殿那么多年，听过太多类似的案子。神祇子弟亲友犯了事，寻个无根脚的来替罪，实在是屡见不鲜。远的不说，单是取经渡劫里面，就有不少黄风怪这种戴罪的妖怪，在灵山大能麾下奔走。

从前这样的事，受害者都是没势力没本事的小人物，不知埋没了多少委屈，多少冤枉。这次赶上替罪的恰好是孙悟空，是个有能力有脾气的主，这才从一桩酒后胡闹的小事故演变到大闹天宫的乱局。整桩事盘下来，竟不是什么复杂的大阴谋，而是一个个私心串联所导致的结果。

现在李长庚总算明白，为什么奎宿和昴宿见到孙悟空，如同见到鬼一样。他们不是怕这猴子，而是怕他身上担着的巨大干系。万一猴子真要揭开秘密，只怕连他们两个当事人也要倒霉。

只是两个星官不知道，孙悟空在五行山下早就认命了。天庭还在持续给花果山拨款，维持着群猴寿命，他也只能忍气吞声，服从安排。

怪不得取经路上，孙猴子一路讥诮冷笑。他本来就身在一个大劫的表演之中，又陪着玄奘等人在取经路上演这么八十一难，着实荒唐。大罗金仙有本事遮掩天机，却终究难以遮住猴子那看透了荒谬的空洞眼神。

李长庚吹干墨汁，把供状从头读了一遍，突然哑然失笑。

要说这天机，还真难遮掩。连大罗金仙都没算到，这件事最后会被一只小小的六耳猕猴给揭开。那小猴子对仙界局势一无所知，自以为找到孙悟空包庇同党的短处，傻乎乎地跑去举发，引起了三官殿如临大敌一样的盘查，最后连李长庚都被卷进来了。

李长庚忍不住想，倘若六耳第一次去启明殿，他及时帮忙处理，是不是就不会牵出后头这么多麻烦。一因化万果，诚不我欺。李长庚略带惭愧地发现，自己一直说要帮六耳，也打心眼里同情他，但到头来，其实并没给予他什么实质性帮助。

他突然想起玉帝在文书上的批示，有了明悟。为何玉帝批了个如此暧昧的先天太极？你事做成了，那是陛下指点英明；反过来你事做砸了，也可以说陛下早有训诫。无论如何，都是玉帝洞见在先，这才是不昧因果、得大解脱的高妙境界啊！自己就是陷得太深……

一缕神念猝起，倏然点亮灵台。是了是了，早知道不去管这些事，便不必沾染因果；不明确表态，便不用惹出麻烦；收起同情与怜悯，也就无须为没完没了的琐事负疚了。

李长庚顿觉一股灵气直贯泥丸，导引着真气周游于全身，霎时走遍千窍百脉，全无滞涩，如洋洋长风，一吹万里。那正念元婴精神抖擞、通体明光。

卡了几百年的修行，居然在这个节骨眼上松动了。

第十三章

地官大帝回来的时候，李长庚已经写完了，坦然地喝着茶。地官大帝觉得这老头和之前有点不一样，可也说不上哪里不一样。他拿起供状扫了一遍："我们先研究一下，李殿主你先回去吧。"

这个反应，在李长庚的意料之内。

六耳举发这件事，虽然犯了大忌讳，但明面上不可说。明面上不说，三官殿便没有正当理由拘禁启明殿主这个级别的神仙——大家互相默会就得了。

地官大帝提醒，让他不许下凡，只在自家洞府里等待通知。李长庚问那下界取经的事怎么办，地官大帝说听陛下安排。

若是之前的李长庚，是要去争上一争的。不过他如今境界距离金仙又近了一步，也便淡然了，笑了笑，飘然出了三官殿。

一出殿门，他跟观音说了一声，对面立刻传音过来。看得出，观音很紧张。取经队伍已到了乌鸡国，正是更换弟子的关键时刻，他失联这么久，观音难免会有不好的联想。

李长庚也不好多说什么，只讲被三官殿请去喝茶。观音知趣，没有追问，只说起下界乌鸡国的进展。

如今玄奘师徒已经在井下救得乌鸡国主，那国主化成第四个弟子，前往乌鸡国王城而去，一切都依方略执行。观音说老李你若有事，就暂且歇歇吧，这一劫没啥问题。李长庚嗯嗯几声，搁下笏板，忽然发现自己居然没事可做了。

造销已提交，渡劫不用管，启明殿也暂时不用去。他平时忙碌惯了，陡然闲下来，坐在洞府里不知该干什么才好。

正巧镇元子传信过来："老李，听说你喝茶去了？"李长庚心想你小子消息倒灵通，回了个"嗯"。镇元子大为兴奋："因为啥事？"李长庚没好气地说："我帮你卖人参果的事暴露了，现在三官殿的人已经到五庄观前了，记得把天地二字藏起来。"

"我呸！我堂堂地仙之祖！还怕这个？！"镇元子笑骂了一顿，口气忽然变正经："说真的，老李，若是做得不顺心，辞了官来我五庄观吧。你在仙界关系那么熟，可以帮我多卖几筐。"

"嗐，我堂堂启明殿主，去帮一个地仙卖水果，成什么话？"

"哟呵，你还看不起地仙了！我这工作可清闲了，六十年才卖一次果，不比你在启明殿一天十二个时辰提心吊胆强？"

"我是要修金仙的，跟你不一样，对自己有要求。"

"要求个屁，瞅你现在忙得跟哮天犬似的，战战兢兢，可有一刻清闲？"

一听哮天犬，李长庚又想起大闹天宫的事，一阵烦闷，赶紧换了个话题。两人互相损了一阵，这才放下笏板。他从蒲团上站起来，走出启明殿，想去畜栏看看老鹤。

看守童子为难地表示，老鹤已然转生而去，凡蜕也被送走火焚了。李长庚不能离开天庭，只得手扶栏杆，原地站立良久。

不知是早有了心理准备，还是境界上去了，他竟没觉得多么悲伤，只有些淡淡的怅然。也不知是在哀悼老伙计，还是在向从前的自己告别。李长庚给崔判官打了个招呼，恳请他额外照顾，安排老鹤托生个好去处，然后回转启明殿。

他闭上眼睛，潜心修持起来。不知过了多久，李长庚忽然听闻一阵仙乐飘飘而来，钟磬齐鸣，一抬头，看到一张金灿灿的符诏从天而降。他伸手取下符诏，发现此符诏乃灵霄宝殿所发，说李长庚年高德劭，深谙仙法，敕准提举下八洞诸仙宫观。

"提举下八洞诸仙宫观"这个职位，主要是管下八洞的太乙散仙们。那些散仙平日里四处闲游，没个正事。提举只是要定期关心一下他们，发点仙丹、蟠桃什么的，再组织几场法会就够了，实在是个品优职闲的好差事。

李长庚对这个安排早有心理准备。他的供状没有破绽，三官殿不可能给出什么拿得上台面的罪名。但毕竟他和六耳关系密切，接触过敏感材料，没法百分之百洗清嫌疑。所以最好的办法，就是暂时调离启明殿，安排个闲职明升实降，先冷处理一段时间再说。

他把符诏搁在旁边，把取经以来发出的揭帖合集取过来，慢慢读起来。从双叉岭到平顶山，少说也有十几篇，都是他和观音一个字一个字抠出来的。如今李长庚不管取经的事了，以一个读者的眼光去阅读，心态轻松，感觉大为不同。

里面每一处遣词造句，都透露着微妙用心，背后都藏着一番角力。李长庚一路读下来，居然有一种玩赏的感觉。

读着读着，李长庚突然"嗯"了一声，心中忽地生出一股怪异的感觉。他翻回去又读了几篇，翻到三打白骨精一段，双目一凛，发觉了一个极大的问题。

他下意识要抓起笏板去提醒观音，可猛然想起自己已决意不沾因果，专心打磨金仙境界，于是悻悻地放下笏板，回到蒲团前修持。

这一次打坐，两个元婴又冒了出来。正念元婴滴溜溜地转着圈，说你已窥到了金仙门槛，正该稳固道心，澄清元神，不要让不相干的俗务拖累了升仙之道；浊念元婴急切摆着小手，说观音与你早有约定，眼见她即将有难，岂能在关键时刻袖手旁观？这是最起码的道义，总不能昧着良心不管了吧？

两个元婴各执一词，吵得不可开交，又打了起来。李长庚反复念诀，就是压不下去，因为这俩都是本心所诞，自己念头不通达，他们就没有消停的时候。李长庚天人交战了好一会儿，浊念元婴到底勉强压服了正念元婴，把它按在地上狠抽了几下，得意地看向元神。

他长叹一声，心想自己的浊念果然还是太盛，元神未至精纯。算了，新因不沾，旧果总要了掉。

乌鸡国这里有两桩因果，既然答应了观音和嫦娥，不如趁着现在还没到金仙的境界，最后再管一次，也算对他们有交代了。

李长庚把笏板从身旁捡起来，给观音传音过去。对方的声音很小："怎么了？我正在乌鸡国王宫呢，马上真假国主就要对质了。"

"我跟你说，大雷音寺这个方略，有问题。"

"怎么回事？"观音立刻紧张起来。

"假国主是真国主，真国主是假国主。"李长庚来不及解释，只点了这么一句。所幸观音和他已经磨合出了默契，沉默了两个呼吸，随后低声说谢谢老李，匆匆挂掉。

李长庚知道观音听懂了，至于怎么处置，就只能看她的临场发挥了。他搁下笏板，闭上眼睛，继续修持。

乌鸡国的渡劫方略，是大雷音寺指定的。当初李长庚读下来，特别不能理解，为什么设置了真国主失踪三年，还要额外安排青狮去演假国主三年？你这是测试心性，又不是谋朝篡位——这个安排纯属多余。

他刚才翻到三打白骨精这一难，看到六耳替孙悟空"打杀"了白骨精，猛然联想到了乌鸡国，才发现这安排并非累赘，而是包藏了用心。

取经弟子的名额，灵山诸位大德都想要。黄风怪是阿傩的根脚，如今文殊菩萨肯定也想把青狮运作进队伍。当初李长庚被审查的时候，文殊菩萨一直在问沙僧的事，显然对三弟子的名额十分上心。

之前观音讲过，取经三个弟子的搭配有讲究，青狮并不符合明面上的条件。于是文殊菩萨煞费苦心，通过大雷音寺，在乌鸡国的劫难里额外加了一场多余的设定。这个设定看似累赘，但在一种情况下成了无可替代的妙笔：乌鸡国主与青狮倒换了两次身份。

明面上，是乌鸡国主沉入井底，青狮代其上位，两人倒换了一次身份；实际上，他们还多倒换了一次：真正沉入井底的是青狮，而以假国主身份在乌鸡国生活了三年的，才是真国主。

如此一来，青狮便可以在井底等待玄奘，然后按部就班地演下去。等沙僧离队之后，青狮就能顺理成章地进入取经队伍，以乌鸡国主的身份西去。将来少不了一个金身罗汉的果位，不比当菩萨坐骑强？

至于文殊菩萨怎么说服真乌鸡国主配合，背后做了什么交易，李长庚不知道。事实上，他并没有什么真凭实据，只是靠着方略里一个不太自然的设定，推理出这种可能性罢了。

此事若是他自家多疑，还则罢了，若真被猜中，只怕观音处境会很不妙，所以他必须送出这个警告。至于观音信不信，信到什么程度，能不能扳回一手，就看她自家手段了。

李长庚内观了一眼，两个元婴小人算是消停了，各据丹田一角打坐，互不理睬。不过那浊念元婴的体形，看起来似乎比正念元婴小了一点，大概是又削去了一层因果的缘故吧？看来自己的浊念，又少了一点。

过不多时，织女从外头走进来。看见李长庚，她还是那句话："李殿主，我妈找你。"

李长庚轻轻笑起来，心里踏实了。

被调去提举下八洞，分两种情况：一种是上头彻底放弃他了，安排一个闲职做到天荒地老；另一种只是暂时的调整。后一种情况，在任命之后很快会有一场谈话，主要是安抚一下情绪，申明一下苦心。

这也是仙界惯常的套路。李长庚轻捋长髯，看向启明殿口。他这个提举下八洞诸仙宫观，正好是西王母的下属，她召去谈话理所当然。

织女似乎没意识到这个职位变动的意义，还笑嘻嘻地说："李殿主这回你得听我妈的了。"李长庚笑了笑："只要把本职工作做好，听谁的都一样。"

李长庚跟着织女，再次来到瑶池，还是在那个小亭子里，玉露茶依旧清香。西王母笑意盈盈地示意他落座，照例又问了几句斩三尸的闲话。李长庚说最近境界通透多了，整个人根骨都变轻盈了。西王母很是高兴："你那么忙还没搁下修持，足见向道之心如金石之坚，值得下次蟠桃会给诸路神仙讲讲啊。"

李长庚啜着茶水，心里却一阵琢磨。不知那一场大闹天宫，西王母在其中扮演什么角色？按说蟠桃宴被迫停办，她是最大的受害者。不过到了金仙这境界，无不可交换之事，大概玉帝与她也有一番默契……

正想着，正念元婴突然"唰"地睁开眼睛，狠狠地抽了元神一个耳光。李长庚一个激灵，立刻收回心思。关于大闹天宫的一切，不过只是他个人的猜测，没有证实，也不可能证实。再说就算证实了，又如何？到底是二郎神还是背后有什么神仙，西王母到底什么心思，真那么重要吗？孙悟空已被安排了起复之路，还是在灵山那边，人家自己都不闹了，你一个局外人还较什么劲？

元神在正念元婴的帮助下，把浊念元婴按在地上狠抽，抽到它动弹不了，李长庚的情绪也慢慢平复下来。闲扯了几句之后，西王母忽然道："金蟾的事，真是辛苦你了。"

李长庚心里一动，果然西王母从一开始就知道广寒宫的事。他忙道："金蟾能力很不错，这份功德是他自己挣来的。"西王母道："本来呢，我也只是受人之托，让他去下界锻炼一下。没想到他居然成了正选弟子，这都多亏了你平时用心提点。"

"啊？"李长庚一怔，旋即明白过来，这肯定是乌鸡国那一难完结了，可——怎么沙僧还留下来了？西王母看出他的疑惑，拿出一张揭帖："小李你是太沉迷修行，都忘了外头的事了。"

李长庚拿过揭帖一看，整个渡劫过程和之前大雷音寺的方略没太大区别，只有一点不同：那乌鸡国主得救之后，自愿把王位让给玄奘。玄奘坚决不受，乌鸡国主便回归王座，师徒四人继续西行。

至于那头作祟的青狮，则被文殊菩萨及时接回了天上。而沙僧既没和妖魔大战，更没有牺牲，不显山不露水，在揭帖里几乎没有存在感。

可李长庚知道，揭帖越是平实，说明背后越是风起云涌。观音八成是用上了什么极端手段，逼退了青狮，让文殊菩萨无功而返。只是乌鸡国主为何放弃当金身罗汉的机会，却无从得知。

糟糕，糟糕，那我岂不是失约于观音了？李长庚内心微微一震，缓缓放下揭帖："这是金蟾的缘法到了啊。"西王母道："既化解了恩怨，又保举了前程，这都是小李你耐心劝解的缘故，真是高明，高明。"

看来嫦娥果然没有失约，他安排好了金蟾，她也向西王母吹了风。李长庚暗自松了一口气，他隐隐感觉到，这份因果，似乎也与五百年前的事有关系……但不必细想。

"自从取经这事开始以后，小李你忙上忙下的，委实辛苦。织女一直跟我说，李仙师一心扑在护法上，没日没夜地操劳，她看着都心疼。"西王母慢条斯理地讲着话。

其实织女每天一下班就走，有时候还提前下班，哪看过李长庚加班的模样。西王母这么说，其实是充分肯定了他之前的工作成绩。

"不过咱们修仙之人呢，不能一味傻出力，也要讲究法门。有张有弛，才是长生之道。"西王母讲到这里，意味深长地顿了一下，"如今从启明殿主改成提举下八洞，你可有什么想法？"

"修仙之道在其心，不在其形。大道无处不在，哪里都有仙途上法。"

西王母听李长庚表了态，很是欣慰："我知道你在忙西天取经的事，不过那说到底是灵山的活。咱们天庭帮衬到这里，也算仁至义尽了。你这样的道门菁英，总不能一直为他们释门鞍前马后地忙活，长此以往，主次也不分了。"

李长庚连连颔首。西王母这一番话，既是敲打他之前的举止有些逾越，也是暗示天庭从乌鸡国之后，不再主导取经的护法方略，最多就是配合一下。

也对，玄奘的二弟子三弟子都是天庭的根脚，灵霄殿占了不小的便宜，是时候收手了，不然真的跟灵山"主次不分"了。而且这样一来，李长庚调任别处，也有了明面上的理由，显得不那么突兀了。金仙们的考虑，真是滴水不漏。

这时浊念元婴又晃晃悠悠从地上站起来，擦擦鼻血。李长庚小心翼翼道："听说金蝉子不在灵山传承序列之内，正途弟子们一直有些不满，我道门确实不好介入太深。"

这是一个伪装成陈述句的问句。佛祖何以一心扶持玄奘西行？到现在他也没想明白。

西王母哪里听不出他的意思，眼睛一眯："小李你这元婴还不太精纯啊！"李长庚连忙俯首，一身冷汗，自己怎么一下没把持住，又多嘴了。西王母见他态度诚恳，淡淡说了一句："灵山之事，互为因果，等你得证了金仙境界就明白了。"

她这一句话信息量很大。李长庚一时间脑子飞快转动。互为因果？就是说，佛祖扶持金蝉子，引起正途弟子抱团不满，这句话也可以反过来理解——因为正途弟子们抱团，佛祖才要扶持金蝉子？

灵山传承有序，意味着所有修行者都要循正途修行，皆会化为体系的一部分。李长庚知道，体系这玩意儿一旦成长起来，就会拥有自我的想法，就连佛祖的意志也难以与之抗衡。佛祖大概对正途弟子抱团多少有点无奈，这才决定开个方便法门，从正途之外引入些新人。

怪不得大雷音寺在取经途中各种微妙的小动作，与法旨有微妙的不协调；怪不得佛祖宁可从阿弥陀佛那里借调观音来当护法。可金蝉子到底是什么来历？竟能承担如此大任……

西王母的声音适时响起："小李啊，我都说了，灵山的事，天庭帮衬到这里就可以了，要分清主次。"

李长庚赶紧把思绪收回来，对，对，灵山的事跟自己有什么关系？

西王母道："这次我把你从启明殿借调过来，是需要有人帮我看顾那些太乙散仙。那些家伙钓鱼弈棋饮宴一个个积极得很，组织他们去听场法会，好嘛，都跑回洞府闭关去了，还得三催四请。你资历老，手段高，肯定有办法。"

"太乙散仙都是仙班菁华，我一定用心照顾。"

李长庚敏锐地捕捉到了西王母话里的关键——"借调"。既然是借，自然有还，也就是说，他只是临时来帮衬一下罢了，根脚还是落在启明殿。

西王母见他明悟，满意地端起茶杯啜了一口，眼神变得深邃："我看你头顶三花形体清晰，境界应该是临近突破了。我作为过来人，送你两句忠告：超脱因果，太上忘情。"

直到离开瑶池，李长庚还是晕晕乎乎的。

西王母那一句话既是警告，也是承诺。很显然，他录下的供状固然天衣无缝，但金仙们仍疑心他推演出了大闹天宫的真相，这才有了临时调职的举动。只要李长庚识相，不要再触及此事因果，未来调回有望；倘若能斩断无关俗缘，更是金仙可期。

至于怎么斩断，这就要看他自家是否能做到太上忘情了。

李长庚心中感慨，没想到六耳这一闹，既是自己的劫数，亦是自己的机缘。之前迟迟没有进境，就是太过感情用事，以致因果缠身，看来以后要贯彻忘情大道了。

一念及此，体内那两个正在打架的元婴又发生了变化。浊念元婴凭空缩小了一圈，正念元婴却越发精纯起来，奋起反攻，把浊念元婴一脚踹翻在地。

回到启明殿，李长庚先给观音传音过去，对方很快就接了。此时他心里颇为忐忑，沙僧没有离队，等于他没完成承诺，只怕观音要大大地发一次雷霆了。

"呃，大士……乌鸡国的事完了？"

"完了。"观音回答。她声音如常，甚至还有几分欣喜的味道。

"怎么回事？为什么沙僧还在？"李长庚小心翼翼。

那边传来一阵轻笑："老李你别担心，这次是我做主，把他留下的。"

"啊？怎么回事？"

"你之前不是传信来提醒我嘛。我来不及重新布局，索性传信给悟空，让他直接揪住青狮变的国主往死里打，把他打回原形。结果打到一半，藏在半空的文殊赶紧冒头，说别打了别打了。但青狮已然现出原形，李代桃僵之计演不下去了，文殊只好说了几句场面话，把坐骑捞了回去。"

李长庚没料到，观音直接来了个暴力掀桌，一力降十会，把文殊打了个措手不及。

观音笑吟吟道："我还质问了文殊一句，假国主窃据王位三年，秽乱宫闱，传回灵山是不是影响不太好？"李长庚开始没听明白，再仔细一琢磨，不禁连声道："你可真狠，真狠……"

大雷音寺给的方略，是真国主被困井下，青狮扮的假国主在王城。文殊以此为基础，让两人调换了身份，青狮假扮的国主在井下，真国主依旧待在王城。

这个计策，固然可以让青狮混入取经队伍，但也造成一个意想不到的后果。

大雷音寺的方略里曾打过一个道德补丁，说假国主不行人道，从不碰王后。但人家其实是真国主，跟老婆住一起哪有不行敦伦的？

观音敏锐地抓住了这个错位矛盾，坚称是青狮淫人妻子，秽乱宫闱。这一下子，给文殊抛了个难题：如果他辩称睡王后的是真国主，自己的李代桃僵之计就要破产；如果他说睡王后的是假国主，那就承认青狮犯了淫戒，还是要被严厉惩戒。

"那文殊后来怎么回应的？"李长庚很好奇，他觉得这局面根本无解。

观音道："文殊还是很有决断的，他在青狮胯下一掏，说他这坐骑是骟过的。"李长庚眉头轻挑："这……这是真的吗？"观音哈哈一笑："原本不是真的，他掏过之后，就是真的了。"

李长庚倒吸了一口气，胯下一凉。这文殊下手真是果决，为了脱开干系，居然现场把坐骑给骟了——这青狮也是倒了血霉，平白从公狮变成狮公公。

"但是就算青狮离开，三弟子的人选也该是真正的乌鸡国主啊？"

观音耸耸肩："那个乌鸡国主跟我坦白了。他其实压根不想去西天取经，就想在乌鸡国陪老婆孩子。所以他当初才

241

故意把文殊沉到护城河里三天，以为这样就不必去灵山了。居然真有这样的人，我也是服了……"

李长庚"嗯"了一声，青灯古卷伴佛前固然前途大好，但也有人宁愿守着一亩三分地过日子，这乌鸡国主，不过是另一个镇元子罢了。

"青狮没机会去，这乌鸡国主也没心思去。如果从灵山再调一个来补额，又是一番蝇营狗苟，我都烦了，还不如维持现有队伍。金蝉这人不错，疾恶如仇、是非分明，我很欣赏。他到西天成就金身罗汉，我是能接受的。"

李长庚没想到，这个他头疼了许久的难题，居然会以这种方式化解，真是仙算不如天算。心中一块顽石，总算稳稳当当落在地上。

"对了，劫难都申报了吧？"

"乌鸡国救主二十六难，被魔化身二十七难。老李，咱们正好完成三分之一的定额了。"

观音乐呵呵地说，李长庚迟疑片刻，开口道："大士啊，我刚接到调令，不在启明殿了，去提举下八洞诸仙宫观。"

对面陷入了沉默，良久方道："是因为黄袍怪的事吗？"李长庚本想说不是，可话到嘴边，觉得还是不要提真正的缘由比较好，免得她也沾上因果。

"跟那个有点关系。"他含糊地回答。

这不算撒谎，若没有奎木狼出首，他也不会被三官殿审查。

观音很内疚："都是我连累你了，老李。若不是我硬拉着你去管闲事，你也不会……"李长庚洒脱一笑："大士不必如此。你之前说，咱们做神仙的，得以普度众生为念。哪怕是演出来的，也是因为内心认定这是正理。黄袍怪那件事，我一点也不后悔。只是不能陪大士一起护法渡劫，诚为憾事。"

此言一出，对面半晌方徐徐道：

"说实在的，当初我刚接手这事时，是不怎么看得起老李你的，觉得你就是一个油腻圆滑的老吏，正好做我的踏脚之石。后来被整了几次，我一度觉得你是个笑里藏刀……啊，不对，这个词还没传到下界——我一度觉得你是个阴险的老神仙。直到真正做起护法，我才体会到这里面有多复杂。你能理顺千头万绪，平衡方方面面，还得提防宵小作祟，实在太不容易了。若非有你，我就算熬得过黄风岭，也绝闯不过乌鸡国。真的，谢谢你老李，谢谢！"

观音的声音，居然带了一丝哽咽。

李长庚有点害羞地抓了抓玉冠，正要发几句感慨，却猛然想起西王母那八个字的教诲，赶紧把情绪强行按住，语气尽量淡漠："大士不必难过，我只是调职，又不是兵解，他日总会相见。"

观音敏锐地注意到了对方语气的细微变化："既然如此，在这里……预祝李仙师早悟大道，成就金仙。"

李长庚忽然又想到一件事，又叮嘱道："倒是有件事，大士千万留神。"

"什么？"

"乌鸡国后面的路，得你自己走了。"

观音会意。接下来正途弟子们的小动作肯定更多。比如那头青狮，平白被骗了，难保不会在前路纠集同伙，含恨报复。

"我有心理准备，谁让我在这个位子上呢？"观音苦笑，"老李你心心念念要成就金仙，我又何尝不想更进一步？"

这一仙一菩萨，俱是轻轻一叹。

"对了，老李，你如果那边工作不忙，在取经队伍这里挂个顾问吧，也不要你做什么，就有个由头，能时常聚聚。"

"那是自然。虽然我不能参与护法，但偶尔通个风、报个信，在天庭协调一二，还是能做到的。"

李长庚话说出口，才意识到自己又要沾染因果了。他胸中忽然涌现一股冲动，这冲动颇有些古怪，正念元婴没有阻止，浊念元婴也不搭不理，任由他的元神脱口而出："我突然得了一首临别诗，送给大士……"

话没说完，观音那边已经把传音挂掉了。

这桩因果就此了结，不知为何，李长庚心中一阵轻松，也一阵怅然。要做到太上忘情，何其难也！他在心里提醒自己，不能再忍不住去多管闲事了，要无情，要淡泊，要清静无为……

接下来的日子里，李长庚严格遵从这个原则。他职权虽改，殿阁却没变，仍在启明殿内办公。下八洞实在没正经事可管，他就喝喝茶，看看各地的揭帖，谁来问都是一脸和蔼的笑容，口中总是好好好。

可惜的是，修行始终没什么进境。李长庚努力让自己清静无为，和麻烦保持距离，可每次打坐总觉得心思仍不够纯正，那个浊念元婴虽然整天被打得鼻青脸肿，可怎么也消不掉，让他距离金仙的门槛始终差着一口气。

归根到底，是因为西天取经发来的揭帖，他篇篇不落，看得很是仔细。在揭帖里，观音带着取经队伍，依旧顽强地向前推进。李长庚能看出来，观音一会儿收一个童子，一会儿放出一条金鱼，可见每一难背后恐怕都有一番折冲樽俎。

李长庚刻意雾里看花，不去琢磨其中深意，但还是有两次例外。

一次是在车迟国，他跟观音打了个招呼，把劫难给了虎力大仙和他两个师弟，下凡去托个梦，算是还了地府的因果；另外一次是女儿国，猪八戒"误喝"了子母河的水，算是还了对嫦娥的承诺。

顺带一说。这一劫中，昴日星官居然下凡来帮忙，治好了孙悟空被蝎子蜇的伤。李长庚初觉诧异，再一细想，大概昴日星官是天庭派下来试探悟空态度的。当年那场隐秘之事被六耳揭破一角，天庭着实慌乱了一阵，他们得确定当事人心思没变化才安心。

这种试探，恐怕不止一次。李长庚凭着经验猜测，这几位星官甚至包括二郎神，都会轮番下界，打着护法旗号去摸孙悟空的底。以现在猴子的态度，冰释前嫌是不可能的，但也不至于上来就翻脸，最多是不理不睬，他的怒火早在五行山下熄灭了……

算了，算了，这些事与己无关，不必多想。

眼见着一桩桩事情了却因果，李长庚感觉身体逐渐轻盈，心中暗喜。看来这些时日刻意淡泊还是有用的，至少"超脱因果"有希望了。

他搁下揭帖，正打算继续修持一阵，忽然看到虎力大仙传音过来。他以为对方是来感谢的，随手接起。没想到虎力大仙硬邦邦来了一句："仙师，我们检索到通臂猿猴的下落了。"

第十四章

再来地府，这里依旧是一派阴风惨惨的风景。李长庚和虎力大仙一起走向奈何桥，一路上游魂明显少了很多，鬼哭声也消停了不少。

"看来生死簿修好了？"李长庚恭喜道。虎力大仙撇撇嘴："勉强好了，但地府非说是我们祭炼出了问题，到现在扣着尾款不给。若不是仙师在车迟国让我们做了一单，只怕我们小道门都饿死了。"

"那到底是不是你们的问题？"

虎力大仙苦笑着摇头："我们做过排查，那次崩溃，正是因为生死簿里猴属那个似空非空集的缘故。地府跟我们做交接的时候，压根没提这事。我们按正常步骤来祭炼，一处错，处处都对不上榫头，可不就出岔子了？须怪不得我们。"

李长庚不知他这是在反讽还是单纯在讨论技术。虎力大仙兴致勃勃道："仙师你可知道，那似空非空集是谁改出来的？"

"谁？"

"阎罗王。"

"啊？不可能吧？"

"是用他的名录登的。我们去跟阎罗王求证，一对时间，正是孙悟空大闹地府的时候。是他强夺了阎罗王的名录，上去改出来的。"

李长庚眉头一挑，没想到这事还能追溯到孙悟空身上，一时有些犹豫。

可惜这时也不能反悔了。奈何桥头，崔判官拘着一个魂魄走过来，影影绰绰的，好似猴子的形状，又似他物，身形忽聚忽散，看不真切。

"通臂猿猴？"李长庚上前问。

魂魄微微动了一下，似有感应。崔判官道："这是我们好不容易检索出来的，发现时他已经快魂飞魄散了，连形体都模糊不清，如同一团黑气。李仙师有什么话，得尽快问。"

虎力大仙赶紧施展阴阳大法，调整了一通，通臂猿猴的魂魄才变得清楚了一些，勉强能看出五官。

"分辨率只能调到这个程度了。他不能言语，只能点头或摇头，不过无法说谎。"虎力大仙解释，"他此时三魂七魄不全，说谎需要调动大量魂力，超出了他目前的处理能力……"

李长庚没理会技术性解释，拘着通臂猿猴来到奈何桥旁一处无鬼之地："我来问你，当初孙悟空离开花果山，前往

斜月三星洞拜师，是不是你安排的？"

通臂猿猴的魂魄呆呆注视着李长庚，缓缓点了一下头。

"菩提祖师的弟子名额，是不是你篡改了一只妖怪的履历得来的？"

通臂猿猴迟疑片刻，点点头。

"那只妖怪，是不是叫六耳？"

答案依旧是点头。

李长庚又问道："那孙悟空知道这件事吗？"

通臂猿猴摇摇头。

"孙悟空为什么要闯入地府，篡改生死簿？"李长庚问出来，才想起通臂猿猴只能点头或摇头。他调整了一下问题："孙悟空大闹地府，篡改生死簿，是为了掩盖他的出身吗？"

通臂猿猴摇头。

李长庚连问了数十个问题，却始终不得要领。眼看通臂猿猴的魂魄差不多要散去，李长庚细思片刻，发现自己还是顺着阴谋论去问了。其实很多事情没那么多算计。他迅速调整思路："他篡改生死簿，是为了你能多活几日？"

通臂猿猴点头，形体激烈地抖动起来，几乎要化为飞烟。

果然！

李长庚长长吐出一口气。通臂猿猴在孙悟空艺成之后，寿数就已经快到头了。石猴与他感情至厚，这才强闯地府，改了生死簿强行续命。后面天庭与孙悟空谈判，想必是从这个举动里得了灵感，用通臂猿猴和其他猴子的寿数做交换……停！打住！

正念元婴发出嘶声警告，再往下就又要进入危险领域了。

李长庚想了想："这件事，是有人指使你的吗？"通臂猿猴摇摇头。他微皱眉头，换了个方式："你是自己把这件事办成的？"通臂猿猴点头，这个回答出乎李长庚的意料，他不甘心地追问了一句："是你出于自愿，贿赂三星洞负责招收门徒的管事，让他替掉了履历？"

通臂猿猴最后勉强点了一下头，然后坍缩回一团灰蒙蒙的阴气。李长庚没奈何，把那残魂拘回奈何桥前，交给崔判官去走转生流程。

其实李长庚本心是不想碰这事的，这不符合"太上忘情"的要旨。但考虑到六耳至今仍下落不明，恐怕会成为自家的心魔。为了金仙境界，他觉得还是尽快把这桩小事了结了比较好。

先断因果，才好忘情。

他回到启明殿，略加查询，愕然发现当年在斜月三星洞负责招徒的管事，几百年前就得道飞升了，如今在三官殿任职——恰好就是陪同地官大帝审讯李长庚的那位仙吏。

嘿，这家伙也真坐得住。地官大帝和李长庚就六耳的动机吵了半天，他一个当年的知情者，却在旁边一言不发。

正好，之前李长庚在三官殿喝了两次茶，如果不把对方的人带到启明殿来喝一杯，岂不是礼数有缺？李长庚二话不说，发下文书，指名道姓让那位仙吏前来问话。

三官殿和启明殿平级，可不代表李长庚和那个仙吏平级。仙吏很快慌里慌张地赶过来，一见面就作揖赔笑，解释说："之前是职责所在，并不是针对李老仙师，下官在谈话时可是一言不发，半点不曾为难。"

李长庚笑眯眯地端过一杯茶来，看着仙吏勉强喝下去后，才慢条斯理道："我如今提举下八洞，不管启明殿这块了。这次唤你来，是私下有事请教。"

仙吏眼前一黑，这话听着更吓人了。私下请教，意味着明面上的限制就没了。他在三官殿对人事安排极为敏感，知道太白金星这"提举下八洞"不过是临时安置，不能当成真的闲职看待。万一哪日得证金仙，想让一个小吏生不如死，都不必自己动手。

仙吏擦了擦额头上的汗水："我一定知无不言，知无不言。"李长庚道："你飞升之前，可是在斜月三星洞菩提祖师座下做事？"仙吏连连点头："在下当时是在三星洞里做一个都管。"

"孙悟空替掉六耳的履历，是你操作的？"

仙吏脸色一变，连忙推脱道："我不太记得了。"李长庚也不催促，就这么笑眯眯把茶杯朝对面推了一推。仙吏登时绷不住了，身为三官殿的人，轮到自己被盘问的时候，才知道抗拒有多难。他嗫嚅道："飞升以后，俗世因果都已斩断，真的不太记得了。"

李长庚和颜悦色道："你心里莫有负担，我不是来追究责任的，只想求个明白而已。"

仙吏如坐针毡，只得承认是他经手，然后简单解释了几句。

菩提祖师讲究有教无类，所以三星洞每隔几年招收的外门弟子，有一定比例，分别是妖、怪、精、灵这四种。那一年，恰好有一个叫六耳的猴妖申请入门，各项考核都通过了，履历送到这位都管手里。恰好通臂猿猴找过来，恳求他塞一只石猴进去，都管便抽出六耳的履历，把石猴替进去。

那两只猴子相貌仿佛，经历类似，就算站在面前，寻常人也分不清楚，别说只看履历了。三星洞外门只知道本年度招了一只开灵智的猴子，至于是哪只，却完全没有细察。

仙吏解释完以后，李长庚好奇道："通臂给了你什么好处，让你做这样的事？"

仙吏愣了一下："他送了我一船新鲜瓜果。"

"什么？"

"花果山的瓜果口感好，汁水足，甜度高，保存时日又长，我在天庭都很少吃到……"

李长庚赶紧打断他的话："你不要说假话，那可是菩提祖师门下弟子的名额，干系何其重大，一船水果就搞定了？"

仙吏赔笑："仙师想差了。菩提祖师的真传弟子，名额确实金贵，做不得假。但外门弟子每年都要招几百个，冒籍顶替常见得很——谁知道孙悟空后来独得了祖师青睐呢？"

李长庚一怔，旋即拍了拍脑袋："是我想差了，想差了……"

他原来一直疑惑，通臂猿猴一只野猴子，怎么有本事篡改六耳的履历？如今听仙吏一分说，才反应过来，根本是自己的思路错了。

他老觉得那两只猴子能耐大、成就高，下意识觉得他们的履历被替换，必有高人在背后指点。其实在拜师之前，无论石猴还是六耳，还只是毫不起眼的小妖。在三星洞都管的眼中，区区一个外门弟子的道籍罢了，多大点事，一船花果山的瓜果足够了。

至于孙悟空后来从外门混到内门，又从内门混到祖师真传，那是他自家努力的结果。到了他上天成名之后，仙吏对此更是讳莫如深，提都不敢提。

所以，并没有什么惊天阴谋，不过是凡尘中每日都会发生的事罢了。恐怕三星洞外门还有其他被冒名的倒霉鬼，只是连发声都没机会，不知埋没了多少在地府里。

孙悟空和六耳一个资质高绝，成就惊人；一个执着顽固，只认死理，这才让这一桩冒名顶替的勾当格外刺眼。

李长庚感慨了一通，遣退了仙吏，展开玉简，奋笔疾书，把调查所得写成一份文书。

这是一份关于六耳举发孙悟空冒名拜师之事的正式回应。李长庚没做丝毫隐瞒，如实落笔，把前因后果写了个分明。虽说他自己就是神仙，可还是忍不住要叹息命数之玄妙。

通臂猿猴为了悟空，窃走了六耳的资格；悟空感念通臂猿猴的恩情，闯进地府为他改了命数。几百年后，生死簿因为这一个小小的错谬，导致崩溃，直接把通臂猿猴带下地府；而六耳借着这个机会，从花果山处窥见了天庭的秘密一角，引发了后面的一连串大乱。

他从前听元始天尊说法，说西天灵山的金翅大鹏拍动一下翅膀，会导致东海龙宫一场风暴，以此譬喻世事无常，因果交替，总有那"遁去之一"居中变化，任大罗金仙也无法算尽天数。如今一看，果不其然。

当然，这些感慨自然是不能写的，李长庚把文书范围严格限定在"冒名顶替"之内，不涉其他。写完了玉简，李长庚郑重地用了一个启明殿的印，填上六耳第一次递诉状的日期，提请灵霄宝殿裁定。

李长庚知道，这份文书什么也改变不了，但至少对六耳是一个交代。虽说那小猴子不知躲在哪个山沟里咬牙切齿，但既然答应过要给他一个说法，那就给他一个说法。

灵台之内，浊念元婴再三跟正念元婴保证，这是其在启明殿的最后一项调查，也是成就金仙前的最后一桩因果。从此之后，李长庚便可以毫无挂碍了。正念元婴将信将疑，但见浊念元婴鼻青脸肿，估计闹不出什么花样，也便睁一只眼闭一只眼了。

让守殿童子把文书送出去之后，李长庚啜了口茶，把袖管里六耳的一缕妖气取出来，想把这个好消息告诉那野猴子。可是做了半天法，却不见回应。这野猴子从三官殿逃下去之后，一直没有踪迹，就连千里眼和顺风耳都寻不见。

"算了，等风头过去，过些日子再去寻他吧。"李长庚无奈地把妖气收回，继续喝茶。过不多时，守殿童子送完文书回来，顺便把最新的揭帖搁在案上。

李长庚喝饱了茶水，又闭目养神了一阵，这才懒洋洋地把揭帖拿过来。这一看不要紧，"哐当"一声，茶杯跌落到了地板上。

这揭帖已推进到了四十六难。上面讲突然出现一个假猴王，与真猴王一番争斗，不分胜负，打遍天上天下，最后到了如来佛祖面前，才真相大白，假猴王被当场打死，原来是一只六耳猕猴。揭帖总结说，这猴子其实是孙悟空自己的心魔所化，一体两心，善恶兼备，唯有刻苦修持，方可扬善泯恶，战胜自我云云。

李长庚自然不会信揭帖总结出的大道理，他当即传音给观音，问怎么回事，那边观音长长叹息一声，说："老李我也不瞒你，这一难，其实是个意外。"

取经队伍原本要去火焰山，结果半路休息的时候，突遭袭击。袭击者是一只猴子，长得和孙悟空一模一样，从路旁冲出来，举着棒子就砸。孙悟空本来没打算和他起冲突，他却不依不饶，最后两个一路打到灵山脚下，他疯了心，居然连佛祖法座都要冲击，结果被护教金刚们合力击毙了。

"那只假猴王，就是三打白骨精时替悟空出手的那位吧？"观音问。

李长庚默然点头。

"他干吗袭击取经队伍？是老李你没结钱，过来讨薪吗？"

李长庚还没回答，观音自己又给否定了："不对，不像是讨薪，他那做派跟主动求死似的，嚷嚷着什么'我才是真的，我才是真的'，对着孙悟空狠打，不管不顾，满眼绝望。唉，那神情，和孙悟空几乎一样。所以我一度都被迷惑了——老李你知道他这是怎么回事吗？"

"许是受了什么委屈，无处宣泄吧？"李长庚口气虚弱地答道，然后面无表情地放下笏板。

世人包括观音在内，都以为六耳变成孙悟空，是为了骗过取经人的眼睛。只有李长庚明白，那不是他的本意。他只是走投无路之后，被迫用最极端、最绝望的行为向三界发出呐喊："孙悟空"这个名字、身份和命运，本是属于他的。六耳唯有如此，才能争取到一个说法。

可惜的是，揭帖公布出来，他非但没讨回身份，自己反倒被说成是孙悟空的心魔，又一次背上被替代的命运。

李长庚回顾至此，忍不住想，倘若当初自己查实了这桩小事——不，哪怕自己态度只是稍微用心一些，也许结局便大为不同。

不对，不对。当初如果自己硬着心肠不管，赶六耳下界，他早早失望，也就没这事了。正是自己偶发善心，给了他虚假的希望，却又没办法解决，才导致这一场悲剧。

不要去学吴刚伐桂，徒劳地砍了那么久，却一丝痕迹也没留下，到头来都是一场空。这……这不正是太上忘情的真意吗？

李长庚陡然感到一丝灵光乍现，俯身把茶杯从地上捡起来，连忙坐回到蒲团上修炼。体内的正念元婴"嗷"了一声，飞扑过去把浊念元婴压住。浊念元婴灵力虚弱，动弹不得，只是嘴里还在聒噪不已。

李长庚心里堵得厉害，根本无法凝神。他索性不修了，大袖一摆，默默走到南天门外，跟王灵官打了个招呼，来到六耳当初站立的地方。

南天门外罡风阵阵，李长庚把怀里的报告副本取出来，蹲下身子，打出一团三昧真火。只见玉简徐徐化成一团光焰，袅袅飘散，幻化成一个头如花环的身影。只可惜罡风猛烈，这玉烟到底没能飘进南天门。那身影弓了弓身子，很快消散开来，淡不可见。

随着那个身影消散，李长庚的浊念元婴也不再嚷嚷，眼皮缓缓合上，被正念元婴一记锁喉掐晕过去。

从那一天起，李长庚变得比以前更加沉默，连取经的揭帖也看得少了，只偶尔了解一下进度，每天一心扑在下八洞的事务上。与他接触的同僚，发现老李眼眸越发深邃，难以捉摸，讲起话来也越发滴水不漏。镇元子偶尔传音过来，还会抱怨说老李现在讲话跟发公文似的。

几天之后，启明殿忽然接到一封协调文书，本来是分派给织女的。织女正好刚把衣服织完，急着下界去给孩子试，就央求李长庚替自己跑一趟。李长庚为难道："我如今虽然暂在启明殿办公，可工作在下八洞，怎么好越权呢？"

织女娇嗔，一拽他袖子："哎呀，我听我妈说，您的调令就快下来了，马上就能回启明殿，不差这几天。这原本就是您的事务嘛，熟门熟路，就帮我去一趟吧。"李长庚耐不住她纠缠，只好答应下来。

织女高高兴兴地离开，他打开文书一看，整个人淡淡笑了一声，拂袖出了启明殿。

殿外正候着一只五彩玉凤，气质高雅端庄，造型极为华丽。这是李长庚新得的坐骑，他熟练地跨上去，一摆拂尘。玉凤迎风鸣叫一声，展开斑斓双翼直冲云霄，一路上金光四射。

只是转瞬间，他便飞到了南天门。在那里，一个熟悉的身影正在等待。

"大圣，好久不见。"李长庚打了个招呼。

"金星老儿。"孙悟空仍是那一副万缘不沾的恹恹神情，似乎身上还有伤。李长庚关切道："大圣这是怎么了？"孙悟空道："下界不太平。"

取经队伍之前在狮驼国遭了一场大劫，一场真正的野劫。文殊、普贤的坐骑再加上如来的舅舅联手下凡发难。那三位根脚深厚，算计复杂，事情最后演变成了一场声势浩大的灵山内斗。就连事后发布的揭帖，都写得险象环生，可见真正发生的故事有多惊人。好在取经团队发挥超常，勉强扛了过去，不过那三位也没受什么惩罚，复归原职而已。

天上的事都是如此，就像吴刚去砍桂树，无论多热闹，终归不复有一丝痕迹。孙悟空还要详细讲讲，但李长庚一摆手："顺利渡劫就好，个中曲折大圣就不必转告了。"

悟空也不勉强，拿出一个锦囊，给了李长庚："如今我们走到陷空山了，这方略有一段，需要上天对质。金星老儿随便带个路就好。弄得太假没人在乎，弄得太真反倒有人要不自在了。"

他的语气冰冷依旧，说不上是客气还是讽刺。不过李长庚多少能理解，经历了那样的事之后，很难对这个世界再有什么亲近感。

李长庚扫了一眼方略，并没什么出奇之处。无非是天王府的义女下凡作乱，孙悟空请天王与哪吒前去收妖，都是滥俗不过的套路。

观音也是没办法，正途弟子那边的手段此起彼伏，不是弥勒佛的童子捣乱，就是文殊、普贤的坐骑复仇，观音光应付那些就已经疲于奔命，哪有时间搞原创剧情，大部分时间都是随便糊弄一下。

不过这个感慨，只是在李长庚心中微微起了波澜，他旋即收住道心，淡然道："天王府比较远，请大圣随我来吧。"

两人上了玉凤的背，朝着天王府飞去，一路上谁都没讲话。飞着飞着，李长庚忽然感觉到，内心的浊念元婴一阵悸动。它已被正念元婴打服了很久，趴在地上奄奄一息，谁能想到这时它居然又回光返照了。

"大圣，反正到天王府还有一段时间，有桩事不妨做个谈资。"

"讲。"

李长庚在凤头负手而立，把六耳与通臂猿猴的往事娓娓道来。孙悟空听完之后，沉默许久，面孔有了些微变化："此事当真？"

"若大圣问的是天庭是否认定，那是没有。我提交的文书并无批复，更无人追究。不过此事是我亲自查实，应该错不了——所以此事既是真，亦是假。"

一股强烈的气息猛地从猴子身上炸开，慌得那只玉凤差点从半空掉下去。

"怪不得，怪不得……我离开花果山之前，通臂猿猴他指点我去西牛贺洲灵台方寸山，说那边才有机缘。嘿，我本以为真是自家的机缘，原来和这场取经一样，不过是安排好的一场戏罢了。为了我，通臂猿猴他可真是……可真是什么都干得出来。"

李长庚原以为孙悟空就算不否认，也会含糊以对，没想到他这么干脆就承认了。

"真假孙悟空那一劫，金星老儿你看到了吧？"悟空突然说。

"嗯，略有耳闻。"李长庚尽力掩盖住表情。

"现在回想起来，六耳那一次袭击，确实处处蹊跷。他扮作我的模样，一边喊着'我才是真的'，一边追着我打。我不明白，哪里来的这么个大仇家。等闹到佛祖驾前，我想他乖乖地一滚也就结束了，最多是被降服而已，伤不到性命。谁承想，他一听佛祖说我是真的他是假的，眼睛变得比我的火眼金睛还红，抄起棒子冲着佛祖就砸去了，然后……

被护教金刚们砸成齑粉，我想阻拦都来不及。"

孙悟空是亲身经历，比观音转述得更加清楚。李长庚不由得闭眼微叹，然后劝解道："六耳也是冤屈难伸，心中激愤之故，希望大圣不要心存芥蒂。"

"明明是我负了他，哪里轮得着我心存芥蒂？"孙悟空负手低头，语气低沉，"金星老儿你还记得我官封弼马温时那次闹事吗？"

"记得记得。"

"我在菩提祖师那里拼命修道，只为了早日出人头地，好能遮护花果山的猴儿们。好不容易上了天庭，却因为没有根脚，只被分配做一个弼马温。为什么要闹？因为我不甘心。我辛苦修来一身本事，比九天神仙都高明，可那些好差事，都被他们的亲眷分完了，我凭什么只有这点功果？没想到，到头来，什么弼马温，什么齐天大圣，闹了半天，打根上我就是占了别家的命！"

李长庚道："也不能这么说。大圣天资聪颖，道心可用；六耳性情偏激，就算走上这条仙途，也未必有大圣走得远。"孙悟空讽刺一笑："走得远？我成了齐天大圣又如何，不也是替别人扛了劫难和黑锅，可见报应真的不爽。"

一触及这个话题，李长庚立刻不作声了。

孙悟空却说得毫无顾忌："那一桩事，我只存了一份当日二郎神哀求我替罪的留声，深藏在水帘洞内，原指望哪日万一能用来澄清。没想到居然被六耳找到，反而害了他，唉……"

至此李长庚才彻底明白，为何三官殿反应那么大。这留声若传出去，二郎神可就完全暴露了。所以六耳被当众打死，未必不是护教金刚们存了什么别的心思。

"我很理解六耳的心情，很理解，真的……"悟空很少说这么多话，他仰起头颅，双眸中多了些许灵动，似有流光微溢。

"我被迫替二郎神扛下黑锅时，先是郁闷不解，不明白天底下怎么会有这样的道理；然后发现根本讲不得道理，便开始愤怒，和六耳一样，恨不得天上地下尽皆打碎，一舒胸中恶气——可惜啊，我大闹天宫，却侥幸没死，被佛祖压在五行山下，慢慢也就认命了。"

李长庚不知道他说的"可惜"，到底是可惜谁。

"这点破事，我在五行山下花了五百年，总算琢磨明白了。这天地之道，无非就是大家替来换去，演来装去。我偷了六耳的命，别人又拿我的命去替罪；我演了这一场劫，又在更大的一场假劫之中。那篇揭帖说得也没错：我俩真的是一体两心，他是被镇前愤怒的我，我是死心后苟活的他。"

玉凤背上，唯有呼呼的罡风吹过，两人一时都沉默下来。

李长庚张张嘴，浊念元婴捅了他一下，让他问问大闹天宫是否如推测的那样，却被正念元婴一拳打翻在地，挣扎几下。李长庚终究没发出声音来，孙悟空似乎猜出他的心思，嘴角微翘：

"我观金星老儿你宝光冲和、仙气浓郁，怕是快证金仙了吧？怎么还关心这些闲事？"

李长庚一摆拂尘，脸上的感慨缓缓消去，变得宝相庄严："此事与我实无干系，今日偶然谈起而已。我是怕大圣不明其中因果，以致日后道心有碍。"孙悟空哈哈大笑起来："金星老儿，你若证不得金仙，就算知道真相，有害无益；等你证了金仙，言出法随，真不真相的也就不甚紧要了——你说你忙活个什么劲？"

李长庚"呃"了一声。悟空道："你如此做派，想必还没修到太上忘情的境界吧？我教你个乖：超脱因果，不是不沾因果；太上忘情，不是无情无欲。"

李长庚一怔，这和自己想的好像有点差异，连忙请教。孙悟空却无意讲解，只是摆了摆手："莫问莫问，还得你自家领悟才好。不要像我一样，太早想透这个道理，却比渡劫还痛苦呢。"

他言讫大笑起来，笑声直冲九霄云外，大而刺耳，比吹过天庭的罡风更加凛冽。

第十五章

宝幢光王佛撑着无底船徐徐过来，靠近凌云渡。玄奘师徒四人站在渡口，翘首以待。

观音站在半空云头，向下看去；周围那三十几位神祇也各自就位。更远处的灵山正殿，也已张灯结彩，诸多神佛次第而立。

过去的十四年里，这支取经队伍历经几十场"劫难"，终于顺利抵达了灵山脚下，只差最后一步流程。只要他们登上无底船，渡至彼岸，就算是大功告成。

随着一声清脆唳鸣，一只玉凤从天空飞落。李长庚身为取经顾问，自然也在受邀之列，前来观礼。观音见太白金星来了，正要热情地迎过去，后者却淡然一笑，来了一个稽首。观音停住脚步，嘴唇动了动，只得双手合十，回赠一礼。

"启明殿主，有劳。"

李长庚道："职责所在，谈何有劳，不过十几天的辛苦而已。倒是大士一路专心护持，最见功德。"

这话说得一点没毛病，就是有点生分。观音注意到，李长庚的宝光已浓郁到了极致，只差最后一步就可以得证金仙。他这次来，是代表天庭，自然行止谨慎。

玄奘师徒还在等候船只靠过来，观音顺手拿出一本金册，递给李长庚。李长庚翻了翻，发现是历劫揭帖的合集，有些好奇道："怎么只有八十难？我记得定量是八十一难吧？"

观音微微一笑："这是我替玄奘留的。"

"玄奘？"

"老李你看。等一下他们登上这条无底船，凡胎肉身便会堕入水中，顺流冲走，唯有一点真灵能到达彼岸。如此才可以断绝浊世因果缠绕，修成正果——但玄奘跟我说，他不想这样。"

"都临门一脚了，他难道不想成佛了？"饶是李长庚心性淡泊，也吓了一跳。

观音笑道："且卖个关子，到时候你就知道了。"

两人把注意力放回凌云渡口。

宝幢光王佛的船缓缓靠岸。在一片庄严的钟磬声和诵经声中，玄奘、八戒与沙僧三人依次踏上渡船。只见三具躯壳相继蜕下，扑通扑通落入水中，顺流而下。三个真灵立于船头，互相道贺。

唯有孙悟空站在渡口边上，久久未动。他缓缓抬起头

266

来，似乎看向云端上的太白金星，又似乎不在看他，而是在与更高空的什么人对视。

太白金星没有回头，他已经是半个金仙了，知道哪些事能做，哪些事不能做。他能感觉到，背后高空有几道视线扫过，似有催促之意。

猴子最后一次露出讥诮冷笑，从耳里取出金箍棒，一下撅断，然后举步踏上船去。

李长庚知道，猴子是彻底死心了。先前二郎神与奎、昴二宿轮番下界，在金峣山，在祭赛国，在小雷音寺，打着护法的旗号一遍一遍地试探，他却再也没有任何过激的举动。

那只大闹天宫的猴子，大约确实是死了。

孙悟空登船的一瞬间，只见一个黑漆漆的影子，从猴子的身躯里分裂出来。这影子似有自己的灵智，挣扎了几下，似乎不愿与本体分离，欲要粘连回去。孙悟空狠狠一纵身，那影子才与本体脱开，似是绝望，又似是愤怒地朝水中堕去。

而在无底船头的孙悟空，如同褪去了一层色彩。冷峻厌世的神情消失了，双眸也不再闪着讥诮与锋芒，眉眼间变得慈和，不见任何棱角。

孙悟空冲其他三人含笑道贺。那和煦温暖的笑容，似是千里万里之外的阳光照彻琉璃，只见灿烂却无甚温度。那是一种遥远的和善，是斩断了一切俗因之后的通透。

李长庚突然间，彻底明悟。

为何玉帝与佛祖会安排孙悟空参与西天取经？只要他一

上无底船，便会舍下躯壳与浊念。从前的愤懑、怨怼与各种因果牵绊，便统统被抛却。那一桩不可言说的大秘密便可彻底消失，再无任何隐患。而对灵山来说，一个天庭顽妖皈依我佛，成了正途之外的佛陀，又是何等绝妙的揄扬素材——毕竟那可是天上地下独一个的孙悟空。

天庭消了隐患，灵山得了揄扬，悟空有了前途，可谓皆大欢喜。这……这才是太上忘情的妙旨真意啊。

他原先一直卡在悟道的边缘，试过淡泊心性，试过清静无为，却始终不能理解那八字的精髓。眼见那些金仙明明一个个沾起因果来争先恐后，七情六欲也丰沛得很，与"超脱因果，太上忘情"八字岂不矛盾？

如今见证了孙悟空抛却凡躯，想透了玉帝与佛祖的用意，李长庚这才想透了那段提点的真解：超脱因果，不是不沾因果，而是只存己念；太上忘情，也不是无情无欲，而是唯修自身。

一切以自身修行为念，不为下界之事动摇心旌。如此一来，因果可以沾而不染，情欲也可以挂而不碍，境界截然不同。

李长庚的灵台，宛如吹过一阵玄妙的灵气，霎时荡开了蒙昧云霭。他感觉自己体内最后那一点点浊念元婴，在悟空阳光似的微笑感化下，终于化为一缕青烟，被挤出丹田，不知飘向哪里去了。如今体内只有一个正念元婴，盘踞正位，道心精纯无比。

观音感觉到身旁一股磅礴的法力升腾而起，她侧过头来，看到李长庚周身散出金光虹影，整个人神意洋洋，很快隐没在一片耀眼的宝霓之中。

"恭喜仙师。"观音双手合十，礼拜赞叹，只是眼底终究多了一丝淡淡的遗憾。不过她突然见到，玉净瓶里水影波动，柳眉微微一抬。

数日之后，通天河。

一本本湿漉漉的真经被摊开放在石头上，师徒四人正在埋头整理。他们头衬圆光，慈眉善目，一派和谐气象。根据方略指示，天道有不全之妙，所以需要补上这一难，才算

269

圆满。

观音站在河边，手持玉净瓶向水中望去。过不多时，一只老鼋从水里浮上来，笑嘻嘻道："大士大士，我演得可好？"

"辛苦你了，如此一来，最后一难终于可以销掉了。"观音满意地颔首。老鼋又道："那两位我也带到了。"

观音敲了敲瓶子："老李，出来了，出来了。"一缕浊念从玉净瓶中飘出，幻化成一个白头老翁的模样："咳，别叫我老李啦。金星本尊已经回天庭，我不过是留下的一缕浊念罢了。"

"所以才叫你老李——我再见了本尊，恐怕要叫一声李金仙了。"

老鼋爬上岸，硕大的壳上趴着两具躯壳，一具是孙悟空，一具是玄奘，正是前几日从凌云渡分离下来的残蜕，居然顺水漂到了此处。

李长庚啧啧称奇："没想到这通天河，居然能直通灵山。"

"要不怎么叫通天河呢？"观音道，"老李你没赶上之前那场劫难，实在可惜。我难得来了灵感，连如来送的那尾金鱼都用上了，可以说是我最具创意的方略了。"

"怪不得那尾金鱼自称灵感大王啊。"

两人讲话间，两具躯壳同时起身，互相望了望，向观音一拜。李长庚仔细观瞧一眼，却突然大惊。

那悟空浑身浊气，确实是残蜕无疑；而玄奘无论怎么看，神魂都完满无漏，分明是正念真灵。

"老李你猜得不错。"观音微微颔首，"当初在凌云渡口，玄奘堕到水里的是他的真灵，去见如来的乃是残蜕。瞧，那残蜕如今正在河那头拾掇经文呢。"

李长庚满心不解，不知道玄奘为何这么做。玄奘真灵道："仙师可还记得我十世之前的法号？"

"金蝉子……"李长庚念出这名字，眉头一扬。

是了，是了。这个真灵，是佛祖分出自己的舍利，套了个玄奘的容器罢了。等一到灵山，玄奘堕下，金蝉脱壳，灵山便多了一尊正途之外的佛陀——"金蝉"二字，原来早有深意。

可这个真灵，怎么又跑来这儿呢？

真灵还是玄奘的相貌，脸色肃然："我原本的宿命，是一心回到灵山，成就上法。但先后转世了十次，沾染了十世善人的心思，菩提心颇有变化。我这一路走来，虽说被两位护持，什么真事都没做，世间苦难却看到了不少。尤其是宝象国那一劫，对我触动尤大。两位应该也都知道，这一世我亲娘也是因为这般遭遇才没的，她也是一个百花羞。"

菩萨和神仙一时神情落寞。

"离开宝象国之后，我一直在想，世间受苦受难的人那么多，又岂独在取经路上？我若成就佛陀，高坐莲台之上，日日讲经，享用三界四洲香火，固然圆融无漏，又怎么救苦救难？"

李长庚笑了："看来你和我一样，都做不到太上忘情。"

"我怕成佛之后,从此离人间疾苦远了,对下界苦难不再敏感,反失了本意。所以便借着凌云渡口脱壳的机会,交换了身份。"

"佛祖知道这事吗?"

"他老人家只要多得几位正途之外的佛陀就好,是真灵还是残蜕,并无分别。"真灵朝对岸努努嘴。

"可接下来你打算如何?"

"我求了大士把最后一难设在通天河,自己被老鼋驮来这里,借晒经的机会与取经队伍会合。"

"这……我就不明白了。你既已解脱,为何还要回取经队伍?"

"我问观音大士要过灵山的规划。取经队伍去长安交付完经文,全员返回灵山缴还法旨,成就真佛,然后,就没然后了。真经在长安怎么读、怎么解,反倒没人在乎了,这岂不是本末倒置?凡事该有始有终,所以玄奘凡胎会替我到西天成佛,我则以玄奘的身份留在大唐,在长安城里译经说法。"

真灵说到这里,下巴微抬,傲然之气溢于言表:

"贫僧不要凭着金蝉子的身份轻松成佛,在灵山享受极乐,而要以玄奘之名留驻凡间,方不负大乘之名。"

李长庚点点头,又看向孙悟空的残蜕。

"别看我,我就是残蜕,真身在那头傻乐呢。"孙悟空的残蜕冷笑。

那边的孙悟空真灵面容慈和,一页一页耐心地晒着经书，如老僧禅定。李长庚一笑，看来猴子的躯壳分离时，连毒舌本性也被带走了。

"你也要跟随玄奘回东土吗？还是回花果山陪你的猴崽子？"

残蜕没有回答，反而开始产生某种变化。李长庚看到他的头上，缓缓浮现六只耳朵，有如花环一般。

"悟空你……"

"我去地下一趟，哪怕搜遍整个地府，也要寻回六耳的魂魄。他只有魂魄，我只有躯壳，正好还他一段因果。"

说完之后，悟空残蜕冲两人一拜，嗖的一声消失了；而玄奘真灵，也在行礼之后，转身走向取经队伍，步履坚定。

通天河中，波涛起伏。观音与李长庚并肩而立，后者忽生感慨："之前我在广寒宫，看到吴刚砍树，说他无论怎么砍，桂树还是一如原初，不留任何痕迹。结果被他反呛了一句，说哪个不是如此。如今看来，毕竟还是留下了些许裂隙，不枉辛苦一番了。"

观音摆弄着玉净瓶里的柳枝，笑意吟吟："老李你本尊在凌云渡口得证金仙，却故意把最后一缕浊念元婴甩给我，也是有托孤之意吧？趁着我还没缴还法旨，你想去哪儿投胎，我尽量给你安排。"

李长庚眯起双眼："我听说大唐宗室也姓李，要不，就去那边当一世皇帝好了。"

"嘻——想想别的，想想别的。"

"嗯，当诗人也不错。"

"你刚才说要当哪一世皇帝来着？我试试啊。"

"我好歹是仙人的浊念，做个诗人怎么了？"

"转世讲究平衡。以老李你的条件，想当诗人得先洗掉前世宿慧，再把官运压低……"

两人且聊且行。远处取经队伍已经收拾好了经文，驾起祥云喜气洋洋地朝着东土而去。但见满天瑞霭、阵阵香风，前方眼见到了长安。李长庚趁观音一时不察，到底还是朗声吟出来：

当年清宴乐升平，文武安然显俊英。

水陆场中僧演法，金銮殿上主差卿。

关文敕赐唐三藏，经卷原因配五行。

苦炼凶魔种种灭，功成今喜上朝京。

全文完

后记

二○二二年年初，我交了一部大稿。那稿子前后写了三年，几十万字的量，让我疲惫不堪。

我把稿子交给编辑之后，说不行了，趁着旧债刚了、新坑未挖之际，得歇歇，换一下心情。编辑警惕地说，出版社不报旅游费用。我说疫情还没平息呢，谁敢去旅游。编辑说，买 PS5 也不能报。我说鹓鶵非梧桐不止，非练实不食，非醴泉不饮，会看得上你这点腐鼠吗？

编辑没读过《庄子》——或者假装没读过，说你到底想怎么休息？我说我决定调整一下状态，写个篇幅比较短的、轻松点的、没有任何要求的、最好是连出版也没机会的作品。编辑一听最后一条，转身走了。

于是就有了《太白金星有点烦》。

最初我并没打算写这么长，预估三四万字就差不多了。不过创作的乐趣就在于意外，随着故事展开，角色们会自己活起来，跳出作者的掌控，很多情节不必多想，就这么自然而然地发生了。我要做的工作，只是敲击键盘，把这些东西从脑子里召唤出来。每天两三千字，前后一个多月，结果写完了回头一看，好嘛，居然有十来万字。

也好，尽兴了，疲惫一扫而空，这次不亏。

有朋友问我，你是不是原本打算把八十一难从太白金星的视角写一遍，写到后来懒了，才把宝象国后头几场大戏全部略过去了？这个还真不是，我动笔前，就模模糊糊预感到宝象国会是一个节点，写完宝象国的事情，故事的重心将会不可避免地发生变化，再如之前那么一难一难写过去，会变得很乏味，也不合心意。

当然，这种乘兴而写的东西，神在意前，一气呵成，固然写得舒畅，细节不免粗糙。不过写文这种事，粗糙的澎湃比精致的理性更加可贵，以后有机会再雕琢一下便是。

吴刚伐桂，就算不留下任何痕迹，也乐在其中。有时候创作亦是如此。

马伯庸